千里远景,如在尺寸之间。

献给

崔欣女士

大狗

常小琥

著

中国工人出版社

飲大

目录

岁寒三友 　1

穿心莲 　119

大狗 　169

回家 　209

变脸 　253

吉米，唱吧 　337

后记 　389

岁寒三友

柳桢的个头是矮，别说在吴县，即便在半个南方，他也是个矮子。所以柳桢自幼苦练书法，这样便不用仰人鼻息，只需低头写字。他写字是好看，往往在收笔离纸前，便等来乡亲赞叹，于是笑眼一眯，更爱写字。

　　柳桢家住在吴县政府街的中市口，北面是县文化馆和电影院，南面是人民剧场，由民国士绅的花园改成的戏园子，中间又加盖三层苏联青砖楼，家对面两步路便是新华书店。柳桢在扬剧团的武生组念书，《三岔口》里任堂惠手擒刘利华，他走的矮子步那是看家本领，谁知几年后他果然停止发育，这身高一辈子也捞不到主角演。

这反倒给了他大把时间。每天练完一百个虎跳，他便在剧团背书练字。别人发工资是买咸鱼啤酒，他去买墨买字帖。吴县只有新华书店卖帖，由于"文化大革命"结束得过于突然，店里还不卖碑帖这种"封资修的毒草"。江苏美术出的"毛主席万岁""中国共产党万岁"和"为人民服务"，全年到货仅一两本，柳桢三五毛钱全买回去，苦临一通。运气好时他还能逮着《沙家浜》的台本，或是胡考写的大字教程。剧团从上海请来一双目失明的老翁，唱练课上教扬州清曲。平日老人拉四弦胡，柳桢就边念道白边临字。老人把胡琴放下良久，说大桢你这书法又精进了！别写了快扶我尿尿。他这才知道停笔。

两年时间，书店里终于能见到柳公权的魏碑字体，那时还不许出版成句的碑文，只能刊印通过审查的断字，所以他也不知道自己临的是什么。一时间，吴县各单位挂满木刻的魏碑门牌。扬剧团的牌子自然是柳桢来写，几个楷书果真是撇如刀、捺如走、点如瓜子。那时他临这种出锋的路子，下了很大功夫。不过走在家门前这条政府街上，他望着那些统一的魏碑体，难言心中古怪。

直到剧团能演《秦香莲》了，他也在书店发现更多古诗古帖。《郑文公碑》的册子捧到脸前却如览天书，更不敢写。那里面的字和他手上练的颜柳体截然相反，圆头圆角没一点笔锋。可为何每个字都像打在自己心上似的喜欢，还总想拿出来看。他好奇到底还有什么字是他没见过的。

早春傍晚，随着肉联厂的三轮车出没，柳桢家的前街后巷飘起肉香。搬运工们人手一瓶粮食白，坐运河边一排板车上，吃又烂又香的熏猪脸、烧猪尾巴和盐水鹅头，吃用荷叶包的腌萝卜干。他却独坐家中，闻着咸肉和香肠的酸味由远及近，闻着淡淡的粪便味、甜甜的荷叶味和茨菇葶菜汤味，在那里写字。剧团同事和邻居见他的字临出点意思，便让他用好看的字体写张条幅或者对联。他也喜欢看自己的四条屏挂在团长家里，听人家夸他是苏东坡转世灵童，那比站舞台上光彩。

周慧珺在上海书画社出过一本《鲁迅诗歌选》，他临得如痴如醉。后来店员告诉他，周慧珺是学米芾，米元章的行书已经风靡上海，吴县很多人也在找他。柳桢终于等到米元章，也把他的帖子买得差不多了，店员说日本又冒出个叫王铎的，这人把米芾的大行书临到头了。于是他求父母快订报纸，因为行草比较费纸，他一笔一张，有时刚写的字自己也认不出了。

秉着"笔成冢，墨成池，不及羲之即献之"的原则，柳桢常独坐家中，写八九个钟头不动弹，以至于那些纸堆起来足可把他掩埋。如果是去乡下演出，赶上谁家出殡，他必定跟在送葬队尾，路上锣鼓队在前面吹丧，他在后面捡纸钱。那可是整沓的毛草纸，他能顺着这条路一直捡下去，捡回家又够写好几天。后来剧团每到一处戏园演出，他见哪面墙白，就把上面写满《蜀素帖》或者《醉翁亭记》。团长说这次结账又扣我们三十块，你不能每次都把人家墙壁弄花。柳桢说扣我演出费就是了。团长说我找人给你刷好几面白墙了，你真把自己当成苏东坡啦？！

终于他临行草遭遇关隘，《离骚》《九歌》可倒背如流，人却仿佛被魅住一样，七八天不睡觉。直弄得自己满脸污黑、一身墨臭，只要两眼一闭，便见那些华美的间架笔画和人鬼神仙交替出现。甚至在书店看到《楚辞选注》都要赶快把脸扭开，否则瞧一眼封皮都会恶心。

柳桢家隔壁住着吕哥，这人从没向他求过字。吕哥总穿一身蓝褂，柳桢知道他是印刷厂的刻字工。后来便把他叫到厂里。

"全是楷书呢。"柳桢从散乱在工作台的铅字中，拣出一枚没见过的，"这个念什么？"

"说了你也不认得。"吕哥抱出一沓机器印坏的纸，用线绳系好，"莫看这种纸印得乱七八糟的，背面还是空白。你拿去练字，比报纸好。我看你就要走火入魔了，跟谁学字呢？"

"碑帖就是我的老师。"柳桢扔下铅字，去抱那捆纸，"《孟法师碑》和《九成宫碑》我规规矩矩地练好几年呢。可是学起行书，再漂亮的字我一上手却变得寸步难行了。哎？你不照着碑帖刻字的呀？"

"我的字不值一提。倒是你楷书练久了，行书自然是难开窍的，我领你见个先生吧。"

柳桢不再看纸，猛地抬头。

"但是他成分不好，是从南京下放过来的，解放前还当过国民党的官。"

见柳桢仍不说话，吕哥把那枚被扔下的铅字又拿在手上。

"有的人就像这冷僻字，你见得未必认得。可是天下的文章就因为缺这个字，你看不懂其中真意。当你想认它了，也只能用手去刻。它没有模子，它是独一无二的。"吕哥说。

"我去买猪尾巴，我去买盐水鹅。"柳桢说。

吕哥笑笑。

"你带几张纸过去就好了。"

其实这个先生字好不好，吕哥也无从判断。只知道他姓许名纬书，祖父是满清恩科进士，曾被军阀吴佩孚勒索百万银两后，吞金自杀。少年时他只身到北平学画，后去南京教书，直至被国民政府聘为文职。许纬书任职最长是在蒋的重庆军事行营里，他当过六年上尉秘书。四川军阀刘湘去世，蒋还嘱咐张群，让你办公室的许纬书以我的名义写副挽联。他当时写的是"板荡论坚贞心力竭时期尽瘁，鼓鼙思将帅封疆危日见才难"。"文化大革命"时这副挽联，也成了他被划为敌我矛盾的罪证。尽管如此，他的思想却靠近左翼文人，匿名论战也常遭本党通缉。加之难忍给腐败无能的军政界写马屁文章，他先后三次请辞，终于没用那张逃去台湾的船票。

新中国成立后，许纬书进入南京文史馆，任工具书编辑部主任，兼南京大学历史系教授。他编的《民国大事年表》依旧称蒋介石为"当局"，这又留给造反派把柄，他们说全国已经解放，你应改称"蒋匪"。他便从历史角度解释"当局"属中性词，他沿用至今。这么一来还不如不解释，造反派认定此人分明在怀念过去。于是新账旧账一起算，把他和他的老婆孩子下放到吴县务农。

但这些在柳桢眼里算不得事，他只认字的好坏，旁的他也不懂。那天他带了些宣纸，还将一张字放在身上。他跟着吕哥走过低矮牌楼下吃饭的人们，走过傅公桥下在绿水中捕鱼游泳的人们，走过镇国寺塔的烟树下等待渡河的人们。终于他们走入一排遍布苔斑的里巷。

吕哥叩门，半晌才见一穿浅色汗衫大裤衩的高个儿老人，约有七旬。柳桢仰头，看到对方满头锡色乱发下，面如生宣，两只肉嘟嘟的眯缝眼使劲眨动，像是刚被马蜂蜇过。老人并不说话，斜着身子，将他们让进屋内。

这是间不足十平米，黯淡清冷的内室，小窗下有张旧得发白的账桌。柳桢毕竟是武生，脚下无声地走过去立好。他定睛看向墙壁，发现挂着张四尺斗方大的碑文，辨不出字体，也没有托，又皱又烂的后面贴了个白纸，用图钉按在墙上。他正看得入神，许先生缩着脖子，歪坐到圆凳上，双手扶腿。柳桢这才跟着坐下，三人无话。

柳桢不大喜欢他，首先老人个子太高，他不愿仰头看人。其次做先生又不说话，怎么教人写字？他断定这人也写不好，吕哥不是说了，连个"当局"都能写错。而且练字和习武一样，讲究个工架力道，他一看老头愁眉苦脸的邋遢样,便认定是白跑一趟。

吕哥介绍柳桢也是练碑出身,并道明来意。老人脸上这才挂起紧张的笑意,像是害怕学生。但可能受到柳桢那副好身姿,或者是某种气质吸引,他瞅了瞅小孩。在吕哥示意下,柳桢摸出那张字。老人匆匆一瞥,便拿给他一根木筷,要看他怎样执笔。柳桢接过筷子便比画两下,由于自幼习武,每天又勤于练字,他的手指刚劲生硬。而先生的手,看上去过于细腻温和,显然是年事已高,无法尽心练字。不想老人讲起方言,曲里拐弯的他一句不懂。吕哥翻译,先生说你要先矫正执笔。柳桢把脸一扭,说我在剧团就这样握笔,谁也没挑剔过。

老人又从桌上一罐毛笔里,取来一支较长且细的,在耳边嘀咕着,让他这样写几个字。柳桢将带来的字一翻,问他还写什么字什么体。老人盯着他的手说,问你自己。柳桢看着老人想了片刻,用力蘸墨,写下尽显锋变的"面壁十年图破壁,难酬蹈海亦英雄"。

老人看字,再无言语。

吕哥赶忙拿出带来的熟宣,告诉老人这些旧纸已经不脆了,手感很绵,你摸摸看。老人轻握柳桢手腕,让他以笔腹着纸。柳桢感觉到用侧锋行直笔时力气便离开笔墨，见自己写出钝重扁圆的"十年"两字，他索性把笔一撂。

吕哥把纸放好后，柳桢便拉他一起告辞。老人抬手抚摸乱发，仍是笑对那行诗。二人出门前，他从墙上取下那张纸，追了过来。

"你拿去临这个吧。"

柳桢举手推却，吕哥打圆场说，这张原碑拓片我来过几次都不给讲讲，小孩子看看就要送他？柳桢听到，只好收下。

"路你认得了吗？以后要自己来了。"

在渡口等船时，吕哥说。

"我还要来吗？"柳桢问。

"许先生已经收你做学生啦。"

"可他什么也没说啊。"

"你记得每次来送纸就好了。"吕哥说。

"可是他教的字没有露锋啊。"柳桢在河边喊着，"他没有锋啊！"

柳桢拿着许先生的烂纸去新华书店，店员告诉他，别说我们这里，整个吴县也没人认识这东西。他回来也不临，怕人家以为他在写鬼画符，怕无人喝彩。他还是老老实实临他的帖。

再次见面，先生问他，你画画吗？他说我不画，不知道画什么。先生说，我每次给你画一点，你拿回去临。于是他带去的纸，都被画成一平尺小的画。看着老人整天站在窗下，歪着身子做示范，柳桢希望他知道，自己不想学画，可是他们见面几乎讲不过三句话，而且他也听不懂。

这么一来送纸便成了正事。如果没有柳桢，老人只能随手在日历、糊窗户纸，或者是树叶子上画点东西，所以就指着柳桢带宣纸过来。好在柳桢每月除了工资还有一百多块演出费，邻居担心这孩子再写疯了，也把家中的老宣纸送他。

老人见宣纸称心，又要当场作画。每次他把习作送给柳桢，除了嘱咐他临好交回来，还总要说上一句"对不起喽，我把你的纸糟蹋了"。柳桢到家便把那些画一扔，照旧临字。再去送纸，他就将早不知散到哪的画找回来，出门前乱画几笔拿去交差。他一边听先生说你不能这么糊弄我，一边看老人改画，改着改着，又是老人的画了。

柳桢又把那张四尺斗方拿到书画社，找老师傅装裱。裱的时候人家并未多言，取字时对方却在柜上拿出两张一样的字。柳桢问这怎么回事？老师傅戴上花镜，告诉他这张字是用民国时的夹宣，这是我从你那张揭下来的，淡的地方你稍微点一下墨，盖个图章，不是就多出一张真迹吗。

柳桢正对着那张夹宣犯愣，老师傅又问，你这原大的《毛公鼎铭》非本县之物，看你年纪，想必也是旁人让的，他是你什么人，方便讲吗？柳桢担心起先生的身份，一时开不了口。老师傅摆手，我不多问。解放前，本店也经手过好东西，南京有位许纬书专就这《毛公鼎铭》写过诗文，说是在于右任手里。听到先生名字，柳桢的心咯噔一下。老师傅又说这许先生有些意思，新中国成立后，聪明人全进了院校，为苏联的素描和雕塑搞教学。文人画是腐朽的封建思想，在新社会的文化建设里自然不受重视。

记得还是在《人民美术》的"国画改造"栏目，有一篇《为表现新中国而努力》，编者按提出知识分子思想改造的问题，引发了"中国画要不要保留"的论战。当时没人为文人画说话，所以美术界弥漫着"去中国画"的思潮。

这时不知从哪冒出个许纬书，这人是做文史的，他写了篇《论文人画》，呼吁中国文人要有自己的风骨，莫学苏联人匠气的英雄形象和写实造型。接着便是韩冰鸿和傅抱石这些画家，包括理论界的许友年和邵大箴，发表几十篇文章声援他，这才把取缔文人画的苗头给止住。

柳桢还是无法把那位勇者和他的先生对上号。他自己只会临字，从没意识到这些字拼在一起，竟能产生这么大力量。看他一脸茫然，老师傅对着两张铭文继续说，这位先生很快又消失了。老人托了托镜框，有汗水从鼻梁处流下。为了揭你这张纸我可费大力气了。柳桢连忙掏兜，要给两张字的钱。孩子，这钱我不要。老师傅说。这是我自己的手艺，和公家无关。

柳桢想找回先生的习作，认真地临，可是那些画全丢了。他只好借助印象，重画了一张。再次站到先生面前，柳桢不敢乱动，他抬头观察，老人在窗下看他的画，看得比以往都久。

"你不临我了？"他把纸在账桌上摆开，取出一支细硬的长笔，"这张纸快容不下你了，那不如换我临你吧。"

先生是两指拿笔，用中指顶在笔杆偏下的地方。

柳桢见他又用浓墨勾起线条，下意识地撇嘴。

"你这个点呀，水蘸多了别浪费到地上，要在画上消解掉。墨少了干一点，就在山坳那里多打点水墨，阳面地方勾勾皴皴，枯笔才自然……"

"先生，咱能不能不画了，你教我写字呀。"柳桢走近他,"你以前写过那么多字。"

老人的脊背蓦然僵住,手在纸上摩挲,低下的头也慢慢转向柳桢。

"你那么想学写字做什么?"

柳桢想想。

"我也想当大书法家。像王羲之、颜真卿和米元章那样的大书法家,可以流芳百世,让后人崇拜的大书法家。"

"好大志向嘛,可你莫说我不教字。你是学碑的,不晓得以书入画吗?我也在纸上画满了字,让你去临,你临的什么?"老人指向他用枯笔勾的柳树和山石曲线,"篆书是可入画的字,你不懂篆法,自然不认得画上写了什么。"

柳桢睁大眼,恨不得一头扎进画里,这才依稀辨出纸上的林木村落、山泉舟桥,每一点每一线都是书法,每一笔之间的顾盼关系也是书法。他明白了老人为何一眼认出他没有临画,两滴眼泪无声地急了出来。

"先生真狡猾,我又没学过篆体字。"趁老人没顾上看他,柳桢赶紧抹脸,"再说你这线也太枯了,毛毛糙糙的还长了虫眼,一点也不好看。"

"这些线全以篆书的圆笔中锋运笔,正所谓笔笔金刚杵，字字铁骨铮……"

柳桢挤到先生跟前，斜眼看看他。

"可是你这字既不像王羲之，也不像董其昌，谁的字都不像，只你自己认识。"

"只自己认识还不够吗？就让自己记住还不够吗？"

见老人罕有地接连发问，柳桢竟答不出。他从没想到过自己，没想过写字是给自己看的。

"写字让自己记住算怎么回事？我的意思是也像你一样做永垂青史的大事情啊。"他脱口而出。

"和我一样？"老人张着嘴定住，"原来你对学什么字并没要求，你是想能出大名就好。"

老人摸摸他的头，柳桢忽然一缩，又答不出。

"要是这样，你的本事还不够看。"

"团长说我是苏轼的转世灵童，怎么不够看？"柳桢拿起纸，遮住了脸，"我也是习武出身，就没见谁画画还有笔笔金刚杵的。"

隔着纸，他听见有东西在哐哐作响，又伸出半张脸看。只见平日偏瘫似的先生，正悬背而立，手中换一支秃笔，肘腕像是过电一样杀入纸中，画出凹凸曲折的枯藤老干。老人又用笔肚子拖出圆浑扁线，那只柔软的手如与躯体决裂般灵活。柳桢不由得退后几步，很快又站回来。

随着老人腕、肘、臂上的转折与笔力增减，秃笔在远树与寨丛上打出墨点，账桌也被撞出鼓点般的闷响。老人面容却始终慎肃沉静，眼神也更加细腻。

"篆书最难在于心静，要知道铭文厚刻于钟鼎，所以每一笔都要硬，每一笔不能软弱。你写不好行书，只因缺少篆书这一课。"

褶皱的驼色宣纸上，淡笔勾出的峰峦云水，在顶端含蓄有力。屋山帆影构成的村落，融于枯笔焦墨的树丫与海屿轮廓线内。这回柳桢看得真切，先生写的每一条线都是笔笔真实的，仿佛在对他诉说画里发生着什么。

像是打开了某种灵性或者方便之门，柳桢觉出屋内寂静至极，甚至还可闻到墨香。老人把手搭在他肩上，令他感受到这只手的热度和重量。

"我又把你的纸给糟蹋喽。"他把习作递过来，拍拍柳桢，柳桢才想起接过去，"你去临吧，下次拿回来。"

柳桢仍然要去剧团训练演出，如果跟着演出队到扬州嘉兴一带，恐怕整月也见不到先生。他发现每次回到人民剧场，头排座位总有个姑娘在啃甘蔗。有时他一出戏扮几个角色，钻桌扎靠旗走矮子步，就看姑娘在台下啃出满地的甘蔗皮。他甚至能听到她嚼甘蔗的声音，几次险些忘词，恨不得甩手就把单刀扔过去。

他去百货公司想为先生买块砚台。半路鞋底开胶，进店后便直奔二楼鞋部。挑鞋时，他感觉有双眼睛正盯着自己，抬头后愣住，认出竟是啃甘蔗的姑娘。此时她穿着蓝衬衫，梳马尾辫，一张颧骨很高的尖脸，被极薄的铜色皮肤紧紧绷住，仿佛要露出血管。那双锋利的细眼里，却兜着两颗锃亮的眼珠子，更令目光异常锋利，像是螳螂。此刻两人都站在地上，姑娘比柳桢高出一头，他仰面看她，眉间上锁。姑娘问，你是扬剧团的柳桢？他慢慢点头。他在人民剧场一天演三场，吴县很多人认识他。即便在井台打水，衣服和鞋也常被姑娘偷拿去洗，只为能跟他去后台玩。

"我总看你走矮子步。"姑娘说。

"我也总看你啃甘蔗。"柳桢说，"啃得满地都是甘蔗皮，你每次带了多少甘蔗啊？从头啃到尾。"

姑娘细眼一眯，用手背挡住嘴乐，又露出锋利的虎牙。

"你注意到我了？"

"你总坐第一排嘛。"柳桢扭头,继续看鞋。

他奇怪她是如何认出卸妆后的自己,更怪的是台上那股邪火怎么说没就没了。

她从货架取下一双皮鞋递给他。他不敢接,因为脚小,很难买到自己的尺码,再说他也没穿过皮鞋。她让他坐到长凳上,蹲下为他换鞋。

鞋居然格外合脚。脚一舒服,嘴就松下来了,加之姑娘蹲下便不显个儿高,他终于对她笑了。她说她叫吴双,爱看他演传统戏。他说他拿手的是书法,政府街的招牌都是他写的,还拜在名师门下。吴双细眼半睁,顿时哑然失笑。柳桢脱下皮鞋,光脚站在地上。他说他穿不惯带跟的鞋,吴双只好接到手里。她提出想看他的字,他说这也不难,何时你不啃甘蔗了,我给你看字。走的时候,他忘了给先生买砚。

再次演出,柳桢又见吴双坐在头排。她终于不啃甘蔗,正襟危坐的模样,俨然换成个女干部,脚下也变得干净。在后台,她把一双平跟皮鞋送给他。他要给钱,她依旧说我想看你的字。

她到他家中看字,看到墙上贴满了字。

"怀素、欧阳询、文徵明、黄山谷……像,真是太像了!"她扭着脖子,绕着屋子来回走,很快就感到晕头转向。

"你能认出这么多名家,也不简单。"他眯着眼,一起欣赏。

"这些都是你临的?不会,一个人怎么可能临这么多人的字,而且还不是一种体。"

她终于驻足观看,对一张满是污点和虫纹,看不出内容的画,唯独叫不上名。

"我重新写给你。"柳桢眯着眼,拿出纸笔。三下五除二,一套沈尹默的四条屏便写好了,"最近忙于演出,难免有些生疏。"

吴双拿起字看。

"这几张借给我。"

"做什么?"

"自有用处。"

"我给你题上款吧。"

"不需要的,你在这里等我。"

不等墨色干透,她便唑唑啦啦地拎着四张字,跟放风筝似的,推门而出。

次日,吴双领来一个头大如斗、肉嘟噜脸的男人。对方穿着真丝白衬衫,戴一副方形茶色墨镜,进屋便指着他问,沈尹默的四条屏你写的?柳桢看看吴双,再看那人墨镜,不置可否。那副墨镜对着墙上一晃,又问这诗都是你写的?诗是古人的,字是我写的。柳桢说。小兄弟果然爱开玩笑！肉嘟噜把墨镜转向吴双。这些字至少是六十岁的老人所写，我在县里主持书法展览十几年，所有老人我都见过，没有这一位。这字绝不是你写的！

柳桢低身，为两人看座。

"我是青光眼，可我不是瞎子！"肉嘟噜说。

柳桢又对墙壁欣赏一遍。回想自己和这么多古人同声共气的日子，沉默良久。

"你别介意，我父亲在政府街的文化馆做书法处主任。"吴双说，"你不是号称他们的招牌也是你写的吗？"

"那依二位看，这些字比起文化馆的招牌如何？"

肉嘟噜的脑袋定住不动，墨镜上被热汗熏出蒸汽。

"好，太好了！而且这里挂的都是名家，都很有地位的！"肉嘟噜一声吼，把柳桢吓一激灵，"哦，你很有才华！我的眼睛不瞎！"

"是我的眼光好吧，这是我发现的人才。"吴双对父亲说。

"可我还是不信，这么古的字出自毛小子之手，那我这主任算是白干了。"肉嘟噜站起来，慢步走过柳桢身边,"单说这幅小画,不会也是你临的吧?"

柳桢不语。

"许——纬——书。"肉嘟噜终于看清落款,墨镜转向柳桢,"他是你什么人?"

"他是我先生。"柳桢仰着脸,蜻蜓点水般回答。

"我早该猜到的!只有他是这种乌七八糟的画。"肉嘟噜言语中流露出严厉与惋惜,"不过这人和文化馆素无往来。"

三人重新回到原来的位置,只是父女二人坐着,柳桢站着。

"我们早些认识就好了。"吴主任说,"我跟你再借三张字,你要我押什么都可以。"

柳桢不解,这对父女怎么总爱向他借字。

"不超三天,一张不少还你。"吴主任说,"吴双可以给我们作个见证。"

"我没有名气的。要哪张字尽管取走,我再写便是。"

在父女俩的注视下,柳桢搬出椅子摘字。他把那幅小画的四周全摘干净,只留它孤零零守着墙壁。

站在椅子上,他偷偷审视自己的字,到底写出了什么。

柳桢每天要陪先生画三五个钟头。他喜欢在书桌旁看先生写画，自己帮忙盖印。他还没在老人面前动过笔，因为那间屋子太小，没有他坐的地方。他还不会站着写字。

取印时，他找到几本塑料皮的工作日志，里面还贴满剪报，排得格外整齐。

"先生，哪篇文章是你写的？"

"哦，都是我的，三十几个笔名都是我，全是你师娘剪的。"先生笑笑，看着柳桢，"那时的我，也热衷于改头换面。"

"《中原文化》上还有你的诗歌，这可是很有名的杂志！艾青、蒋光慈、程黄梅，他们都是很有名的作家啊。姚雪垠在文代会上说你是中国的普希金！我知道他，他写《李自成》很有名！"

他又拿出一张《江苏省书法印章展览纪念册》，叫了起来。"你和林散之一起参展过！他可是当代草圣啊！"

他被这种历史情绪带动起来，一度忘记学画。师娘带着儿子许艺做完农活，请几个老乡来家里喝茶歇脚。他们喊声"许爹爹"，便不打扰。

"'当局惟知无懒惰，农家乐是外人编。'想不到先生在旧政权里当官，还要匿名写诗为穷苦人说话，尤其是这句'夜渡冰江乞岁粮'。"

柳桢放声吟咏，许艺探身看他，用掸子打身上的土。

"那时我因战乱而家散人亡，过年时在汉中乞讨粮食。"先生说。

柳桢又翻出一沓宣纸，那全是他送来的，上面是老人用行楷写的书信，足有一万多字。许艺坐过来，告诉他这是爹写的请命书，他申请集全国学术力量，重修汉朝至今的通史。

"爹打算把这个寄到南京文史馆去。"

柳桢按住这沓纸，一动不动，两眼飞速扫视。这是他第一次看到先生的文章。

"应该让全县都知道先生的旷古忧思。"柳桢说。

"真要被人知道的话，就让大家知道你吧，知道我的学生。"老人说。

他眯起眼笑。

"先生，文化馆吴主任叫我去参加书法比赛。你说我能拿到奖吗？"

"我不知道，我没有参加过比赛。但我知道，你越画越像我了。"

"很多人这么说。"柳桢眯起眼睛。

"我想说的是，你模仿能力很强，可是模仿太像就变不回去了。你见过哪个演员什么都会的？那指定是龙套演员。再说我也不是你临过的柳公权、王羲之，我也不是颜真卿，模仿我是没用的。"

柳桢低头不语。他放下万言书，来看先生作画。

"这画的是哪里？我在吴县从没见过这种地方。"

"这是我老家呀。"

"你的老家？"

老人又用那支秃笔，为山林打点。柳桢看到在山玲珑处，坡坨的线条与岩质好似顽石点头，并无半点悲意。

"我老家是有摩崖碑的。"

"我知道，最出名的摩崖在开通褒斜道、石门铭、瘗鹤铭和郑文公碑。"

"你拿走的那张原拓片，便是由此而得，学其笔法便如摩崖残石，自有金石砖瓦之气。"

柳桢反复地摸着先生的印，不言不语。

"那不是用一碑一文写意，而是千万笔画中取其一笔也要写意。你潜心学碑，是为把藏锋守拙的山崖气留在笔意里才对。"

"先生这么大学问，为何不去文化馆比赛呢？"柳桢说。

"我没有用喽。"

"当年若不是你大声疾呼,文人画早被取缔了。"柳桢说,"你怎么没有用呢?"

"大桢呀,如果我走出屋门,很多人会不舒服的。"老人歪着身子,用力地看着纸,又以枯笔勾曲线,"枉我学仿碑人,蜀道深处寻幽,十几载如归家会友。终不过是以管窥天,妄意历史朝暮之变。"

柳桢找出印泥,随时等着帮忙盖章。

"有人像《毛公鼎铭》被铭记,就注定有人被隐匿在幽暗中。何时连我也被拉上台面,怕是又要走向另一极端。我不过是在纸上聊抒胸中意气罢了。"

终于等到先生写好"试纸"两字,柳桢过来盖章。

"我给你打好样子了,你回去照这一张练吧。"先生看着那张画。

那是张意临董巨的《叠嶂览翠图》,枯笔淡色的岩石,像个破包袱堆垒在中间,且不取斜势。山泉、石桥、空亭盘曲分布,与远山紧紧毗邻。沉重寂寞的山林中,一人在背杖前行。要命的是整张画布满黑色大点和枯笔曲线,别说览翠,那真是山黑树黑房子也黑。盖章时柳桢下意识地噘着嘴,头也躲了一下。

"独立无言风满袖,青山相对共悠悠。"

柳桢对着画跋念出声。由于老人腿脚不便,那些字总往一边偏,所以柳桢也把章盖歪了。

"这是赵孟頫的诗,先生怎么题他的诗?这人出身可不干净。"

"那怎么办?大桢,我又把你的纸给糟蹋喽。"

柳桢跟着吴主任去扬州比赛,到了才知道是书协组织十二县市的书法家现场竞赛。这些精挑细选的名家,一下车就被圈进政协礼堂内,点名报数。

评委宣布每人发两张纸,要求在"正草隶篆"里,完成规定和自选题材。由扬州最权威的十二位评委,选出金银铜和优秀奖。准备时间,柳桢放眼环顾,礼堂内上百位书法家被分成两桌一组,正互道年兄,紧紧相拥。他的同桌是位长眉坠地、自称草圣林散之弟子的中年人。长眉说本届盛会,是对我辈"文化大革命"期间坚持书法者之褒奖。柳桢说自己的先生曾和草圣共同参展,长眉问他拜于哪位名师门下,临习何帖。柳桢仰面答,大篆魏碑,师从许纬书。长眉与众人面面相觑,全没听过这个名字。他说你路子不正的话,起手就低了。再者我们都临陆士衡的《文赋》,临欧阳修的《丰乐亭记》,练行书久矣。你这岁数还练楷书,滥竽充数来了呀。众人又见他矮垛垛的还是吴县口音，转而推举长眉为草书类金奖，毕竟名师高徒，不用比了。

柳桢又记起来趟扬州不易，要为先生买些好纸。他请教长眉，哪里有好纸卖。长眉说我的是专程去上海朵云轩买的，他边说边从书包里掏出一刀宣纸。柳桢瞪大眼问，年兄带这么多纸要写什么？众人笑他果然是无名之辈，我们带够宣纸，写坏了还可重写。你就指望那两张纸，输了可不要哭。

直到发墨的时候，柳桢也没想好写什么体。他觉得大篆没人会，比也没意思，写行书才不枉和高手较量。规定题材必须写毛主席诗词，倒是自选题材，他记起先生的匿名诗，于是拿起秃笔，以虫蛀纹写下那句如蚕如蛇的"当局惟知无懒惰，农家乐是外人编"。

两张字写完，他见长眉还执笔盯着字帖，整个人如静止般僵住，令他害怕。二十分钟过去，这位年兄才画出一根线条。柳桢见他手指像鸡爪子似的夹着笔杆，还有汗水滴到纸上，忙问年兄你这线都不动啦！这么个写法要比到什么时候？长眉并不理会。他以为对方抽筋了，帮忙去扳胳膊。长眉忙说别碰我！我这行书讲求的是慢工出细活，且得描呢，你不懂的。

在评委的注视下，柳桢走入狭长过道。他把字递上时，吴主任凑过去看，眼珠鼓到墨镜上。柳桢转过身，看到所有年兄在天穹般巨大辉煌的礼堂顶棚下，如履薄冰般，伏案低头。他看到长眉写一张错一张，错一张换一张，宣纸不停掉落在地，手腕越写越抖。

时限已至，名家们被赶出政协礼堂，众人在门前土坡上等通知。他们在土坡上走来走去，绕出长虫一样的圆。一年兄扒住窗户，看评委们人手两张字条，贴到佳作上。他蹦下窗户，奔向长眉说，恭喜恭喜！众人齐来道贺，说这届您拿金奖方可服众。长眉说，诸君谬赞，可惜我刚写完一个字就被评委硬收走纸。旁人说，以一字获金奖足见年兄艺高胆大，字如其人！他们大喜过望之余，将所剩宣纸让给柳桢，以作勉励。

名家们被喊回礼堂后，堆簇在主席台下。柳桢立于队尾，由于个头矮小，他什么也看不见。评委说共有九十人竞争行书奖时，他找了个墙角蹲下。听到念优秀奖人名时，他知道自己玩砸了。这里的人都师出名门，都比他年长，都用上海买的宣纸。随着不断有人从他身前走开，奖项被领了个遍，主席台都快被挤塌了。终于他看到长眉也往前走，看到对面墙角处只剩一个年兄，也在等待叫名。他把头深埋，夹住耳朵，本要送给先生的宣纸也被捏碎。

这时他感到礼堂的地在脚下震动，且越震越近。他抬起头，看到年兄们涌向自己，七嘴八舌地喊"你是金奖！"他来不及起身，便被众人举过头顶。恍惚中，他的身体被抬上主席台，长眉将自己紧紧抱住时，他几乎喘不过气了。人们把他推到中央合影，听评委念颁奖评语。有年兄哭了，仿佛大家为这一刻等待太久。这时吴主任还念了篆书类金奖，原来只有一人写篆书，所以那人也是金奖。被众人围住时，柳桢望向无人的墙角，还有被扔得满地的宣纸。

回到吴县，柳桢也变成了名家。文化馆为他开研讨会，招他进高研班，他开始经常出入文化界的最高机构。不管是县里的法院、医院，还是市政府，很多人跑到他家买字，他随便写一张就能卖四五百块。他也不再反感仰头看人。

柳桢和县宣传部的领导、馆里的前辈谈起许先生，他说要给先生送纸，老人才能作画。很快此话传为笑谈，没人相信一个画家作画却没有纸，他们在文化馆总有用不完的纸。于是，柳桢带人去给先生送纸，只要是他开口，老人有求必应，还会问清对方姓名，用草篆写《散氏盘》送给人家。于是他们你要一张我要一张，后来吴县的三教九流，每人手里都有好多许纬书的东西。

不过名家们也看不出老人哪画得好,他们说他颜色不够鲜艳,那些黑乎乎的圆点明显是墨用重了。这人写字歪七扭八的既不是隶体也非正楷,简直是丑态毕露。文化馆挂的可是革命题材的宣传画,比如省里最红的"钱夏宋魏"四大名家,画的社会主义新农村建设,人物都是揎拳攞袖、充满干劲的工农兵。尤其是陆俨少的《赤脚医生》堪称镇馆之宝,可与李可染那幅《万山红遍》媲美。后经人打探,他们得知许纬书是被贬职下来的国民党官员,头上还戴着帽子,他的一切病根仿佛都找出来了,他们叫他"污点山水"。再去送纸,柳桢只好装作忘记要画。老人却记得自己的承诺,他把人家上款落好,常提醒柳桢走时帮着送去。

柳桢不是给先生送纸,便是去外地演出,吴双想逮到他很不容易。她只好堵到先生家门口问他,不会忘了是谁给你的奖吧?她要装一幅大画,她让他去家里装画。于是柳桢买了个框,扛到她家。但是吴双却没有画。

"你整天跟着许先生,也不问人家烦不烦你。"
"他是我的先生嘛。"

柳桢把框放稳，却又不见了吴双。他问她想挂什么画，他好去请先生画。吴双忽然从卧室走出，递来一本杂志，面露神秘笑容。

"《南艺学报》用一整期做了《刘海粟教授艺术活动七十年》的专刊，里面全是刘大师的油画。我在夜大的工艺美术理论课上，特意跟老师借来的。"

她把他拉到人造革沙发上，两人一起坐下。

柳桢翻了几页，合上后丢给她，继续打量自己带来的画框。

"先生的画，虽说不适合挂在家里，但只要我去送纸，让他画什么都可以的。不过他从没画过大画，你要多等些日子。"

"谁要挂他的画？"吴双举起杂志打柳桢肩膀，"这本杂志可是为你借的，我跟你讲，做人要有志向。"

"志向我知道的。"

"你知道什么？爸爸带你去扬州，我跟你提过他也作诗的，可是比赛里你写的什么？他要不是评委，谁会平白无故给你这毛头小子金奖？"

"你的脸为什么这样红？"

柳桢看看吴双，注意到她有些异样。她越想稳住气息，越是不断冒汗。

"我是读了艺术史,为你着急呀。你那么会模仿,应当多学刘大师的路子,画伟大的人。我陪你一起去写生,将来让全国的博物馆都挂满我们的画。"

"可我还要到处演出呀。"柳桢下意识地把屁股往外挪。

"爸爸可以把你调到文化馆上班,那里的画家也是这样进来的。"吴双跟进了一屁股,"我来为你写画评,如果你洗心革面,比他们更有宣传价值。"

"这个我要去问先生。"柳桢又把屁股往外挪。

"这人在吴县都寸步难行,他能帮你什么?你还不知道吧,他偷偷给南京写了封万言书,信被县宣传部截获了。部长把他叫过去,警告他来吴县是接受人民再教育的,不是让他给领导提建议的。这说明他的野心不死,还要继续改造。"

"原来他们都知道的。"柳桢一屁股蹾到地上,四仰八叉地望着吴双,"我还天天去给他送纸。"

吴双蹲下身,把他拉回沙发上。

"不必紧张的,你是好孩子。"吴双看看他的脚,"我送你的皮鞋呢?"

"先生只穿布鞋,我不好穿皮鞋的。"他重新坐回来,却不敢看她那张脸,"我要跟他学画的,穿皮鞋怎么学画?"

"你这就叫封建,刘大师是最反封建的艺术家,人家留法时你先生还在要饭呢……唉,我等不及了!"吴双站起来,直视着他,"就从画我开始,你画我吧。"

"我没画过人物。"

"人物画才是最容易留在艺术史上的,我做过研究的!"

"可是先生没教过我啊。"

"我叫你画,你画不画?"

柳桢低头,再抬头时,吴双又不见了,她回到卧室里,他想她是生气了。

"我只会水墨画。"他自言自语,"你这里也没有水墨。"

吴双再从卧室里出来,整个人却光着身子,抱着双臂,坐到他面前。

柳桢感到心已蹦到嘴里。他不敢正视她的身体,可是手脚和屁股不由自主地动了起来,试图一把抱过去。然而极度的眩晕和心慌,令他又有些想吐。

"画画就是画画,不好和这个混到一起的。"柳桢说。

吴双没有出声,显然她也在发抖。

她把头扬起来,看向窗外,眼中流露着怨恨与惊恐。

"那你到底想不想画我?"

她用手挡住了身体,因为感觉到柳桢不再看她。

"以我现在的笔墨功底,配不上你的艺术研究。"

柳桢用手捂住嘴,光脚跑向门外,中途还撞倒立在走廊的画框。

吴双正在愣怔,看到他又跑回来,把画框扶起来,才彻底跑掉。

柳桢陪先生去人民公园。老人难得出门,还带上小包,柳桢以为他也要写生。两人坐在十字亭里,周围树林荫翳,湖面宁静如雪,先生却显出怅望低回。

"先生,你的万言书有回信了吗?"

柳桢终于打破这宁静。

"哦,被退回来喽。"

"真可惜。我下午要去剧团办手续,我要去文化馆上班了。"他赶紧换了话题,"将来请你参加展览,你会来吗?"

"我会来看的。"先生说。

"我是说,把你的画也送来展览吧,你画了那么多画,只我一个人看太可惜了。把它们挂出来,一样也能轰动吴县。我们不给南京写信了。"

"我的画都是给你的习作,没人看的。"

"先生,有人认为你的画太积墨了,你积墨吗?"

"积墨呀。我的眼睛不好使喽,所以才会在一个地方重复地画。"

柳桢垂头,长吁一声,随后又抬起眼皮,顺着先生的目光望向亭外。

"先生,你在想什么呢?"

"我有些想家了。"

"那我们回去吧。"

"我的家很远,在半个中国的另一边。我的老娘葬在那里,她去世时我不在身边。没有人批准,我回不去的。"

柳桢想不明白,老人为何从不讲以前的经历。

"姚雪垠不是很推崇你吗,你怎么不找找他?人家现在可是作协主席。"

"你怎么会这样想?"

老人眼神中流露出茫然不解,盯着柳桢看,令他有点发怵。

老人又从书包里取出一小瓶白酒,还用纸包着几粒花生米。

"你不是要去忙吗?你去忙吧,我在这里喝一点酒。"

"这里喝酒好没意思,我带你去文游台呀。苏轼秦观都在那里饮酒论诗,我们也登高东山顶上喝酒。"

"我腿脚登不上去的,你能陪我出来走走,我就很高兴了。在这里,没有人愿意这样接近我。"

"可是我离开了,你要回家怎么办?你又不认识路。"

"我在这里等你。"

"那我们一言为定,你千万要等着我,可不要走散了。"

老人倒酒,并不看他。

柳桢走开后,三步一回头,看先生喝酒,看先生面向江面,把酒洒到地上。他走到树丛中,却停下脚步,定在那里。

柳桢远望着十字亭里的先生,安静地守着老人,一整天没有离开。

柳桢辞去剧团工作,是听从一位朋友的建议。那时他在某年兄家中看画,对方问他若是许纬书真那么好,为何在省里不曾挂名,连文化馆也无此人职位?柳桢据理力争,却只落得个脸红筋暴,因为连他也讲不出先生的画哪好。

吃饭时，柳桢发现只顾争辩，没注意墙上挂的小画，看线条和积墨方法，都是先生的味道。他说你觉得先生不好，何必还挂出来。对方说这可不是你先生画的，这人就坐你对面。柳桢才发现眼前一人正抱着海碗，问他跟谁学画，那人把饭咽下，擦嘴说我学韩冰鸿两年了。柳桢与其攀谈，知道他叫萧沈，年长自己一岁。旁人说，萧沈自幼勤于太极，外祖父是南社诗人，家有何香凝所赠的《老虎下山图》。尽管世道日衰，但他宁可吃四方饭，也死活不肯出让此画。柳桢笑笑，又反复打量起他，见此人马面彪身，戴黑框眼镜，木雕泥塑般看着桌上饭菜。柳桢感叹"有节骨乃坚"，忙为对方夹菜。

之后两人常以毛笔通信。萧沈写着一手瘦硬清挺的唐楷，柳桢回以蚕头燕尾的汉隶。信中萧沈直言，跟吴县这些俗物理论，你是自掉身价。柳桢也把对先生无法言说的苦衷向其倾诉。萧沈提及自己曾去扬州参赛，令他大失所望，夺篆书金奖也没领奖。柳桢这才记起，他们蹲过同样的墙角。

由于生活艰难，萧沈也用卫生纸或者草纸写信。那时扬剧团常到各地演出，柳桢苦于不能及时收信，即便告诉萧沈他人在何处，等对方寄到，往往剧团已离开两三天，演到下个剧场。有时柳桢终于拿到萧沈的信，信封上已盖满了信戳。萧沈拿到被退回的信，也会一寄再寄，紧追柳桢到过好些地方。

萧沈在信中多次推崇谭嗣同和戊戌六君子，沉浸于古人一意孤行的悲凉中，柳桢则格外珍视那一卷卷写满唐楷的手纸。有次他在泰县演出，写信告诉萧沈，我离你有六十里地。谢幕后演员们见外面雨下大了，便吃起干粮准备铺床。道具师告诉柳桢，大门口有人找你。他用手顶着雨跑去看，只见萧沈正光脚站在当街。他不仅全身湿透，布鞋的鞋底也已磨烂，拎在手里。柳桢问他你怎么来了？萧沈说你过来演出，我想看看你。他没有钱买车票，只好跑了六十多里路来见柳桢。两人在雨中走近对方，互相傻乐。萧沈转身就要离开，柳桢将他拉回寝室，用被子把他裹住。他还找出吴双送他的皮鞋，要给萧沈换上。萧沈却说尺码太小，而且一看就是崭新如初，坚决推却。

那晚两人效仿苏氏兄弟的"风雨对床"，萧沈以前人评黄大痴的"不立队伍"四字，劝柳桢取破釜沉舟之势，离开剧团。柳桢听得捶胸顿足，于屋内转圈，又讲起先生。萧沈抹一把鼻涕说，真如弟之所言，许先生的悲天悯人和渊思寂虑，要经累世钩沉，岂是你我所能洞悉？就算他尽心教诲，东西你也难留身上，与他只有师徒之情，并无师徒之实。胸怀大志者,当以天地为师,方可在巨人肩上变法。柳桢低头走圈,一句没懂。

后半夜萧沈身披被单,站到床铺上,面向窗外的风雨高声背诵《韩冰鸿话语录》:"绝似物象者,此欺世盗名之画!绝不似物象者,往往托名写意,亦欺世盗名之画……"他扔掉眼镜振臂起誓,将来他的大写意要灭掉八大山人。柳桢盘腿仰望,捂脸大笑。萧沈在两张床上蹦来蹦去,他说这里没有出路,要去上海变法,要让自己的画卖出天价。柳桢听着听着天就亮了。

再睁眼时,萧沈早已离去赶路。柳桢发现,皮鞋没了。

柳桢被调到政协下属的公园看大门。他会翻出萧沈的信,看那些漂亮的字,想他走后为何便杳无音信。

为了喜迎改革开放,吴主任在筹备文化馆的汇报画展,柳桢求他允许许先生参展。主任说本次画展旨在展示祖国山河和建设成果,所以只能挂大画,许纬书没有画过大画。"他比任何人都会展现祖国,我请他为您当场作画。"柳桢说。

柳桢再把先生领出来,是去自己家里。老人听说要去他家作画,一早便把脸刮干净,人显得精神许多。他还特意记了路,告诉柳桢"我们俩离得其实并不远"。由于怕主任久等,心里又对先生的画没底,那一路柳桢的话格外少,步伐也要快一些。"先生跟上我呀。"可老人包里还装着笔砚和印,走路自然吃力。为给柳桢画画,他几乎倾其所有了。

走到柳桢家里,先生已是热汗涔涔,喘息未定时,他们发现吴主任正在喝茶,并且隔着墨镜打量师徒二人。柳桢赶忙介绍,先生立正站好,两眼发直。主任示意,让他快点画吧。

先生放下书包取出笔砚,柳桢却为他铺下一张六十平尺的纸,这是从文化馆里拿来的特供宣纸。

老人对着这张纸,目瞪口呆。

"我以为画个三四平尺就好,只带了两支小毛笔。"他把笔收回包里,轻轻地说,"我从没画过这么大的纸,我的笔太小喽。"

主任离开座位,走近两人。

"哦!看来许先生完全没准备好。柳桢,在艺术的大是大非问题上,我们可不要站错立场,你想在公园看一辈子大门?"

"先生,我家有大笔的。"柳桢取出一支短而肥的尖笔,帮老人研墨。

老人接过柳桢的笔,定定地看着他。

"我晓得了,就依你吧。"他站到桌前,如临深渊般两眼半闭,凝视那张巨大且陌生的白纸,慢慢在砚上蘸墨。

老人从白纸中央,如臂使指般写出枯藤老干的大篆线条。

"不是画画吗,怎么改成写字了?"主任问。

柳桢并不理会。

"咣咣"几声中,老人肩臂肘有如猛虎出山,先是山梁粗显,又是屋脊栅栏、星罗棋布的船队,再有后山近水。柳桢和主任这才敢在白纸上认,那些枝干被刀劈斧削一样折磨,无论遭受多大歪曲都要向前延伸,随着层层积墨,越描越黑,有些地方就像烧煳了似的。

柳桢家的案子下面是用三角板垫起的,老人在板上画得咣咣作响,令屋内俨然炸裂一般。吴主任被吓得连打好几个激灵,想回座位上。柳桢也看先生像在怄气,尤其当他认出半座大桥在画面三分之一处旁逸斜出,担心可能是画错了无法补救,因为大桥另一半覆盖在墨点积出的死疙瘩下,像是被黑云或者灰烬湮没。但老人站在两人中间,已是如痴如聋,有几处纸都被他捅破了。

随着三角板下发出垮塌的破碎声,老人右腿抖擞,身体终于像漏气似的伏到桌上。他的脸和手臂沾上很多墨汁,和那张早就被浸透的纸,乌漆麻黑连作一团。

"这画脏了,脏了哦!"吴主任墨镜一晃,"柳桢,我能看出你对组织的一片赤诚,但是书画创作是不可违背艺术规律的!这个教训你要牢记!哦!要牢记啊!"

柳桢扶起先生,眼睛还盯着那张比煤泥还黑的白纸。老人看着自己花掉的手掌和衣服,反倒不好意思地笑了。

"许先生还是抓紧解决自己的历史问题吧,这个难题可不是我给你出的啊!"

柳桢去送主任离开,留下老人独自用手臂撑住桌角站立。等他回来收拾桌子,却发现那张画在墨迹晾干后,积墨处仿佛雨过天晴般黑白相生,不止显出厚重和体积感,烟云缥缈的气象也在这张无边无沿的白纸上,继续生发。

"我改,我改。"先生呼哧带喘地对着纸说。

先生终于被允许参展了。还是在那张六十平尺的纸上,老人又在家里改了三天,才完成这幅名为《柳江大桥》的画。不过他并未题跋，只在落款处写明送给学生大桢。

那天临出门前，柳桢看着师娘和许艺把先生收拾得整整齐齐。新买的灰色中山装、黑布鞋，加上老人本就白净，怎么看还是和别人不一样。许艺说爸爸不戴帽子，这样更像叛徒了，师娘叫他别乱说话。

柳桢和先生一家走在去往文化馆的坡道上。坡道两旁种着苍郁葳蕤的古槐，把阳光遮蔽成白色的网，在道上布出陷阱般的格栅。他知道这次出行对于他们的意义，能够感觉到自己也被当成了家人。他们扶着老人，穿上新衣的他，又恢复了举步维艰的样子。倒是师娘的嘴就没闲下来，她问他以后我们在吴县是不是就能抬起头了，柳桢笑笑，她又说想不到老许能收你这样的好学生。先生低头不语。

一进展厅，柳桢便隐隐感到不对。墙上从头至尾挂的都是写实主义宣传画，而且哪张也没有六十平尺大，他想不出那张《柳江大桥》会被挂到哪里。但他只能不动声色地看看先生，陪这家人继续往里走。

展厅里随处可见的是红太阳、大拳头、夸张笑脸和雄伟汽车，一张张响亮的颜色涂出战斗意志和逼视眼神，交替撞到他们眼前。那些画连柳桢都看不下去，师娘也是越看越沉默。在走过几张小孩子画的宣传画之后,柳桢不好再东张西望,因为察觉到师娘和许艺的疑惑脸庞,正对着他。好在先生始终认真看画,什么也没有问。他比任何人看得都认真,好像他来这里本就为了看这些宣传画,就是为了来受教育。

终于走到展厅尽头,许艺叫了一声,认出父亲的画。这些天他一直在家里看父亲改画,看《柳江大桥》时间最久。但是先生的画没有和其他人一样被挂起来,而是被堆到了墙角。显然他们是把《柳江大桥》扔到地上的,六十平尺宽的大画,被卷了一半的边盖住没有打开。先生看到也不说什么,他慢慢走向自己的画,定了一下,蹲下去整理。

"这里都挂满喽,放到地上也不碍的,可是要把画压压平,铺开才能让人看到。"老人自言自语着,把那张画在墙角处重新铺开。师娘走到一边,背对他们,应该是在擦泪。许艺发现母亲哭了,他也跟着哭,整个展厅里回荡着那哭声,像是散不出去的冤屈。

柳桢直奔大厅中央,转了个圈,想喊想问却什么声音也发不出,周围连个人都没有。他回到先生身边,将画夺走,一把一把地揽在怀里,要去政协评理。

他像逃离一样抱着画就跑,那张画太大了,画纸拖到地上,差点把他绊倒。

"大桢!回来吧!"师娘追了出来,把他叫住,"你把那张画给他留下吧。"

主任教育柳桢,要把审美提高到为人民服务的高度。许纬书这张《柳江大桥》的尺寸是达标了,画里也确有大桥、水坝、渡船,还有公共汽车,问题是他画得太小了,还全被山水挤到边边角角。最不该的是那座桥他只画了一半,构图既没以正面表现,也不是仰视角度,他何德何能竟敢俯瞰大桥?而且大桥经过积墨后,光辉形象全淹在墨里,他是什么意思?这更加证明他还没改造好,把这种画挂上去,你让外界怎么看我们?

柳桢自然答不上来。名家们也围住他说,你先生是学韩冰鸿学砸了。人家锥画沙是用乾隆的纸,是用御墨,墨膏化开了像苔藓一样,从画缝里滋生出来。那和你们新研出来的,永远定在纸上的墨能一样吗?馆里正好要给连环画大师们开研讨会,先拿许纬书做反面教材吧。

柳桢不等下班便跑去新华书店,那些人说了一堆,他只记住了韩冰鸿的名字。他记得萧沈在学韩冰鸿,先生也学这个人,说明他一定很了不起。店里果然有本浙江美术出的单张画集,三十几张画是一套,柳桢挑出几张看,果然和先生画得难分伯仲。于是他花三块钱买下这套画集,抱在怀里直奔先生家。

柳桢拍门,先生开门让他进来,他却站在门口,故作神秘。

"先生,我送个好东西给你。"

"什么东西?"

先生站在门里,学生在门外。

柳桢没有回答,把画集举过头顶。

先生没有去接,面容严肃诧异。

"你送这个给我做什么?"

"这是韩冰鸿的画集,你不是喜欢学韩冰鸿吗?"柳桢放下胳膊,露出笑脸。

"我从没学过韩冰鸿,你天天跟我在一起,难道你不知道吗?别人说我学韩冰鸿,说我是污点山水,我不介意,怎么连你也说我学他?"

老人睁大双眼,极认真地看着他。

柳桢被这副表情吓愣,他意识到先生生气了,因为他。

看到学生无所适从的样子,老人也有些难为情。

"那好吧,我倒要来看看是哪里学他了。"

他慢慢接过画集,搁到桌上,找出笔墨,准备为柳桢临韩冰鸿。

画集摆在旁边,他却没看一眼。

"先生,谢谢你。"柳桢说。

他看老人先从底端勾出小块柏树林,中间空出大片留白当作江心,几笔淡墨又点出三两只扁舟和飞鸟。江岸被山岭和村舍的曲径盘绕,一同隐现在云气中。尽管老人没有积墨,但这还是他的画。

"以前我临字走火入魔,只要看到先生的画,不知怎么越看越静。"

"为自己画画,心当然会静了。"

"世上真有你画的这些地方吗?我也想住在那儿,哪怕去走走都好。我也没见你写生啊。"

"这些地方都在我记忆里,写生画不出来的。"

"将来我能画得跟你一样就好了,可是你的画太难临了。"

"我不希望你的画像我,不希望我经历过的,再回到你身上。"

先生放下笔,把画集还给柳桢。

"印刷画不可久临,久临出来的画无笔墨可言。你拿回去吧,我用不到了。"

"我觉得你也能出画集。"柳桢取出印章,为先生盖印已经成了他的习惯,"可他们怎么说你画得不好？为什么明明是白的东西，要被说成黑呢？"

老人没有说话，慢慢在画上题跋。

"俯首衰年依藤草，莫炫当年鄙楚秦。早年只识清高贵，今日方知权势尊。赠学生大桢。"

老人写着写着，身体又不由自主地往左边沉，那些字也跟着往左边歪，但是每一行每一字的间距都非常合适。

柳桢在"大桢"两字旁，使出全力盖好印。

"这没画完呀，你还没积墨呢！"他忽然大声说。

"我还要积墨吗？"

"你想怎么画就怎么画吧，反正这画只有我一个人看。"

先生乐了，柳桢也跟着乐。

老人又在纸上一笔笔画出墨点和糙线，本来干净漂亮的江景，很快被涂黑了。

柳桢跟着吴双一起被调进书画社，做副经理。他干的第一件事，就是把自己的字挂到书画社里卖，但是以吴县人的眼光，他还不够有名。

为了找到好货源，两人到苏州的博物馆进老宣纸，到湖州找善琏湖的毛笔，他们还跑到景德镇进仿古瓷器，把十几个纸箱堆到大巴车车顶，东西运回来两人瘫坐在地上，累得只会傻乐。他们还去歙县进砚台，那里全是手刻的砚，要住进当地人家里等。他们还被带到早已倒闭的老胡开文墨场，眼见偌大的车间里全是古墨，却空无一人。柳桢蹲到地上，吴双在身后和厂方讲价钱，他对着满眼空置的模具和古墨，无所适从。他们拼命进货，回到吴县却要求爷爷拜奶奶，生怕砸在手里。就这样你一张纸我一支笔，全卖出去也挣不到几个钱。

就在他们苦苦支撑时，萧沈终于来信了，他说他在上海画院代课。柳桢把信念给先生和吴双听。萧沈把吴昌硕、谭延闿和陆维钊等人的作品寄给他，让他临好寄回去看，他还在信中教他用色要雅，画要干净。由于先生只知积墨，师徒俩也从没给画上过色，所以脑子里没有雅的概念，不知何为干净，直到看见他新研究出的"萧字"。萧沈说他的行楷里楷书成分占87%，行书占13%，偏旁部首都一个模子，以求用毛笔写出钢笔字的效果，先生也不得不承认他真有学问。可是，萧沈却认为柳桢总在老人身边，和世界不太接轨，吴双倒是很认同这个说法。柳桢便写信告诉萧沈他们经营书画社的事，不过他每次还是坚持用虫蛀纹写信。

那时萧沈刚赢得全国电视书法比赛一等奖，又在龙年国际书法篆刻大赛捧回金杯。在他的牵线下，书画社开始卖上海画院和美协理事的作品，柳桢还把自己的字也掺进去卖。吴县人说你这肯定不是真迹，这么大名气的人怎么能卖到我们这儿。于是萧沈还当上了"交手"（穴头），他把名家挨个派过来卖。柳桢更在书画社门口搭高台、拉横幅、铺红毯，让他们面对面给吴县人表演。

吴双也和酒店签下合同，不仅包吃包住，还雇轿车带名家们采风。这些人在上海久坐冷板凳，也想过过小镇名流的瘾。有人在朵云轩要几万块一张，到了吴县的挂价也只有两千，来之前讲好每人画三张，来了一口气画二十几张，可把成本摊到五百。吴县人见上海名家如此便宜，在书画社几人争抢一张，险些打起架。

柳桢听说萧沈在南京美术馆有联展，他坐了一天的火车去南京看他。在堂皇且安静的展厅，他看到萧沈正指着自己的字讲话。此时的他唇上蓄有浓密短须，头发齐平，面如铁屑。柳桢眯着眼睛正对着他走去，他看到了他，但嘴里仍讲个不停，解释自己与谭嗣同的渊源。两人对视良久，他终于讲完，他们才得以相拥。萧沈说这届作品很一般，你只看我的字就好。柳桢说我是来看你萧沈的，想不到你能达到先生的成就，在南京办展。萧沈说，我的价格也是今非昔比了，我可不会跟你回吴县卖的。柳桢低头笑笑，看美术馆的地砖。

喝酒时，萧沈指着桌上的名家们说，只要你点出人名，我就把他们全发到吴县，价钱你自己谈。柳桢发现这些人并不敢违背萧沈，言谈中还有点怕他。一老画家更是当着萧沈表态，愿为许先生在上海人美出本画集。回到吴县，还是吴双告诉他，谁也不敢得罪交手的，那样跟他接头的画家会失去很多赚钱机会。柳桢觉出可悲，悄悄又把自己掺着卖的字取出来。

书画社终于请来了韩冰鸿。从政协、宣传部、文化局再到县文联，众星捧月般围着大师，吴主任都排不上号。他们招待大师住最好的胜利饭店，给他包下整整一层楼，专给领导人画画。饭店门口挂着木牌，任何人拜访大师，必须有美术馆、国画院和文化部三方开的介绍信才能进门。

大师整日被关起来陪官员聊天，见柳桢也好笔墨，便不放他走。当着领导们，大师拿出一摞自己画的卡纸给柳桢，柳桢却不拿。大师问，小兄弟怎么不拿啊？以为他是不好意思。柳桢却说，你这些算不得篆书入画。大师把卡纸铺到地毯上，跪在上面比画。

"你仔细看我的笔法，我的线是一边撑着一边走，一条线里撑出三条线,这是真正的篆书画。"

"你的画没有污点,怎么会是篆书入画?"

大师有些急了,感觉自己遇到个棒槌。

"我以前也是有污点的,但是为了好看,就开始在画上泼水了。"

"有人画的树像虫蚓一样,山像污点一样,那才是真正的篆书入画。"

韩冰鸿问,你怎么会知道这些?柳桢这才讲起先生,他说胜利饭店和许先生的住所只有一河之隔。韩冰鸿重新站起来,说这就对了。"当年我们正是读了许先生的《论文人画》,才知道画家也有尊严。没那篇文章,如今我还在美术厂里和工人调漆呢。论起来,我们都算是许先生的半个学生。"众人不语。

柳桢再去给先生送纸时,他说韩冰鸿来吴县了,就住在河对面。老人接过纸,用圆笔中锋勾出蚯蚓一样的线,接着提笔运行中突然重顿,裹锋逆入,到处积起弯月点。这次画完,先生落了个"污点韩冰鸿"的款。柳桢正在犯愣,却听他让自己把画送去。他不敢盖印,只是提醒先生落错款了,哪有落对方名字的。老人让他只管送去。

晚上,大师完成表演回到饭店,坐下泡脚。柳桢拿来先生的画,大师两只脚来回搓着,听明来意,只是不痛不痒地说句"晓得了",便让他挂起来看。柳桢把画举到墙上,自己站到一边,瞄大师泡脚。

大师很快把脚伸出来,从沙发上站起身,洗脚水吧唧吧唧溅到地上,两只大肥脚向前移步。柳桢眼见大师的脸快贴到画上了,他发现大肥脚和地上的水都干了,大师的表情却越看越复杂。他对着落款上的"污点韩冰鸿"五个字,看了十分钟,可是什么话也没说,更没提出去拜访许先生。尽管两人彼此相隔的距离,走路也只需片刻时间。

那天晚上,两边老人在传递着什么,柳桢不懂。尤其是先生落那个款到底意欲何为,他就更猜不透。他只知道回家时,走上那条河沟的小桥向两边看,饭店和里巷的灯同时亮了很久,而且头顶的月亮很圆很静。

在《美术》上读萧沈的画评,已经成了吴双和柳桢的习惯。他们看他批导师,看他坚持以太极拳创作书法艺术,看他在《书法报》《书法家》等刊物上,点名批评当代十几位名家毫无文人风骨。这些文章吓得柳桢浑身冒汗。

萧沈又给柳桢寄来"不立队伍"的篆字闲章,令他看了又看。吴双问他,你也想离开吴县吗?柳桢摇头。吴双说，你个子矮，心气也矮，还从不想别人的心思，像个孩子一样。她说我们一起离开这里吧。柳桢说，我还要和先生学画。吴双说，如果他也离开吴县呢？毕竟人往高处走的。柳桢说，那我也要问了先生再做决定。吴双说，那你就去问个明白吧。

柳桢把《美术》带给先生，老人翻起这本他曾参与论战的杂志，边看边笑，合上后又默默地坐了良久。

"你这位朋友敢于在学术上反对老师，令我想起年轻时，在北平拜徐燕荪先生，学诗学画。徐师是清末宫廷画家管念慈的学生，专攻工笔人物画，与张大千有'南张北徐'之称。"先生站到桌前重拾起笔，在砚上吸满墨汁，令绵密的墨浸进笔毫里，有如思绪万千。"离开北平后我们便再没重逢，后来也在这本杂志上，才知他发表了彩色连环画《热爱祖国的弦高》和《程双玉翻身记》，这批健康有益的作品让他成为新连环画带头人。后来在文人画的存亡问题上，我也如你的朋友这样与他论战过。"

老人以篆体勾山峰，用渴笔施淡墨，点出火焰般的山林，一幅江边林地竟有烈火燎原的压迫之势。在画底端，却是一座阁楼建于高台上，里面两个人形对面而坐。老人题字："元高房山师二米而青出于蓝,昔人列房山画为逸品第一,后又有将逸品置于神品之上者,如此逻辑,则房山之笔墨当属自古到今之第一人矣。此略师其皮毛,气韵则难得其一二也。一九八九年仲夏,纬书。"

柳桢注意到,先生的身体越来越偏了,写长笔画时,别人是用肘,但他不得不撤身子。最明显的就是"师"字,因为肘刚一离开,他便开始撤身子,那一撇长得像是被剌开的刀口。但是老人并未搁笔,仍有续写之意。

"画里这两人做什么呢?"柳桢问。

"这是你朋友在雨天来看你,你很想再见到他,也想和他一起去外面看看吧。你可以把这张画寄给他,他需要有人鼓励。"先生说,"其实帐子里还坐着人你没看到,那也可以是我。我也很想和你们去外面,风雨对床。"

柳桢将萧沈送来的印,默默地握在掌心里。

"大桢,人这一生若只有一个老师,或者说他永远吃老师的本钱,那是不会有出息的。其实我并没教你什么,咱们应是北窗之友,这样你的路也会宽广许多。"

"先生,你不教我了?"柳桢说,"你不要我这个学生了?"

"我很高兴你为我送纸，陪我说话，咱们这不是多年师徒成兄弟吗？"

柳桢低头，掰着手指数数。

"可你比我大五十岁呢。"

"大桢老弟。"

老人写完这四个字后，身子撤到老远，柳桢正好过来盖章，两人已形成默契。

他把整个身体的重量都压到印上。

"你每次都把印盖歪。"先生说，"这次的印一看就又往左斜了。"

"你才盖歪了呢。"柳桢说，"你的字本来就歪，我是就着字盖的。"

老人闭上一只眼，在桌前开始瞄。

两人一起瞄着那阁楼里的"三个人"，还有"不立队伍"四个字。

"哦，歪了。是歪了。"先生说。

文化馆的人说，上海有个费老，号称"左笔大师"，他的狂草连主席都认。老人住院时萧沈一直写评论骂他，他让家人拿报纸给他，家人说都是很不堪的文字，你不要看，可又拗不过老人，只好给他看了，谁想他看完就没从医院里出来。如今萧沈不仅被学校除名，在上海也待不下去了。柳桢听后更加害怕，萧沈好像也有感应一样，两人就此中断联系。

吴双也已离开吴县，柳桢只能眼看着书画社越做越寒酸。偏偏吴主任来，告诉他县里又要办书画联展，考虑主推他的作品。这是他答应过女儿的事。

店里接待了一位老太，手拿陈旧破损的印刷画，找人临一张挂中堂的山水。她说我喜欢这张画，可是它被人撕坏了。柳桢把纸拼好，认出是赵孟頫的《双松平远图》。他说我们不临古画的，更别说是赵孟頫，画不来的。这里主营宣传画，你可以看看。老太说，你们还是县文化馆呢，就没有真材实料的人？吴主任说，你不好这么说我们，文化馆毕竟是文化馆，上面没给赵孟頫定性，我们也不好给他恢复地位的。老太白眼瞪他。主任又说，若去找人，也不是画不来，可连装裱、配对联，少说要八百块。柳桢看着主任，没敢接话。老太考虑再三，终于应下价格，并留下印刷画。等她走后，主任对柳桢说，去请你先生吧。柳桢说，让他为书画社临画？他不肯的。主任说，这可是我谈成的买卖，许纬书能为书画社出份力，那也是他对吴县做的贡献。

再到先生家，老人看着他问，这次带的纸呢？柳桢才想起他已不学画多日。

老人看着他把那张被撕坏的印刷画轻轻放到桌上,两人默然相对。

未等他做思想工作,先生开口,我给你画。柳桢听到,先生语气决然。

几天后他去取画,却见老人画出两张《双松平远图》。

先生拉住他说,这张画是给你的,另一张给你的顾客。柳桢想起初识先生时,在裱画店的情景,现在又有两张同样的画摆在面前。他意识到先生已不拿他当学生了,也能感觉到老人临赵孟頫时的心境。

"先生,你也会离开吴县吗?"

"怎么了?"

"如果你回南京,我也想跟你回去。"

"你跟我回南京做什么?"

"去做你万言书里的事,我可以帮你的。"

"如果我回不去,你怎么办?"

"那我就继续给你送纸。"

"一言为定,你送我多少张,我给你画多少张。"

"你画多少张,我就给你送多少张。"

柳桢把印使劲一盖,吓老人一跳。

老太再来书画社,眼睛便没离开那画。主任说出于文化馆的关照，白送你一副我们书法家写的对联。老太把画收好，但是没要对联，说是配不上。她给的八百块钱，装裱店提一百，剩下的七百块，主任交给柳桢，说给你先生送去吧。

柳桢去先生家送钱。十元一张的钱，叠成很厚一沓，被他搁在桌上。

先生说我不卖画的。你给我带纸了吗？

柳桢半嗫半嚅地说，这是书画社给的劳务费，不是让你卖画。

先生笑笑。那就更加不必，这钱算在你们店的收入里吧。

柳桢把钱拿回来，用力捏在手里。临走时他还是把钱塞进床褥下。

两天后，先生再次衣着整齐，脚穿布鞋，由许艺带到书画社来。

主任出门相迎，问他怎么来了也没说一声，我好叫大桢接你。

先生说，我就是来找大桢的。

柳桢这才臊眉耷眼地从店里出来，被先生叫到一旁。

"大桢，我不卖画的。"老人把钱装进信封，还到他手上，"你让我画几张，我便画几张。"

柳桢下定决心给萧沈写信,劝他熬不过就回吴县。他还把先生的画一起寄去,可是几天后信又被邮局退回,原因是"查无此人"。这次他却不知再寄到哪里。

再去送纸,柳桢背了满满一大书包过来,令先生一家人错愕。

"上海的前辈帮我们联系了朵云轩,人家出画集门槛很高,要一百张细笔画。污点山水不好出的。"柳桢说,"稿酬是一张画八十块,可以分几次完成。"

"哦,一百张画,细笔哦。"先生看着厚重的宣纸,重复地说。

"你看这样好不好,我的展览也在筹备,你按我的字来配画。这样我的字也可以进画集里,摆在展览上,还能显出名师弟子的身份。"柳桢说。

"哦,你要开展览了。"先生说。

"是呀,你不是说要来看的吗?这时候你要托一托我的,我们师徒俩要互相成全嘛。"

"那你的字呢?"先生问。

柳桢不语。

柳桢赶回家就临。他只临草书,一来节省时间,二来吴县名家多写行草,这样不显他特殊。他临王维、李白和陆游的壮丽古诗,至于赵孟頫那种令人难堪的文人,他一首也没写,不给先生画污点山水的机会。他临完一批,许艺取走一批,先生便画一批。可是他觉察到,许艺取字的进度总跟不上他,写好的字在家里也越堆越多。他颇有些不快地去先生家,进门就警告对方,你可不要偷懒,误我大事。许艺说,你去跟爹说吧,你去看看他吧。

老人的眼睛只有一点点光了,他眯眼拿着毛笔,手如弹珠。

"恐怕我不能给你画了,我的眼睛有些看不到了。"先生说。

"还差几张?"柳桢问老人。

"已经画了八十多张。"老人说。

"八十多张。"柳桢握拳击掌,"我还写了好多字没用上呢。"

"没有关系。"先生控制不住手抖,对儿子说,"我窗上贴了几张小画,你取下来,让大桢带回去吧。"

"可不是吗,我要反过来为这些画配古诗呢。"

与以往不同,这次柳桢回去,先生要出来送他,好像他还是小孩子。老人以为他要渡河,其实回家的路早已通了公交车。他们一起在站牌下等车。

"先生，不能画画，你就给我写展标吧。"柳桢说。

"展标我可以写。不过话说回来大桢，你的字写得太快了，快得我认不出喽。"先生说。

"我知道的。"柳桢说，"不好的字，我通通撕掉。"

"爹，我们该回去了。"许艺说，"柳大哥的车，让他自己等吧。"

先生像是没听见，转身望向渡口，柳桢也只好随着老人，两人并排面朝渡口。

"我写李太白的《蜀道难》，先生没给我画呀。"

"我没来得及，恐怕赶不上你的展览了。"

"太可惜，那幅画如果挂在展厅一定很有气势。那里可是你的老家，还说刻在记忆里了，怎么没来及画呢？"

对着河面的霞光，先生笑逐颜开，那张脸红润且有光泽，令老人像婴儿一样。

"只好我自己画了，我回去要抓紧时间。"

"不必着急。我们可以一起到那里看看，只有见过真实的地方，才能画好。"

"可你的腿脚连文游台都上不去。"柳桢伸直脖子往另一边看，车要来了，"真能回去写生，我做你的拐杖。"

"大桢，恐怕到那时你就不认我了。但我可记得你说过这话。"

"知道了知道了。"柳桢摆手上车，头也不回。

布置展厅时，柳桢看到他的字终于和名家们挂在一起。先生眼睛不好，无法替他筛选作品，这些字是吴主任帮他筛的。他觉得没有关系，只要挂墙上就可以了，所谓"字怕立，画怕挂"。好歹没和先生一样被扔到地上，这就叫进步。

画集样书也寄到了，柳桢摆在厅里，还从大门走进来，感受书与作品的位置关系。这时他发现展标还是空的，才想起先生没把展标写好。他叹了口气，只好坐车再走一趟冤枉路。可是到站下车后，先生家却是屋门紧锁。阴云密布的天空下，他在门前转悠半天，仿佛认错了路。直到他明白过来，这个家门第一次把自己关在了外面。

对门大娘告诉他，这户人家三天前就搬走了。柳桢问搬去哪了？大娘说，听着是回南京，他小儿子还让我把这信封给你。柳桢没有去接信封，他还在看着旧房子，仿佛屋门很快会如从前那样打开。大娘说你看变天了，再不回去要挨淋的。他这才打开信封，里面是先生用他最喜欢的虫蛀纹，为每一幅作品写的展标。那些字的用笔全都劈了叉，字像是飘下来的，忽左忽右，显然是老人借助肌肉记忆才写出来的。

柳桢把展标揣进怀里，大雨浇头中，一时不知往哪个方向坐车。他想不通明明讲好一起回南京，先生为何不辞而别。他浑浑噩噩地把展标贴到作品旁，借着学生的手，老人的字就这样挂到了文化馆的墙上。可是展标被雨浸湿，字已晕化成黑疙瘩，哪还有虫蛀纹的样子。不过这没有关系，吴县人面无表情地从他身前走过，和瞎子一样什么都没看见。只有失去了先生的柳桢，守着没封皮的样书、没人认识的草书，以及一团污点的展标，感到寒冰刺股的冷意。

终于有人冲他走来，是吴主任陪同政协和书协的领导。

柳桢笑容可掬，微微弯腰。

"小子，你真是个麻条啊，你目中无人啊。"一身穿黑色西服、长着尖脑袋的胖子，瓮声瓮气地说，"你这是麻木不仁啊！"

柳桢瞪圆眼睛，左右转转。

"文化馆请了韩冰鸿、李可染、陈大宇这样的泰斗写展标，你眼中就只有个许纬书。你都不按顺序摆,还把他放第一个,许纬书算个什么东西?他连你们吴县都没人认。"

展厅里的人们被惊得驻足,很多人还围过来看他们。

柳桢瞧瞧吴主任,主任低下眼皮,轻轻咳嗽,说这位是市里政协副主席。

"我是许纬书的学生,所以把他写的展标挂到墙上,这是我的顺序。整个吴县没有人认他,我柳桢认他。"

书协主席站过来,吸溜了一下口水。

"你自己回头看看,他这展标写得污秽不堪,连纸都糟啦,很影响整个展览的格调。不如这样,或者让吴主任给你重写,或者你明天就不要展了,反正这种字有很多人会写。"

见柳桢直僵僵地立在领导面前,闭口不言,吴主任忙把大伙儿引向别处。主任兜了一圈回来,本想数落他几句再做斡旋,但是看他还那样杵在空洞洞的展位前,直眉瞪眼的样子,主任什么也没敢说。

听说许纬书跑了,名家们都笑柳桢这回赔大了,白给他先生抬那么多年轿子,我们可不要上他的套。很快,曾经张罗着要画的人,又纷纷拿出来卖,可是这污点山水别的画廊还不收,只能全退给柳桢。他们对他说,随便你给几个钱,把画收回去吧。有的打牌没钱了,也拿画来抵钱,哪怕二三十块,只要能出手就行。后来整个吴县都知道,如果你手里有许纬书的画,快去找柳桢要钱吧。他只好把先生的画全买回来,毕竟他还要在吴县待下去。

那两年里,柳桢没再练过字。省里的比赛无论怎么投稿,终是石沉大海。他的字在吴县倒是值一顿酒钱,拿了钱便和朋友们吃吃喝喝。那种坠崖下降的失落感,令他幼年的灵性与觉知,以及从书法中建立起的志趣一并消散。

萧沈又有信来,他已在北京的国家画院任教,院里计划开办高研班。萧沈问,你不是想来北京学画吗?我手里有六个名额。柳桢纳闷,他何时讲过想去北京?而且国家画院只收院派学生,自己并无文凭。便也懒得回信。萧沈又寄信说,你只要来,可以免试。后面的信,他索性不再去看。

那天吴主任正在馆里开会,柳桢突然站起来。主任问他怎么了,他也不理便转身离开。他回家把自己的字和先生的画都塞进书包里,又装一瓶酒,抱个纸箱。他跑到渡口,正对先生的旧屋,蹲在河边喝酒。他随即点了把火,看也不看,把字放进去烧。他又擦汗，酒被擦进眼睛，辣出热泪。纸和灰烬被炽盛的火苗吹上半空，皮肤也被燎得灼痛。他开始去捡先生被人退回的画，看从哪张烧起。翻到先生送他的那张四尺斗方，和那些为出画集而配的画时，眼前已是一片模糊，而且越擦越疼，令他想把眼睛抠下来。

当他翻到先生写的"大桢老弟"，看到为他画的污点，心底那种痛意已被酒麻木和消解。他的身体不听使唤似的挡住火势，用手推开火堆。直到火烧到衣服，他还在看那些画。他已经很久没看先生的画了。

那天经过吴县运河的人，会远远地看到有个矮子在岸边发光，如同自焚。

许艺出现在书画社里。他和柳桢相视半天，才认出彼此。

"找过你几次，你怎么不上班也不在家练字。头发去哪里了？"

柳桢笑笑，低头擦起柜台玻璃。那里放着几本《许纬书中国画艺术》，这套画集一直摆在店里。

"爹去世了。"

像是被什么蜇了一下，柳桢的后脊梁冷不防一抽。

"什么时候？"

"半年多了,在南京走的。"许艺也低下头,"他本想回老家为奶奶扫墓的。"

"你们怎么不告诉我?我没有见到他。"柳桢把光头一抬。

"别说你了,我还是儿子呢,我也没见上。"许艺说,"不过他清醒的时候,用报纸包了两卷画,嘱咐我有一包是给柳桢的。我答应他给你送到,他才安心。"

柳桢不再擦了,大口喘气。

"我把画给你带来了,你到家里取一下。"许艺就要转身。

"你留着吧,我还有很多他的画。"柳桢说,"我还有个会。"

"你还是拿走吧。你再不拿,我老婆就把那堆东西扔垃圾箱了。他的画脏得很,我房子新装修过的。"

"那你等我跟店里说一下。"

柳桢找了个没人的地方蹲下去,用手掌扼住喉咙,剧烈地干呕起来。之后他从库房推出一辆平板三轮,叫许艺坐上去。许艺看着他的脸,点了支烟给他。

"你说他没回老家,怎么回事?"柳桢叼着烟,边蹬车边回头,"他可是一直想回去看老母亲的。"

"这还不是要问你,是你让他画了一百多张细笔画,这批画一完他就看不见了。我们着急带他去南京治病,他也不让告诉你。"

"我以为先生官复原职了,把我扔下不管。"

"他回到南京,没有一个人去看他。我娘说他临死的时候,眼睛完全瞎了。他真是瞎了眼。"许艺在他身后喊着。

柳桢重回那间小屋拿画。屋内已经装饰一新,那扇小窗上还贴着大大的喜字。他以为顶多是给几张而已,但许艺却从席梦思床下拉出用旧报纸裹着的四卷画。

"他给我的你也拿走,我不要这些破烂。这也是他给你画的,帮把手。"那是用牛皮纸裹着的画卷。许艺弯身,叫他一起把画从床底抬出,以免划伤新铺的地板革。"他在吴县就动笔画这个,你没见过的。回到南京他左眼视力0.02,右眼是0.08,我有体检报告的。所以他平常总要闭一只眼看人,画画基本是盲写的状态,还必须铺块黑毡子,白纸铺在黑毡子上,他才看得见纸,知道画在哪。有次我拿白毡子给他,他看不见纸和毡子的边界,一笔就出去了。"

许艺一撒手,柳桢独自抱住这卷画,身体慢慢向后退。它远比他想的要重。

柳桢把画挨个搬到板车上,要搬好几趟,许艺嫌慢,便又讲起话。

"他天天问我什么时候回老家,回去给老娘上坟,我也不好骗他对吧,毕竟是做儿子的嘛,和你不一样。有次赶上孙中山诞辰,他从家一路走到中山陵去吊唁,我也只能跟着。他提起和你讲好要回老家的,提起你答应要给他做拐杖。我跟他说,没有柳桢你也不至于看不见,那些画后来卖了多少,钱的事也不提了。"

柳桢无法说那些钱都用来买回先生的画了,但他还是把身上的钱留给了许艺。对方帮忙扶了一下,摸了摸那些画上的灰尘。

"你别沾手了。"柳桢告诉他,重新骑上板车,"新婚快乐。"

柳桢把画拉回家,每蹬一段路他就要停一下,所以直到天黑才进家门。

那是张七米长十一公分宽,题为《蜀道不难图》的手卷,那是用他每天送去的宣纸一张张拼接起来的。那些纸越伸越长,如戏台上的幕布一样宽大且沉重，远远超过他的身体。他小心地托起画，在那些纸上看到老人凭记忆所写的回家之路。那是用无数深浅不一的污点涂抹出的重山复水，用骨力遒劲的枯笔连缀出的灰色人间，由于他送的纸带来足够的空间，老人的笔墨点出了从容的真性，即便是如微尘般洒落的古寺、帆影、屋宇、车队、烟囱、大桥、水坝、电站，全带有某种童趣的细小笔触，看到这里他竟然笑了。他还找到了背着竹杖的老翁和提着包袱的小孩，在蚺曲的古道中结伴前行。在手卷末端，已无人再为先生盖章，落款如空悬在纸。他忙取出萧沈的印章盖下去，感觉这才算是大功告成。

柳桢眯上眼睛斜着身子，学老人的样子反复看这张画，一直看到后半夜。迷迷糊糊中，他做了个很短的梦，自己置身在灰暗幽深的山谷间，头顶是孤拔耸峭的青崖，周围簇簇柔条、藤萝摇曳。这里只有他一个人，只能听到空灵的水声，他在无所适从中遥望，终于发现前方还有人家，但是那条路叠谷层峦，他不知道怎么过去。

柳桢睁开眼睛，晨曦洒落在屋内，洒落在画上。他依旧去看那画，得出的结论却是自己完全不了解先生。

柳桢拿笔给萧沈回信，让他在北京等着自己。

柳桢头戴遮阳帽,背着先生的画,被人群挤出站台时,来接他的却是吴双。她身穿粉红色西服,乌亮长发垂到腰间,挡住去路。不解中,他轻锁眉头,仰着脸对她笑。她那张铜色的脸上,细眼半睁,依旧是不冷不热的面孔。

他被她带上车,两人像从前那样并肩坐在车里,但这次由她开车。

吴双打着方向盘,她说你的名额是我为你争取到的,这样对你有好处的,破釜沉舟才能成就大事。她说到死都守着你的先生,人是没有未来的。

"你说话都是萧兄的语气,你也是他的学员吗?"柳桢问,"以前有先生在,我不喜欢学画。如今他不在了,想学又不知怎么画。"

对于吴双的出现,柳桢满是疑惑,却没有任何想问她的。他只想见到萧沈,给他看先生的《蜀道不难图》,想到这他把怀里的书包又摸了摸。

"先生在吴县时,没人知道他画的是什么。他给我画了那么多画,我让他画啥他就画啥,其实我也不喜欢他的画……"

"许先生死了。"吴双握紧方向盘,"柳桢,你的先生已经死了。人要向前看。"

柳桢看看她,像是才回过神。

"你临谁像谁,就是从零开始也不吃亏。"吴双说,"见到萧先生,你要叫他先生了。这届研修班有七位教授,他是最年轻也是最有前途的教授。你也是他招的第一个学员,我们要在你身上立规矩的。"

车头拐了个大弯,两人的身子都倾斜严重。显然吴双还不太会打方向盘。

"另外你得改口叫我师娘了。"

他被她带到紫竹院的国家画院。她让他下车,领他去招生处办入学,看着他拿出五万块钱交学费,然后换来学生证和几本教材,便扭头走了。柳桢住了两周旅馆,别说是上课,连萧沈人影也没见到。直到他又等来吴双,她又开车接他,车里还坐了三四个人,她把车开到清华美院,说萧先生在这也带了个班。清华条件比国家画院好,你们也报一个吧。柳桢这才发现,车里的学员全是社会面孔,岁数比他还大。他问还要交学费吗?吴双说清华便宜点,只要两万。这时那些人让她停车,半路就跑了,只有柳桢被拉到个荒山野岭的地方。他只好拿出仅剩的两万块生活费,又交了一次。他问什么时候才能见到萧沈,吴双说这回快了,等他把朝阳那个班结课就轮到你了。

这次报完名，吴双却把车熄火，不走了。她问起那双皮鞋，她说是你把我让出去的。柳桢笑笑，说哪有的事。她又说萧先生的信你不必当真，柳桢问这话什么意思，她说他受过刺激的。萧沈刚来北京时，在友谊商店门口，见外国人用外汇券买黄庭坚的一幅字。可他没有外汇券，也不能进店。那个外国人走出来时，他抓住对方衣服猛击几拳，他是练家子出身嘛。他还把人家的包扔了，拍着柜台问，这是中国的土地，你们凭什么有特权？他急得飙起上海话，让老外滚出中国。店方报了警，要知道殴打外国人可是重罪。

画院以他精神有问题，为他办了保外就医，谁想到精神病院真给他打激素、电击治疗，他的脑袋变得像锅底那么大。但他还是在讲谭嗣同，讲起你。柳桢说，那他还能讲课吗？吴双说，哪有人敢请他。柳桢说，可是我钱都花出去啦。

柳桢终于见到了萧沈，在画院理论部一间褊狭背阴的办公室里。两人隔着桌子相对而坐，总算是上课了。在萧沈肿胀的脸上，眼睛被圆形镜框挤成缝隙，这令他和吴双倒是多了几分夫妻相。他的短发也已是灰白一片，令柳桢意识到他们年纪都不小了。他听他大谈衰年变法，说中国画家全是大骗子。吴双喂他吃过药后，提醒柳桢，每天的课只能上一小时，否则药效就没了。

柳桢赶紧打开书包，取出许先生的画集。

"多亏你那时帮忙，先生总算留下点东西。"他把书递过去，绕过桌子站到萧沈身旁，"吴县人说他是污点山水，说他学韩冰鸿。"

萧沈单手托住画集，优雅地看。

"许先生没学韩冰鸿，他是被冤枉的。这些画的线条和墨点，无不诉说着他的寂寞。可贵的是你给他送纸作画，而他的每一张又都是画给你的。"

"果然还是你比我更懂先生，这些话我就讲不出来。"柳桢紧握双拳，眼含泪光，"他也很认可你在学术上的勇气。"

"他知道我？"萧沈摘掉眼镜，肿胀的脸惊疑地看向柳桢，"可是这样的老师教你，你也没学成啊？"

柳桢低头笑笑，萧沈又把脸贴到书上看。

"这些画他卖你多少钱一张？"

"不讲这个吧。"柳桢说，"不讲这个。"

"不要拐弯抹角的。"萧沈用力翻开好几页，拿笔在画上打钩，"这几张我都买了。"

"先生不卖画的。再说你挑的这些也不全是我的，很多是他留给儿子的。至于他送给我的，卖你也不合适。他以前倒是让我转送你一张，寄出去后却被邮局退回了。还有张他画很多年的……"

柳桢找起书包拉锁，要拿《蜀道不难图》给萧沈看。

"便宜没好货。我这么问吧，你有他多少张，我都买下来。"

柳桢把画拿到手里，却没有打开，脸上露出沮丧的笑意。

"萧先生好大口气呢，都买下来。我差点忘记，现在你也是我的老师，两个老师的话，你说我该听谁的呢？"

"不如我们各退一步，咱们以物易物。拿我三张画换你一张行不行？而且我不在你的精品里换，我挑他那些差的画。你也不要自视过高了。"

萧沈变了话音，他没想到谈判会这么不顺遂。

"先生没有差的画。"柳桢把画放回书包里，又伸手拿回画集，翻找那张阁楼三人图，"我们不用换，我可以送你的。"

这时萧沈找了把椅子踩在上面，把自己垫高，从书架顶层取下几张裱好的画。

"大桢！你去查查我什么价格，我两平尺的小画已经一万一张了！据我了解，许先生应该不会高过这个价吧。"

吴双端着药过来，她说一会食堂要开饭了，萧先生先把药吃了吧。柳桢已把书包重新背到身上，抱着画集，沉着脸看向萧沈。

萧沈并没有从椅子上下来，他对着自己的画喃喃自语起来。

"好钢用在刀刃上，换了不亏！不过我这几张四十平尺的画能卖十万一张，将来你卖少了是你自己吃亏。"

他伸长脖子，手扶眼镜，在椅子上盯着被柳桢重新打开的画集里，那张阁楼三人图。不要说勾，他压根就没注意到这张。

"这张也太小了！"萧沈说，"大桢你就这么对付我啊。"

吴双留柳桢和他们一起吃饭。三人抱着饭碗，坐在各自的角落里吃饭。她说我让你来北京，收获超出预期了吧。柳桢不语。她吃下一口饭，咀嚼半天，仿佛难以下咽。终于她放下筷子问他，"萧先生是你的老师了，可你下跪拜师了吗？"柳桢睁大眼睛，看着自己的碗，"不拜学不到真东西的，你得拜他。""我和大桢本是兄弟相称，又没外人在场。"萧沈一边喷水一边讲话，弄得桌上的书都湿了。

好半天，三人不说话，也不吃饭。窗外天光由墨灰渐变为藏青，令他们的距离远且沉闷，屋内如同一潭死水。吴双终于板起面孔，端坐起来，她看着柳桢。"这回你还想跑吗？"他只好放下碗筷，挪开椅子，短小身材又矮下去半截，向师父师娘单腿下跪。"今天起你就是萧先生的学生了，他以后会有很多学生。但你要记住，你是他第一个学生。"吴双说，"坐下吧，你可以吃这碗饭了。"柳桢拿起碗，走到师娘身前，任由她为他夹菜。

柳桢和油画系、雕塑系的学生住一栋宿舍楼，他穿着土气，整日背着书包，像背一把剑那样端坐在床铺上。很多学生跑来逗他说吴县话，他也发现自己面容憔悴，体态臃肿，倒是很像校工，或者是他们的叔叔，总之和艺术生没有丝毫联系。

学生们常会谈论美术馆的展览，分享画集或者哲学书看，有人说这里不该招人学国画，那和艺术没有关系。有人问他，你包里藏着什么，整天背着累不累？柳桢把包打开，给大家看先生的画。他告诉他们哪张是老人特意为自己画的，哪张是他强迫他画的，哪张是他不想要的。学生们也无从判断，他们找来自己的老师，甚至是外院的教授。经反复讨论，大家一致认定这些画的水平实在不敢恭维。

萧沈把许先生的画挂到墙上，看了很久，看得他用拳捶墙。吴双问他，许纬书有那么好吗？他没有名气的，爸爸说他在吴县只能卖到三十块一张。

"我错过了许先生，我们曾经近在咫尺！"萧沈用脑袋撞墙，把眼泪也撞了出来，甩得哪里都是，"为什么他会收柳桢做学生？他找我来多好啊。"

吴双一边捂住萧沈的吃饭家伙，以免他把墙撞坏，一边使劲看那张画。

"乖，你的老师已经够多了，而且都被你骂遍了，他就这一个老师，总数上我们还是压过他的。"她说，"他也是你的学生，咱们还是想想招生的事吧，听话。"

吃过药后，萧沈平静了许多，但依然不肯离开许纬书的画。

"我骂那些人是骗子，因为我恨他们的线。他们打着水墨的幌子，画的却全是素描线。那些线像是得了结石，走着走着就出来一骨节，我称之为静脉曲张体。只有许先生是真正的书法线，他把笔性、墨性、水性、纸性和人性融为一体,这些线外看如蚯蚓游泥,内看骨力遒劲两头活。他的污点永远能吸引住我,把我引向灵魂深处。其实不怪柳桢,这画就是想学他也学不来,因为你不能既当骗子又当傻子。"

吴双很惊讶萧沈竟然没有开骂,通常不管谁的画再好,他看过三分钟就要开骂的。

"那就让柳桢尽快改走你的路子画,他现在到处给人家看许先生的画,全院都知道有个许纬书是他老师。你该让他明白,你这个活着的老师更有用。"

萧沈看着"不立队伍"的钤印,那是他亲手刻的,被柳桢盖在先生的画上,又挂到自己家里。他笑了,令口水喷到画上。

"这个柳桢也蛮会做生意,不声不响换走我们三张画,我猜他全卖掉了。"吴双还在讲个不停,"你要和他讲清楚的,要么彻底改画你的大写意,要么就把他打发回吴县,我们还可以收别人的。"

"许先生,学生悼念你了。"萧沈忽然两眼发直,对着那张画说。

吴双这次加大药量,喂他吃过后,两人终于能离开那张画了。

两人的课堂只能设在办公室,赶上党办干部突击检查，他们还不敢吭声。至于授课内容，乃是萧沈毕生绝学：太极写意和听画报价。前者要以最少的笔墨作画，这需要萧沈先用太极调整气息，控制住每一笔的发力。但有个问题是，到底几笔才算最少？经他一次次突破，终于发现两点之间直线最短，所以他的画全是直线或者对角线。水墨用笔贵在避重就轻，他偏反其道而行之，画上全是一道道横竖实线，人家穿拖鞋就能跑，他必须穿铁鞋。为了达到用毛笔写钢笔字的效果，连个"大"字都要借助三角尺，写出来跟五角星似的。

萧沈要求柳桢仿他。两人先打几轮推手，然后他立即让他画出两条完全一样的线。这把柳桢难受得直挠脸，因为那是不可能的事，而且他发现萧沈的运笔没有一字不安排，没有一个角度不安排，每个点甚至连起笔收笔都是刻意安排的。有时他刚要下笔，萧沈就打他的手叫停，因为再画一笔就赔了。这与他跟许先生学的污点积墨和篆书入画简直就是满拧。

至于听画报价，就更要求两人配合。只要柳桢说出人名或者标题，萧沈就能报出行价，以及那张画共用多少笔，进而算出每一笔的价钱。他还带柳桢去画廊和拍卖会，有时场内还没落锤，他就能算出成交价，最后竟相差无几。这招把柳桢惊着了，他说原来你教我的是会计学啊。

不过,柳桢喜欢听萧沈讲话,只要他按时吃药,只要不谈钱,他还是原来的萧沈。而且等他闹完了,两人又可以取出许先生的画,一起看画。柳桢为萧沈打开《蜀道不难图》,两人弓下身子,一起顺着拼接的残纸,在污点和蚯蚓线中追寻老人。萧沈听柳桢讲老人写的万言书,讲他画《柳江大桥》的样子,乐得几次把眼镜摘掉,擦拭泪花。那是他难得流露真情的时刻,宛如当年提鞋相见的少年。

萧沈说,先生令我想起战国时不入污君之朝,不食乱世之食的陈仲。孟子说他上食埃土下饮黄泉,是人守小节的"蚓操"。殊不知人生在世,恰如蚯蚓走泥。萧沈取出一支大笔,为先生的万言书题签"蚯蚓的操行"。柳桢听得一头雾水,他只会等字题好,习惯性地帮忙盖章。但是这次他却被拦下了,因为章盖在哪也要萧沈计算好才行。

萧沈也认为应该有更多的人知道许先生,他要为老人写传记。他跟柳桢要来老人生前发表的所有诗歌、日记和画稿,把它们摊开在办公桌上,一句句抄。柳桢头一次见到写书是这么个写法,好在萧先生不闹了。有次萧沈问他,你拜先生,磕过头吗?柳桢说没有,他甚至不承认是我的先生,他说我们本应该是朋友。听到这，萧沈停下来，他说你终于还是拜了我为师，我才是你的先生。以后你要学我的路子画，宣传我的画。

可是每次柳桢临画，却还在画蚯蚓线，萧沈只好给他做示范，还让他用尺子画直线，甚至就站在旁边盯着他的笔。但是柳桢怎么也画不出干净又生动的直线，他一度执笔却不画，两人用内力有过片刻的僵持。

僵持过后，夫妻俩还要在办公室里对词。萧沈需要把他的创作理念先讲给吴双，由她记录下来，经过翻译，形成正常人能听懂并且会被打动的故事。这个过程相当复杂，因为吃过药后连萧沈都不清楚自己在讲什么，那些艺术史和哲学专业的术语，就像是故障中的机器在掉零件，而且他说着说着就忘了讲过什么。吴双有时试着解释好几遍，都无法让萧沈满意。此外，夫妻俩每天还要开个碰头会，分析和他们打交道的收藏家或者某基金会的决策者，给这些人的偏好和购买力打分。通过调查其每月在艺术品上投入的现金流和占比，他们能算出自己全年从这人身上赚到的金额，由此推导出与对方打交道花费的时间和情感成本。

但是，当吴双费尽心思联系好会面，或者请对方来品尝她做的饭时,萧沈却总是爽约。即便勉强到场,他也要冒出令人难堪的言论或者把人家吓住。所以他们尽量把柳桢带在身边,柳桢很会看吴双的脸色,那张铜色的像薄膜一样的脸皮下,每一根血管稍有变化,他都知道该怎么做,而且他很听她的话。但是萧沈像是有意把所有努力捣烂,他始终要扮演愤怒或者心不在焉的高贵形象,可事实上他每次出门连鞋带都要吴双替他系。

　　柳桢也被带去出席院里的教学会或者给某位同人的展览捧场,但后来就不再跟去了。那里的气氛本来融洽得像是为孩子办满月,但只要有人看到萧沈,就会低下头或者躲起来。他不耐烦地背对作品而站,盯着柳桢或者吴双的脸,等他们看完。他的发言常会颠三倒四,这是在为搜罗对手而蓄力,他喜欢把自己置于以一敌十的处境下。在党办组织的教学会上,他却说国画界的第一口奶是吃西画的老本,自从留俄那帮人把西画概念硬套在水墨上,几十年来根本没人能以书入画。为了证实自己的话,萧沈把许纬书抬了出来,谈起老人的污点和蚯蚓线。萧沈的话充满攻击性甚至带有侮辱的意味,这令柳桢感到难堪。那么多年过去后,他不愿看到先生再被不相干的人争论,他知道老人也不愿看到。

夫妻俩回来终于吵了起来，柳桢忙把窗子关上，因为吴双的话更不好听。

"我们是要脸面的人。"她拍打着自己的脸，"那是你导师的发布会，除了他谁还愿意请你？他全家人在下面看着，看你在上面翻旧账？你让我前功尽弃了。"

萧沈坐回办公桌前，继续抄书。

"人家跟你约画评你不理，我可以帮你写。"吴双推开柳桢，逼近萧沈的座位，"你却在这给许纬书写传记，你是没见过画上有污点和蚯蚓线吗，我在吴县天天看，难道我会看错吗？"

萧沈低头，摘下眼镜，擦了又擦。

"我决定退出画院了，我受不了党办的干部教我怎么画历史人物。"他看向柳桢，笑笑，"我也想追随许先生。"

吴双哭了出来，她也盯着柳桢看，仿佛这个恶果是他带来的。

"没有人能退出画院，你根本找不到办手续的地方，没人负得了这个责任。"她哽咽起来，"而且你说这话也是违心的。"

萧沈重新戴上眼镜，默默看着摊开在面前的古诗、画稿和日记本，紧咬下颌。

"你比我清楚退出的后果。画院对外合作的展览和工作室,永远不会有你的名字。"吴双退到自己的椅子前坐下,语调反而轻松自在,"那些画廊、基金和拍卖公司之所以哄着你玩,是因为我们在画院的理论部里挂名。现在很多工作计划已经把我们往后压了,我租工作室、置办衣服和皮包早就把定金和学费花光了。如果这碗饭彻底不让你吃,很快会有学员和画廊找你退钱,我们反而成了骗子。"

"大桢,我们上课吧,你的画呢?"萧沈抬起头,眼中充满恐惧,望着柳桢,"你还是不肯学我的路子吗?"

柳桢坐到萧先生的对面,这样可以同时看见他们。

"我从没想过改路子。我来北京找你,是想请你告诉我先生的画好在哪里,从前我一直看不出好来。"柳桢看着那些反对着自己的画稿,"你那么聪明,我觉得你一定能看出他好在哪里。"

"其实我也看不出来,我想没人能看出来。"萧沈笑笑,"所以我要让更多的人看到先生的画,我要把他们都搞晕了。"

画院的党办主任,其实是这里的一把手,他最大的爱好是找人聊天。在一次突击检查中,他终于逮到了柳桢,把他请到办公室聊天。

"我听说你没有学历,以前还是唱戏的,萧沈却把你招进来了。"主任亲自为柳桢冲咖啡,房间内散发出浓郁的鸡屎味,"这件事我并不知情,怕人家说我干扰教学嘛。"

主任长得浓眉大眼,大嘴一咧露出洁白牙齿,显得无比友善。

"不过既然我们坐到一起了,就随便聊聊。你是画什么的?"

柳桢两手扶腿,低头笑笑。他这次没背书包,人也格外轻松。屋外有人推门请示事情,主任答复时,他仍然面带微笑看着主任,这些都被对方注意到了。门关上后,他正要对当年与先生习画的交集娓娓而谈,主任却收回笑意,指指桌上的咖啡。他只好双手端起杯子,被烫了一下。

"我们去年分配给萧沈一些生源,都是兄弟单位里的干部子女,还有本院领导的亲戚,有些孩子还是博士。可是全被他拒收了,以各种理由。我以为这是个油盐不进的家伙。"

主任看看柳桢,又看看他手中的咖啡,浓眉和嘴角同时下坠。

"可他连个招呼都不打,就破格把你招进来。当我看到柳桢这个名字,我很想知道你是谁,你到底凭借什么手段,进入最神圣的艺术殿堂。"

鸡屎味令柳桢泛起阵阵恶心,鼻涕也快要流出来,他实在无法喝下一口咖啡。

"我拜萧先生为师,是正式磕过头的。就在办公室里,我给他和师娘下跪的。"

"他喜欢搞这一套?"主任身子前倾,两肘支在膝盖上,手托住下巴,露出惊讶又关心的神情,"你吃亏了啊,你们年纪相仿的!"

柳桢放下咖啡杯,低头不语。

"这种事居然发生在画院里!我还发现你们在画上从不题真名,很多人还同时用好几个名号。以后要把籍贯和身份证号一起写在纸上,便于统一管理。"

主任对着柳桢再次咧起大嘴,显示出极大友善。

"下次你把画先拿给我筛一筛。现在全国的博物馆都找我们合作,他们空好展厅等着挂我们学员画的历史现实主义人物作品。"

"可我不会画人物。"柳桢一听又要画人物,手脚抽搐两下,他怕主任脱光了让他画。

"你可以和别的老师学嘛。"主任说,"院里很多人反映,萧沈长期歪曲教学大纲,以画院名义在社会上私办学习班，还和基金公司炒作自己。这些你知道吗？"

柳桢愣住，不敢讲话。

"如果有一张请愿书，写满了教职员工的名字，一致要求让辞掉萧沈的教职，你能在上面签字吗？或者，你自己写一份材料，主动申请退学。"

"如果我退学，他就能留下吗？"

"我讲话有那么难懂吗？你留下可以，但是他必须走。你申请退学他也要走。"

吴双叫柳桢来罗马湖艺术区见萧先生。他拿着写有地址的字条，还带了只吴县烧鹅，冒着大雨，走错好几条路才找到萧先生的工作室。他和那只湿透的烧鹅一起进来，见很多艺术家聚集在此，神情紧张，有些人还讲着脏话。吴双把他拉到一边，告诉他开发商要拆除艺术村，萧先生号召大家躺到村口去，哪怕推土机从自己身上轧过去，也要用艺术家的硬骨头抵抗到底。柳桢注意到，聚集在这里的都是些孩子，还有几人是画院里的学生。眼看商讨到天黑，这时萧沈让大家先去准备，他让柳桢扶自己站起来，他的腿麻了。

夜里，萧沈还是和艺术家们躺到了村口，他们把最靠前的位置空出来留给他。由于村口没有路灯,那里很容易就被推土机轧过去。柳桢认为自己应该陪萧沈一起躺下去,雨水打在他们身上,还倒灌进眼睛鼻子和耳朵里。柳桢大声说,萧兄!你多年要做谭嗣同的心愿终于实现了!我们一起去见先生!萧沈说,你可闭嘴吧!我的画还没卖出天价呢!

雨越下越大,像子弹一样射向艺术家们的身体,以至于他们说话时嘴里像在往外吐血。

"大桢,我们回去吧!"萧沈说。

"推土机还没来呢,这就回去了?"柳桢说。

"我们回吴县吧!在吴县比较好开展事业。"

"我早就想走了!"

"那你先打个前站,也不知我的画在吴县能卖多少钱。"萧沈的嘴接连吐出巨大的泡泡,连呛了好几口之后,他感觉快支撑不下去了,"许先生在吴县就靠你帮他卖画,你也帮我卖吧,你很有潜力可挖啊……"

"萧兄,还记得当年你披着被单,背石涛的《苦瓜和尚话语录》吗?"

柳桢闭上双眼,自顾自背诵起来。和年轻时两人风雨对床一样,萧沈后面说了什么他也没听见,他又睡着了。

第二天清晨,柳桢坐起身,发现雨早停了,他在满地泥泞中躺了一夜。他看看自己的身体,又东张西望,周围的艺术家们全不见了,面前只有一架小摄像机正对准自己。

为了给萧沈做画展,柳桢重新和吴主任取得联系,主任听说萧沈是国画院的教授,立即张罗不少政商名流,还要把新建的吴县美术馆拿给萧先生做生平展。

回吴县前,两人在一起选画。萧沈搬出很多画,他说我的房子太小,很多画都摆不开。他问柳桢这次到底能卖出多少钱,你先估个价。柳桢说你的画被拍卖行炒得太高,山水两万多一平尺,花鸟一万八,书法要一万,我们吴县人哪还买得起。萧沈便不再搬大画。柳桢说,我们先把日子定一下,也好让吴主任做好准备。萧沈坐在沙发上点了支烟,他说大桢你还是先告诉我能卖几张,我们再定日子。

柳桢把手从铺满地的画上缩回来,慢慢站起身。他想起从经营书画社时,萧沈便是自己的上线,他知道对方很懂得讲价的时机,这时如果生变,自己以后再也别回吴县了。他小心地转过身说,萧老师,你的画我看能卖五十万,我先付定金给你。萧沈听了感到满意,他把烟一掐又去搬凳子,将积攒多年的大画取下来,和柳桢继续选。萧沈又问他什么时候钱能到账,柳桢一愣,说我这就去转账。他一路小跑赶到银行,把家里的二十万存款取出来,又和朋友东拼西凑了十万,总算在银行下班前把钱垫给萧先生。

收到转账短信后,师娘亲自下厨,在饭桌上反复给柳桢添饭。"我就说柳桢一定行的。当年许纬书一死,全县的人到处追着他出货,他一个人都吃下来了。"她站起身子,继续为他添饭,"如今萧先生风头正劲,我们也选你帮先生出货,这样你才是他的好学生。吃,再多吃些。"

柳桢捧着饭碗,把饭使劲往肚子里咽。

为了欢迎萧先生,吴主任雇了一辆奥迪开到车站里接他。柳桢刚上车便听说,文化馆连画都没看就订了十几张。下车后他追着主任问,这么大价钱全买一个人的画,你就不怕砸在手里吗?主任告诉他,新来的宣传部部长酷爱书画艺术,县政府拿了一千多万给中国美协,换来五届冠名权,举办"吴县运河情作品展"。每届还给县里十个人会名额,我们自己组稿就行。柳桢的脑子已经乱了,他从没想到吴县竟然这么有钱。主任又说,美协下面有个培训处,终评时派人来改画，萧先生就是这位要员。当然人家只负责交接，改画就靠你了，毕竟你是文化馆培养出来的，再说这些也是你当年搭上的线。

文化馆按照中国美协和吴县美协之间的等级算出报价，全额汇给北京的吴双。这让柳桢不仅收回垫付的三十万，还额外卖出去七十多万。萧沈感觉这趟果然不虚此行，他提出想去参观许先生的故居。这倒让吴主任犯了难，他告诉萧先生，许纬书并没有故居，他的房子早被儿子卖给别的住家。萧沈说，那我也应该去看一看的。

他们坐着的那辆奥迪车摇摇晃晃地开到许先生的旧屋前，许艺和新主人已经恭候多时。萧沈接受他们的招待时，跟在后面的柳桢却站在门口，有些抬不起头。众人挤在小屋里，萧沈叫外面的柳桢快进来，主人这才带着一大家子退了出去，他说你们是文化人，你们聊。

"你怎么又把这里给卖了？"柳桢仰头问许艺。许艺又长胖了，脸和萧先生一样肿。柳桢没有等到回答，他像从前那样迈着八字步，走向小窗。最初挂那张魏碑的地方，如今置了一架酒柜，挡住墙壁，也没了他站着的地方。

"你是在为卖画的事怪我，觉得我让你们吴县吃亏了。"萧沈同他一起站到酒柜前，"其实老吴没告诉你，文化馆开了个冲刺班，专为运河情培训画家，谁想进美协就必须上这个冲刺班。"

柳桢认真地看着萧沈的嘴上下翕动，犹如是在上课。

"美协批了你们县五届，一个人要学满五年才能入会，光是流进他口袋的培训费，就把我这几张画钱赚回来了。更不用说他们做了会员理事，再去省里搞比赛、办展览、溢价卖画。不过我不和他们玩这种游戏，我劝你也不要玩。"

"你们在讲什么？我听不到。"

许艺笑着走过来，他们一起出现在酒柜茶色玻璃前，身影像是融化在水潭里。

"我在怀念许先生。"萧沈在他们中间局促地转了一圈，他摸摸窗户，又转了一圈，"我们终于回来了，找到这里，就如同见到了先生。"

"萧先生既然回来，可否请您留下墨宝，毕竟您是中国美协和画院里的名家。"许艺两眼含情脉脉，轻悄悄地问，仿佛怕门外的人听见。

萧沈取下圆框眼镜，擦了又擦。许艺看看柳桢，示意他为自己说句话。

"我跟先生学画时，每次他都是在这里为我改画，他改了很多画还留给我。"柳桢抬起手,在自己的下巴处比画了一下,"那时候许艺就这么高,先生的很多画连我都没有见过,但是他看到过的。"

"你以为这画那么好改?你们县宣传部部长就是美协会员,网上公示过的,但是他连画笔都不会拿,他甚至不敢承认自己是美协会员。这没关系,他只要把签名练好,美协随便找个人替他画就好,这也算是美协冠名费里的服务项目。"萧沈不再看柳桢,他去翻自己带来的书包,"你愿意当这个枪手吗?那我在画院里教给你的本事,岂不是白费功夫?"

柳桢终于知道为什么吴双一天也不愿回来了,他现在也想逃出这里。

萧沈从书包里拿出相机,请许艺帮忙为自己在这间旧屋里拍照。许艺面无表情地按下快门,他随即摆出或端坐沉思,或对着窗子远眺的动作。

许艺终于拿出父亲的老照片和身份证。萧沈把照片捧在手心,摸了摸老人干净而平静的脸,感动落泪。他使劲攥着先生和柳桢的一张合照,说我终于见到先生的样貌了,柳桢的那部分几乎要被捏烂了。

许艺提出,如果萧沈留下墨宝,他愿意将父亲生平留下的所有画和照片,倾囊相授。萧沈随即两眼放光,他问他们还等什么?

研墨铺纸时，萧沈的大脑疯狂运行，终于画出一张最为划算的《岁寒三友图》。看上去像是三根毛发被风吹散，或者是为了润笔而蘸出的三条线，却换走了曾属于这间小屋的所有东西。柳桢依旧负责盖章，他按萧沈用尺子量出的距离，盖上那枚"不立队伍"。由于这"岁寒三友"比印章还要小许多，所以整张白纸上只能看到这四个字。

从许先生的旧屋出来后，奥迪车送他们去吴县火车站。半路上司机说自己也交了学费，他问他们柳桢是谁，文化馆的人说，找他改画进美协肯定没问题。

柳桢跟着萧沈又回到北京，但他知道不能继续待在画院了。

他没有告诉他为什么，他也没有问。

他在琉璃厂租了间六平方米的老平房，屋门朝东，没有窗户，但是挑高很高。他从旧货市场买了刨花板的餐桌做画案，又很幸运地拉回一张被人丢弃的折叠沙发，以他矮短的体型，是坐是躺都很合适。他还借来梯子，将先生的画在墙上挂满，每张手卷垂下来，像是风帆。他站在地上仰头四望，如同瞻仰峰山碑。

他明白在那场游戏里自己毫无立锥之地，他也无法让自己回到吴县。先生撒手离去后,他便被独自留在这条虚悬空寂的路上。于是,他又临起先生的画。因为没买椅子,他只能学老人那样站着临,临再细的线也要直立悬腕。不仅如此,他的样子也越来越像个老人,只是个头没有先生那么高。

七年时间里,他每天都像儿时那样临八九个钟头,临出两万张画。很多画只能堆到地上和门口,常有街上路过的人往里看,或者推门就进,以为这是复印店。为了临得一模一样,他还买了灯箱,在灯下昼夜死抠每一条蚯蚓走泥纹,再把两张纸一拼,果真临出了复印效果。他试图像戒毒那样祛除萧沈对自己的控制,却去不掉内心对于无可依傍的恐惧。后来他的眉毛烤秃了,两只眼也鼓起来,还得了肩周炎,走路跟独臂刀客似的。当然他的画也能卖些钱,但是全拿去买药吃了。他意识到,以现在的年纪和力气,自己临不了太久的。

夏天一到,那间平房就和蒸笼一样。他宁可在看病的路上,走到护城河边,听流水声,看看树叶,以及天上的云。偶然一阵风拂过,他好像真的感受到从前给先生送纸的日子又回来了。如今他已无须原画做参照,那张《蜀道不难图》里每条线的走向和污点的积墨都融入记忆中,他知道自己也不是什么意临,甚至什么也没画,他只想把自己隐匿在纸上追寻先生。

他总想回到那场短暂的梦里,他是为了感受到老人才坚持下来。

琉璃厂还有很多画家,他们会猜他什么时候才出门,猜他身上的衣服几天没换,他们会猜他这个月卖了几张画。当然他们也为他介绍顾客,或者是把过期的方便面送给他,有时大伙儿去聚餐,也将剩饭剩菜给他打包。他们喜欢看他吃剩菜却浑然不知的样子。

柳桢的平房里没有电视,但是琉璃厂很多人有电视。这里越来越多的画家在谈论萧沈,谈论许纬书。谁的画室有电脑,柳桢也坐过去看,他和大伙一起看萧沈的讲座视频,刷新他在论坛的辩论。柳桢说我认得这个人,他还是那个样子,然后对着显示器傻笑。他们说这个教授好像浑身长满了嘴,理全让他占了。

柳桢看着萧沈在虚拟的空间里,讲述先生的人生际遇。他在大学讲堂或者学术会议上,反复展示着老人的画稿、诗歌和日记本,展示他在许纬书故居的纪念照,还有和老人的合影。柳桢看到合影上自己的脑袋,不知怎么变成了萧沈的。但是这没关系,他漂亮的高深莫测的艺术理论,把先生的笔意与那场梦讲得如此动人,让所有人意识到许纬书是被时代遗落的大师。在转述老人说过的话时,萧沈还会摘下眼镜哭泣，论坛的管理员也打出文字：先生哭了。柳桢指着显示器，告诉身边人他是我朋友，也是我先生。他们问到底是朋友还是先生？他说都是。他们说，琉璃厂已经有上百人报他的冲刺班了，你去报名了吗？柳桢说，我是磕过头的。

在电视节目和《美术》封面上，萧沈与先生的合照被反复利用。韩冰鸿也拿出了先生赠他的画，令无数观众沉浸在两位大师的世纪交往中。老人的污点画也终于流入画廊，被标上昂贵的市场价，还在几家拍卖会场有了交易记录。柳桢看到先生的万言书也被定制成笔记本，看到琉璃厂的画家全在同情老人的遭遇，模仿他的污点和蚯蚓线。他却感到前所未有的孤独和羞耻。

吴主任催柳桢把《柳江大桥》带回来，他说北京那边一定调，全国各地的人都涌向吴县找许纬书，他们把那间破房子堵得水泄不通，省里还批评文化馆没有保护好自己的艺术家。

柳桢只好去联系吴双，她这次给了他一个全新的地址，他和萧先生搬到了别墅区。柳桢找了过去，那是一栋三层的别墅。吴双告诉他，萧先生正在最高层等你呢。柳桢的腿很短，但是楼梯的台阶很高，他几乎是爬到上面的。

吴双在前引路,她把他领到一间博物馆那么大的画室,面积比吴县文化馆可大多了。他们一直走到画室尽头,巨大的斜屋顶窗吸满阳光。吴双说这里可以随着时间推移,缓慢呈现出不同光线,在这下面作画是最好的角度。这间别墅是画院新分给先生的,他还没有挂画。柳桢仰头站在窗下,全身暖洋洋的,他很久没感受过这么好的阳光了。"你是说分给哪个先生的?"他问她。

吴双的薄脸皮挤出很多褶子,她问他是否记得一起去过老胡开文墨场,当时几十块钱的墨,现在已经炒到好几万了。柳桢笑笑。吴双又说,当年我要是把那些古墨全买回来就好了,什么也不用做,出手就有上百倍的收益。柳桢看着她说,不会的,你始终看不上的东西,怎么能留得久。吴双听后脸又绷紧。

萧沈出现在另一边的门外,那张肿起的脸,看起来很疲倦。

"他为了保持清醒,已经拒绝吃我给他的药了。"吴双说,"你劝劝他。"

"终于有地方挂自己的画了,可光是排序就令我头疼。"萧沈说。

"为了先生这样奔波劳累,你用心了。"柳桢说。

"大桢,我现在深感自己是一天一个境界。"萧沈说,"我的进步太大了。"

"我看到你把他那张画给卖掉了。"柳桢说。

"你说的是哪一张画?"萧沈问。

"那张有我们三个人的画,我们风雨对床的画。"柳桢说。

两人距离很远,柳桢的声音在空荡荡的画室里几经撞击,震得人鼓膜发麻。

"哦对,你说的是那张,我知道了。"萧沈捂住半张脸,像是在费力地回忆着,"那张画真的很好,里面有故事,所以价格很高,而且是几个藏家在竞争。"

"我今天是来借画的。"柳桢说,"我还要不要跟谁竞争?"

萧沈两眼紧紧盯着他,默默喘气。

"你要哪一张?我去给你拿。"吴双说。

"我要《柳江大桥》,那是先生最大的画。"柳桢说,"我是替文化馆借的。"

"《柳江大桥》不好借,这张画是我的啦。而且很不巧,这画过几天要上拍了。现在二级市场直接到我这里拿货,很不守规矩。正好我还要筹备自己的画展,赶不上去现场,你替我去现场举牌。"萧沈撇嘴笑了，肿脸露出似曾相识的善意，"我其实一直在找你。"

"我举不了牌。"柳桢说，"什么是举牌？"

萧沈和吴双都笑了，随后他们还是拿出了先生的一张画，那张画连柳桢都没有见过，应该也是许艺给出来的。

"怕你把画丢在吴县了，你给我打一张欠条吧。"

萧沈递给柳桢一支钢笔，他接过去快速写了张欠条。

"不，重新打。"萧沈把那张纸撕掉，重新找了一张纸给柳桢，"你这么写……欠萧沈，许纬书一张小画，括弧，价值三十万。要把价格写上。"

柳桢终于得到了那张画，他感到那画很奇怪，甚至怀疑是不是出自先生之手。

"我会让吴双开车，把你送到拍卖会。"萧沈说，"她会告诉你这张画应该在什么价格出手。"

柳桢低头，看着手里那张奇怪的画。

"大桢，我知道你还有张《蜀道不难图》，那才是先生最大的画。"萧沈说，"我在很多研讨会上提到过那张画。"

"我也可以画那张画，我可以画得一模一样。"

"听我说大桢，我知道你很不情愿。可只有得到市场认可，有人不断为这些画买单，先生才算获得了最大价值。只有交易价格，才能让他留在历史上。"萧沈说。

"爸爸告诉我，吴县在建许纬书纪念馆。"吴双说。

"许纬书纪念馆。"萧沈重复着，"你在琉璃厂仿了他那么多画，你改变了什么？是我成就了许纬书。"

太阳离开了斜顶窗，巨大的画室很快就暗了下来，静得可怕。

柳桢被安排在会场最后排的角落，这样他就能看到全部竞拍者的所作所为。吴双坐前排另一边，两人路上对好暗号，只要她发出指令，他就举一下牌。吴双说，萧先生虽然门生众多，但这种事必须交给信得过的人。萧先生还托我转告你，《柳江大桥》落锤之时，也是许纬书傲视群雄之时。他说他能否翻身就看你这条胳膊了。柳桢基本是被吴双架到会场的，那慷慨劲儿不比谭嗣同赴死差多少。

《柳江大桥》被高挂在众人头顶，六十平尺的污点经轨道灯一照，倏然变色。如先生昔日所言，他还是被拉到了台上。拍卖师卖力地介绍拍品，许纬书为何要画这么大一张纸,他是怎么趴在画板上倒气的,他对那张纸道歉的样子,以及画被扔在文化馆地上的经过。这些都被麦克风以最大音量,传出轰雷般的共振。那巨响令柳桢想起老人的画在吴县也被这样卖来卖去,他们也把他当成是抬轿子的骗子。他还想起自己对老人的承诺,强烈的羞耻感随之涌上胸口。

在他周围不断有人举牌,继而是掌声和骚乱四起。在拍卖师的喊价声中,这张画的价格曲线上涨,柳桢却还不动,吴双意识到他们的暗号失灵了,她扭过身瞪他。可是肩周炎令他无法抬起胳膊,他咬紧牙关,疼得满头冒汗,疼得甚至有些心悸,也没有举牌。但是他没能阻挡吴双自己举牌,没能阻挡麦克风继续传出溢美之词,还有攀升得离谱的数字。他目睹了《柳江大桥》拍出天价,目睹那些日日夜夜指引他去追寻先生的污点和蚯蚓线被拍出天价。

全场竞拍者起立鼓掌,庆祝由他们缔造的历史纪录。柳桢知道自己和死去的先生一样,他们还和从前在吴县时一样。明白了这点,他看看手里的号码牌,当扇子扇了起来。之后拍卖的是萧先生自己的画,由于许纬书的作品已经把气氛烘托起来,他的价格自然也已翻倍。

拍卖结束后,吴双开车把柳桢送回琉璃厂那间小屋,她警告他,许纬书的文化价值是历史趋势,谁也不可撼动。她还说他太没用了,幸亏自己同时安插了别的托儿,否则这张画很可能会砸在手里。柳桢笑笑,像个独臂刀客那样下车。

许艺赶到琉璃厂找柳桢,他招待他在晋阳饭庄吃晚饭。大堂几乎满位了,两人被带到厕所门口一张远离灯光的桌子。许艺反复打量柳桢,眼神中满是粗莽。他说,我永远记得我爸蹲到地上拣画的样子,我和我妈这辈子全被他连累了。由于光线太暗,柳桢把脸贴到菜单上,读了起来。

"我一直以为那个吴双会跟你结婚,怎么她来趟北京就成你师娘啦?"

"错过了,错过了。"

"我懂,人往高处走嘛。这些年萧沈用我爸的画捞到不少好处,他分过钱给你吗?"许艺问。

"不讲这个,不讲这个。"柳桢说。

"我们本来指望用他的画改善生活,结果好处全被那家伙捞走了。"许艺歪头看着大快朵颐的食客们,喘起粗气,"县里给爸爸建纪念馆,可是连一张大画都没有。我这次来是不会再便宜他的,我要找他闹太容易了。"

"许艺，我知道你不是这样的孩子。"柳桢放下菜单，目光淡然，"萧先生也是我的老师。"

咔嚓一声，许艺用手指使劲撅折了一次性竹筷。

"你是遇到什么难处了吧？"柳桢说，"既然来了，你告诉我啊。"

"算了吧你，我又不瞎。跟他来北京这么多年，你真是白混了。"许艺笑笑。

"不是他在一直为先生奔走，恐怕也没人知道这世上有位许纬书。"柳桢对着桌子犯起愣，"靠我是没有用的，是我没有用。"

许艺慢慢把头伸过来，小心地看着柳桢。

"《蜀道不难图》还在你手里吧，这画我记得从没流进过市场，我一直盯着呢。"许艺在他眼前摇了摇手，想把谈话的重点拉回来，"你能在那间破房耗这么多年，因为最值钱的东西压在你手里，你是等他先把价格炒起来好自己出货。"

"你是来要画的？以前我由你家里把画一张一张拿出来，现在理应在我这里还回去的。"

柳桢极其认真地看着许艺，同时站了起来。许艺的身体反而向椅背一靠，脑袋一斜，抬胳膊让他坐下。

"你跟他学了那么多年，我自小看在眼里的。那画留在你身边，比留给我强。"许艺说，"你要是真卖了，能想着点我就好。"

始终没人来为他们传菜，服务员显然把他们给忘了。

"你不在的时候，我们全家一致认为，是他把你给害了，把你在吴县的前程给毁了。但他确实无路可选。"许艺说，"看看你现在，我觉得你比他还可悲。"

"为什么呢？"柳桢问他。

许艺干笑着站起身，要进旁边的厕所。

"我这次在琉璃厂也买了几张我爸的小画，算是收回一些成本，我他妈也拿出去拍卖。"

"那些画哦，都是假的。"柳桢说。

吴双也走进那间小屋里找柳桢。只是沙发太小，他让给她坐，自己坐马扎上。天气闷热，他把屋门敞开，给她切西瓜吃。忙乱中，他把刚临的《平复帖》铺到地上，让她接西瓜皮，让她把籽吐到宣纸上。起初吴双不好意思，见柳桢先朝纸上吐籽，她也跟着扔了块瓜皮。两人一阵傻乐，宛如从前的少年。

"电视和论坛上，整天能看到萧先生讲话，他的海报也在琉璃厂贴得到处都是。"柳桢嚼着西瓜说，

"可他还是在强迫自己算笔画,太累喽。"

吴双仰头望着挂在墙上的风帆,屋外有微风拂过,风帆有感应一样摆动着。

"难得你还有心看他的作品。可惜你至今只学许纬书,就是不肯走萧先生的路子,他也不在任何场合提起你。真看不出当年你为他写毛笔信,他为你刻章的半点影子。"

"我不是个好学生。"柳桢用宣纸小心包好西瓜皮。

"你知道就好。"

吴双撕下半张宣纸,把手擦干净,随后从包里取出一个漂亮的红信封。

"萧先生正在筹备一场收徒仪式,我这个师娘亲自来给你送通知书,你不会让我送不出去吧?"

柳桢抱着揉烂的宣纸,腾不出手。吴双只好把信封放到沙发上,变了脸色。

"萧先生要办一场上百人的拜师会,计划请很多领导和媒体到场,你可别再像拍卖会那次搞砸了。"

"可我已经拜过师了呀。"柳桢说,"我是他第一个学生,你亲眼看到的。"

"还好意思讲,你哪里有个大师兄的样子?"吴双说,"重新拜一次不吃亏的,你这次带头给外界亮个相，价码迟早也是要上去的。"

柳桢站起来，转身去水池那边，把垃圾放好。

"萧先生说，有谁不参加拜师仪式，一律要开除学籍的。那样你们连这点师徒名分也没了。"吴双说，"换作我是你，不好得罪他的。"

吴双知道柳桢不会坐回来了，她拿起自己的包，要往外走。

"话我带到了，去是不去，你自己决定。当初把你从吴县叫到北京，到现在我都觉得对不住你。"她走到门口，仿佛不愿多看这间小屋一眼，"你还留在这里做什么呢？"

柳桢这才走过来送师娘。

"如果还在吴县，我也不会认识到许先生对我的用心。其实他能为许先生说几句公道话，我已经感激不尽了。"

他把那枚一直留在身边的"不立队伍"印章拿给吴双，托她送还给萧先生。

柳桢去医院治肩周炎回来，顺路去琉璃厂的画廊转转。他在那里会碰到一些老朋友，比如当年一起在扬州比赛的长眉。长眉从王羲之的楷书里，拼出领导讲的字句，苦临八年，终在"兰亭奖"夺魁，如今身价倍增。

但是这次柳桢进来,画廊里却没人看画或者谈价。长眉正和老板以及一些顾客围在电视机前,看拜师会。

"萧沈再也不用单打独斗了。"长眉握拳击掌,"一口气收了百十个学生,他已经开宗立派了。"

"我看得有一百多人吧,这可是好大一笔学费。他以后不需要再把画交给我代理了。"画廊老板说。

他们议论着如此喜庆的场面,为何萧沈看起来心情不佳,这把柳桢吸引过去。

"你怎么没去现场?"画廊老板说,"你还说自己给他磕过头,这么多学生都去拜师却没有你。"

柳桢眯起眼睛,看着坐在官帽椅上的萧沈。他穿着邋遢的老头衫,皮肤像生锈一样呈黝绿色,圆框眼镜被绳子系住,耷拉在干瘪的胸前,脸和脖子遍布枯壑般的皱纹。那双细叶似的双眼,满是愁蹙与不解。柳桢不由自主地朝电视机走近两步。

"竟还有白发长者,头排那个学生少说也有七十周岁!让这么大年纪的老人给自己下跪,他真坐得住啊。"长眉捂住眼睛,把脸扭向柳桢,"果然是干大事的材料!"

"你在代理萧先生的画?"柳桢问画廊老板,"看看不碍事吧。"

"是他新画的几张,还没来及挂呢,想先捂一捂的。"老板取画,众人又一起向后转,围了过来,"我判断这场拜师会后,他的价钱还能翻一番。这也能带动许纬书的涨势,你想让我代理《蜀道不难图》吗?"

那是几张萧沈去崂山留下的写生,柳桢一看便知是学许先生的污点和蚯蚓线。

"各位,讲真话我心里没底。别看萧沈已经被炒到天上去了,但这几张不一定能销得动。"老板说,"他改路子了。"

"真他妈难看。"长眉说,"他画不了大的,因为他不敢用墨。三笔之前还能藏得住,再往下画他的气就断了。而且这画你放一年再看肯定掉色,白纸一张。"

"你的气才断了。"柳桢还了句嘴,但他知道长眉所言不差,他知道萧沈这样的转变,是出于对自己的绝望。这些线又蠢又硬,像是刚接上假肢的残疾人下地走路,但是怕人看穿,在污点和蚯蚓线之外还保留着近乎胆怯的整洁。他又回头去看已成一代宗师的萧沈,想知道电视里那个人到底怎么了。

晚上,吴双在电话里质问他为何不去,她说在那么多机器和领导面前，萧先生推门就问柳桢来了没有。她说你太让我们失望了。柳桢憋了半天才跟师娘说，你让他停下来吧！那边直接挂掉了电话。几天后柳桢收到一份印制精美的证书，上面写着"兹授予柳桢为萧沈学院学员"，钢印旁还有编号，他是"0001"号。这是他生平的第一份证书。

那两年他依然租着这间小屋，偶尔也会回到吴县，家人劝他不要再走了，其实他也讲不清继续留在琉璃厂的理由。直到某天他手机里收到萧沈发送的短信："大桢，你的笔墨越来越好了，我也更接近许先生了。"

柳桢不懂这条短信代表着什么，这些年两人已无交集，他哪里看出自己"越来越好"的？难道萧沈也像外面的路人那样，某天也从门外探头看过他的画？

柳桢不会发短信，他赶紧回拨过去，但是萧沈并没有接。

《美术》用一整版来登载萧沈的讣告。在那栋空旷的别墅里，吴双告诉柳桢，萧先生是在两年前被查出肝癌的。她说拜师那天他就等着你来，仪式结束也不肯离场。他总想和你一起画许先生那样的作品，但是他不愿让别人知道他得病了。柳桢问起那条短信，吴双说，那也是我发给你的。萧先生在病床上说一个字，我就对着手机打一个字。吴双又问，萧先生的工作室没有了，这房子画院也要收回去，如今你还认他这个老师吗？柳桢说，我们早已是多年师徒成兄弟了。

柳桢帮忙操办萧沈的葬礼，晚上他和几位学员坐在萧先生的遗像和香炉旁，为他守夜。一同学说，当年拜师的那批人里，大多是官员企业家，萧先生一走，却指望我们几个没钱没势的料理后事，我敢说他根本就不记得我是谁。另一个说，我也是念他临死前给我发短信的情分，他夸我的笔墨越来越好了。旁边的听见，忙说先生也给我发了。众人都说，看来我们又上当了，随即对着萧沈的灵位苦笑。

柳桢起身点香，这时听到身后的人说，咱们这位大师兄，压根没起到积极作用。他从不听先生的话，哪怕一笔都不肯照他的意思画。

柳桢回到众人中间坐好，神情肃穆，没有答话。

先生没讲几堂课就这么撒手走了，也不知师娘退不退学费。

退钱并不容易，但至少也要赠我们几张画吧。几位同学越聊越热乎。萧先生一张画也没留给我们，我手头上倒有两张示范，可是他不落款，也卖不出价啊。

后来大家一致推举，让大师兄去和师娘交涉赠画事宜。

吴双又告诉柳桢，画院计划完成萧先生的遗愿，举办"萧许联展"。柳桢说这也是我一直没做到的事。吴双说，你的机会来了。萧先生去世后，总有人在杂志和网上污蔑他，反咬他才是骗子。他在世时他们可不敢，这样下去会毁了他的名声。柳桢说是的，名声对他来说很重要。吴双说你去问问到底谁在闹事，无非想要他的画罢了，实在不行我们就给他一张。

柳桢再去画廊，老板说他仿的韩冰鸿很招顾客喜欢，让他多仿几张，薄利多销嘛。柳桢笑着答应。他又碰到了长眉，他对他说，萧先生人已经走了，不要再说他了。长眉走开几步，站到美协会员字画专柜前，挺直腰板，他说我不懂你的意思。柳桢看看他，跟了过去说，你去帮我传话吧，不要再说萧沈了。

"我们被他骂了多少年，都听习惯了，这不过是热热身罢了。他那样对你，你还替他讨说法来了？"长眉的眉毛直了，"我来为你指条明路，反正你两个先生都没了，不如拜我为师。"

长眉伸手,优雅地指向承重墙中央的美协主席作品专区。

"你跟他们混三十年也没混进组织,拜我为师,你的作品立刻摆到这上面卖。"

画廊老板赶紧凑过来,跟他们站在一起抬头仰望。

"好主意!挂到这上面卖的全是历届主席、理事的书画和论文,还好萧沈死在职位上,他那批没落款的画我才能溢价出手。其实我一直想收大桢的画,只等你进入美协,我就把你的画全收齐了。尤其是那张《蜀道不难图》,不用上拍也能卖很多钱的。"

"倒也不难。近期我准备出一套画论,只要你在书里将许纬书、萧沈和我对比一番,得出我比他们都好的结论,就算你入师门了。萧沈在画院的缺,我推荐你去填上。"

他们说得有模有样,并没注意到柳桢早已站到门外。他站在琉璃厂的街上,忽然不知要去哪里,来北京这么多年,他哪里也没去过。但是此刻他很想走一走。

阳光穿过槐树的隙缝,洒落到柳桢的肩上,如是不期而遇的故人。他被照得眯起眼睛笑了。

国画院把美术馆新装修的顶层拿出来,为萧先生办回顾展。师娘叫柳桢去展厅值班,负责给嘉宾签到、为领导做讲解,她还为那些画雇了几个保安。在金属质感的现代派大厅里,两位先生的作品终于联名展出了,柳桢站在满是刺鼻油漆味的展厅中间,由于内部是封闭的,他是一边打着喷嚏流鼻涕,一边低头背诵着每张画的笔意和艺术来源。为期半个月的展览,几乎一个来参观的人都没有,后来保安干脆躲进厕所抽烟去了。

展厅透出的金属色泽和过于开阔的空间,将萧先生的算笔写意画,稀释得干干净净。就连柳桢站在这里,也显得微不足道,甚至每走一步,这里都能回馈给他强烈的回音。

本次回顾展,只留给许先生一间很小的厅,还在美术馆尽头。在大部分时间里,柳桢都会待在这,有时是为了躲避清洁工的打扫,有时是因为通风口在这里启动,后来他索性就不走了。这里根本没人过来,更不需要他讲解什么。他喜欢看那张《蜀道不难图》被挂起来,他终于能让这张画走出小屋,能让它也透口气了。在展览结束前他喝醉了,醉眼迷离地守着那个小厅,守到最后结束。他迷迷糊糊地在那张画里数着,数着自己和先生走过了几个岔口。

清场时，画院的党办主任过来找他。"柳桢，我们为许纬书做展览，按照规矩，你就把《蜀道不难图》留下吧。或者你说个价格，画院买下来。"

"不卖。"柳桢说，"我不卖的。"

后来琉璃厂的人，甚至在全北京的收藏圈，都知道这张《蜀道不难图》的价值。他们还托了很多人来问柳桢，打听他到底想要多少钱。如果你去琉璃厂，会在某个黄昏，和一个穿着老气的矮子，一个老眯着眼的矮子擦肩而过。只要你跟他聊了几句，哪怕是多看他两眼，他就会对你说"不卖，不卖"。

穿心莲

―――

焦武和李可在床上正亲热到关键地方，前妻这时打来电话。"姓焦的！你女儿正在找你的路上，她身上还带了一把刀……"焦武一听前妻声音立刻软了下来，他看看手机上的日期，转头就问李可，"你丫怎么也不提醒我？"此刻李可双手死死地攥住被子，两眼瞪着屋顶。她说，"今天是我的排卵日，你要敢下床，那咱俩就别过了。"

焦武捡起地上一件真丝质地、黑白相间的条纹连衣裙，扔到她身上。她里面还是光着的。"赶紧穿吧，出去转悠一圈。"李可坐了起来，露出一对坚挺饱满的小乳房。她把连衣裙套好，戴上黑框眼镜，看见窗外天空阴沉沉的，云灰得发青，于是"唉"了两声，叫住已经走到卫生间的焦武。

"每次我都要躲。"

焦武在脸颊处抹了啫喱,瞥了一眼光着脚的李可。

"别臭来劲。"

"我的孩子怎么办,还要我等到什么时候?"

"不愿意等滚蛋。"他攥着刮胡刀,走到厨房去,不由自主地挤了她一下。

厨房没有镜子,他只能瞎刮,同时耗到她走。然而一阵抽水马桶声响过后,李可又跟过来。

"你丫还没完了?"

"我煲了一宿的粥!"她吼叫起来,令他割破了脸。

两人打开灯,并肩而坐,在暗淡的客厅快速喝下烫粥。

"钱准备好了?"焦武问,声音客气许多。

"电视柜下面第二个抽屉,那是我刚发的奖金。"李可的嗓音带有轻微沙哑,听起来有气无力的。

"下月一起还你。"焦武擦了擦脸上的血道,鸡冠子一样的乱发左右晃动。

"她不会真带着刀吧……"

"喝你的粥吧。"

"钱给到什么时候?我不为难你。只是她下次再来,能不能约到外面去?"

屋里异常憋闷,加上被烫粥熏到,李可吸了吸鼻子,像是感冒了。

"不能。"焦武一口把烫粥喝完,又去拿她那碗,"你走的时候带上把伞。"

"你还想让我在外面待多久啊?"

她抬头看他站起来,粥还剩下小半碗就被倒掉了。

每过半年,焦海莲要来拿一次生活费。焦武以为只要把李可打发出去,女儿就不知道他已经有女人了。然而每次来这里,她都会碰见她,要么在小区超市门口,要么在单元楼下的健身器材处,要么干脆是在楼道台阶上。李可抽烟、发愣、走来走去。焦海莲眼里,这个白皮肤、赭色烫发、戴牛角框眼镜的安静女人,尽管穿着朴素随意,但有些书卷气质,像学校里那些女生向往长大后的样子。焦海莲从来都是拿钱走人,除了"谢谢",她不和焦武多说一个字,甚至不叫他一声"爸"。很快她就会从屋里出来,然后见李可绕上一圈后再往回走。那间屋子显然是有女主人的痕迹,经历过男人之后,焦海莲对此了然于心。她觉得他们俩这一套特傻。

焦武家住在自新路一栋简易楼里,顶层最把边那间,三十多平米。他总说这是自己留给女儿唯一的东西,她在这里有单独的房间,有时髦的床和衣柜,她可以随时回来住。可是每次见面,两人一个坐在靠窗的布艺沙发上抽烟,一个远远地背靠屋门玩手机,仿佛中间埋着地雷。焦武会尽量拖着不给钱,因为钱一到她手里,又是大半年见不到人。半年是个有趣的时间段,他可以在女儿身上发现一些变化,每次都像是在重新认识她。嗯,她长高了、她知道忍了、她开始纹身了、她学会抽烟了……他还发现她长着和自己如出一辙的深眼窝,眼眸更如新疆女人般大且多色,婴儿肥的白脸盘上是黑耸耸的假睫毛和辣椒色嘴唇。那只小鹰钩鼻,更是他们姓焦的标志。当他看够了,仿佛这钱才算值回来了。直到得知她怀孕了,还拿着钱去做了人流,焦武才不再整这么多没用的。

这一次他就没有废话连篇,她也没玩手机。短暂静默中,仅能听到天边闷雷在响。他把钱放到腿边茶几上,叫她来拿,其实还是想仔细看看女儿。而她只是压低黑色遮阳帽,没有再动。"听说你身上带着刀子,站那么远,学他妈荆轲呢?这钱多了一点儿,知道你毕业了,去买件正经衣服,面试用得上。"她像只萎靡的猫一样挪动身子,焦武眼睛对准她迟疑拖沓的脚步,随后抬头盯着脸使劲看。

"你把头给我仰起来,帽子给我摘了!"当女儿站到他身前,脸显露在天光映照下,他弹了起来,见她左眼到额角间爬有黄锈般的伤痕。她咬着牙又把帽子摘掉,一半的脑袋没有头发,上面盖着方块纱布。"这你妈谁干的!?"

"我妈。"她把帽子重新戴上,遮住半张脸。好像是自己犯了错。

"丫疯了吧?"焦武攥紧右拳,话从牙缝里挤出来,"哪能照脑袋上打?"

"不是打我,是拿缝纫剪划的。"她轻轻皱眉,不太耐烦地解释,"她要自杀。"

焦武瞬息间蔫了下来,望着女儿欲言又止。她被他看得浑身不自在,扭头向周围瞅起来。

"还疼不疼了?"

"也疼,也不疼。"

李可不明白为什么这次雨都下了半天,焦武女儿却还不出来。她先是去水果摊买了半个西瓜、一盒杨梅和两串奶葡萄,又撑着灰伞,沿小区那条狭窄的健康道绕圈。当凉鞋被雨水浸透,脚趾沾上许多树叶,手臂也勒出了红印,李可坐在湿渍渍的长椅上抽烟,同时担心会不会出什么事。烟都抽完后，看到焦武回了信息，她就一手扶伞，一手剥杨梅和奶葡萄吃，接着是啃西瓜。进出的人都会看她的脸，看那把摇摇欲坠的灰伞。很快李可嘴里泛酸，可她吃得更加坚决，一度连眼泪也憋了出来。直到雨水细如发丝，天色几近全暗，她才感到肚子胀得厉害，周身散发着腐臭的甜味。她扶正笨重的镜框，把西瓜皮用力塞进垃圾桶里。

李可掏钥匙时，焦武把门打开了。她一进客厅就说，"我连内衣都湿了。"焦武却小声讲起女儿的事，他打算让她在这住上一阵子。李可伸头看向卧室，从衣柜镜子里看到戴遮阳帽的女孩侧影。因为不能去取衣服换，她全身止不住地打哆嗦。

"焦武，我还是不是这个家的人？"

他使劲挤眼，没明白过味。

"你跟我商量了吗？"

"我这不是正和你商量吗？"

"这也叫商量？她在屋里，我在门口，这叫商量吗？"焦武用身体挡住李可，令她只能直立在门前。李可被这个下意识的动作刺激到了，温润目光里透出恨意。

"你这么大人跟一孩子较什么劲？"

"我较劲？你是把你孩子盼回来了，那我呢？我他妈特意去B超室照出来排卵期，跟护士长请一天的假就这么白白浪费掉了！"她使劲推他，自己反被身后的门把顶了一下腰。

"我懂了！你是想赶我走，好把你老婆接回来一家团聚。"

"神经病！有那念头我用等到现在？我要去找医院带她去做整形，这孩子马上得参加招聘，不能影响她找工作啊，这时候我不管她谁管她？"

"那我问你，我睡哪儿？我问你我睡哪儿！"李可目光游移，鼻音加重。

"你丫爱睡哪儿睡哪儿！"两人用恶毒却又极低的语调"商量"。"你让我说，你们睡卧室，我在客厅打地铺！"

"我和她睡一张床？"

"那怎么了，你不是一直嚷嚷着要见她吗，这不就见了吗？还是脸贴着脸。"

"这么个见法？"李可像是自言自语。她急忙推了推眼镜，理理头发，又看看落汤鸡一样的身体。

"我总是觉得，她头上那一剪子，其实是替我挨的。等她面试完，估计也就走了。"焦武叹了口气，仿佛女儿已经走了。"你帮她，就是帮我。"

李可重新拿起伞，推门就走。

"走了你丫就别回来!"焦武追到楼道，大声喊。

"我买菜去!"李可说。

焦海莲告诉焦武，妈总是会毫无征兆地袭击她，扇耳光、捶后背，或者直接上脚，有时候正在说说笑笑，脸立刻冷酷下来，像变了个人似的盯着她。焦海莲讲话口气轻松，僵直的目光却呆怔地投向地上。在一种灰度的氛围里，焦武看到她脸上的黄色伤痕格外鲜艳。他一直把烟咬在嘴里，却没有点火。早年他和前妻在女儿面前常用最难听的话去骂对方，接着就是动手、动刀子，一次比一次熟练。记得有一回他要还手，女儿在沙发上一边摇着小脑袋，一边对他摆手，哭着说"爸爸不要"。如今他是躲了，可是那个情景每天都会跟着他，不论女儿样貌发生多大变化，他想到的还是她那一幕。

焦海莲本想问清，这间房子到底还属不属于她，这时李可却端菜进来，讲出那句刺心的"你把这里当成自己家一样"。那晚她做了叉烧鸭肉、虾皮油菜、干煸豆角和摊鸡蛋，三人坐在一张表皮翘裂的折叠桌前。桌子可以是圆的，也可以是方的。那是焦武结婚时在市场买的，裂缝是妈打架时拿菜刀剁的。焦海莲总去看那道裂缝,像是在认多年未见的朋友。上方一盏喇叭口吊灯,发出米黄色的光,令饭菜上的热气在眼前舞动。那道裂痕,也被照得黑亮如浆。整顿饭她只夹了两个虾皮,能嚼半天。无须用眼睛观察,她就能感觉出李可是个好女人,可她能做到最友好的举动,也只有沉默。她无法不提醒自己要和妈妈保持一致,尤其别再提起家里的生活。连同对这一桌子饭菜,最好也视而不见。这时焦武伸手去摘她的帽子,"李阿姨是宣武医院的护士,让她给你看看伤口。""我的伤口已经好了。"焦海莲甩头躲开。李可低头夹菜,装听不见。

三个人以不同的动作幅度吃饭,中间李可和焦武女儿有过眼神触碰,足够两个女人交换心意,算是对之前的多次相遇回以认可,之后谁也不必提及。焦武反复地问李可,豆角要炒多久才熟、叉烧鸭在哪买的、摊鸡蛋驱锅儿了没有。如果是平时,她会立即叫他把嘴闭上,而此刻坐在这里,她完全不知道自己是什么身份,并且越想越觉得自己才是个外来者。如果不是焦武女儿在场,她会猛灌几听啤酒,然后打几个嗝,上床哭一鼻子,结束这傻逼的一天。

李可告诉焦海莲,卫生间有一次性的洗漱用具。她在客厅要先给焦武铺好被褥,即便眼下已是夏季,她仍然加了一层毛毯,再把沙发的竹席拼上去。两人盘腿坐在地上,由于视角变化,刚好能看见窗外的铅色月光,看见玻璃门上的姑娘身影。"客厅让你这么一弄,有点住在日本的感觉,还有穿堂风吹,舒服。"焦武看起来很兴奋。因为眼镜滑了下来,李可仰起脸,低着眼皮瞧他。"看你这意思,是打算在地上睡一辈子了,小心风吹后腰,落下病根。"

女儿回到卧室后,焦武示意李可跟过去看看,这种场合她这个"身份不定"者反而更需要兼顾两头。在卧室她看到焦海莲一直站在墙角,紧靠着那张圆桌。李可爬上床,换新床单。"你别介意,我并没有洁癖。""没有关系。"焦海莲说,她把帽子也摘了下来。即便干了多年医护工作,可是目光掠过之际,李可还是被那张年轻又怪异的脸吓到了。

为掩饰失态,她迅速拿起手机给自己上闹铃。"医院上班早,我六点起床。"说到这儿她对着时钟叹了口气,屏幕显示距离起床的时间所剩无几。"我把闹铃调小,你可以吗?"焦海莲点头。

"你躺在里面还是外面?"李可打开衣柜,弯腰去捡下边的毛巾被。这时焦海莲看见柜子的储物格里,有好几件婴儿连体衣,花花绿绿,被整齐地叠放成一摞。李可不见回答,再次问她"想好了吗,你睡哪里?"这时焦海莲忽然转身跑出卧室,即便站在门口的焦武挡住去路,也被她用坚硬的拳头给捶开了。看到焦海莲莫名其妙地打开门锁,冲了出去,李可跟到楼道,才意识到自己只穿着睡衣。她转身去叫焦武,"你还愣着?赶紧追啊。"焦武笑笑,低下了头,让李可把门关上。"你排卵日现在过去了吗?"

在连路灯都已熄灭的自新路,忘记拿走帽子的焦海莲,裸露着伤口、光着脚拼命奔跑。地上传来沉重却悄无声息的震颤,可直达心底。她跑过少年宫,跑过万寿西宫,跑过法源寺,跑过半步桥小学,跑过每一个焦武曾经带领她一起走过的地方,仿佛怎么跑都跑不完,同时又全部隐匿在黑夜中。只有自己的身影在脚下不断被拉长、压扁、重叠和分离。

次日焦海莲把关帅约到一家咖啡店内,见面时他身上穿着玫红色制服,金色方形纽扣、墨黑衣领——半小时后他要回到对面的维也纳酒店接晚班。坐在这里他总被认为是咖啡店的伙计,听到人们对他吆来喝去。

这个大她一年级的男孩,有张瘦长且五官立体的脸,那双深邃的眼睛,以及讲话时慵懒世故的语调很讨女孩子喜欢。他侧身坐在焦海莲对面,表情木然,仿佛随时就要离开。

"你用不着怕,我不是来讹你的,也不想跟你扯什么责任。"焦海莲瞪着他,努力让自己像大人一样讲话,"这种折腾,我禁得起。"

"我有什么好怕的?"关帅嘴里嘟囔,身子悄悄坐正,"迟早你会明白,我才是最爱你的。"

焦海莲低头顿了一会儿。由于帽檐遮挡,关帅只能看见她紧绷的嘴。

"你妈真是个狠人。"

"不说这个。听说你那单位属于央企?"她问,"给得多吗?"

"部委下属酒店!开玩笑。"关帅故意扬起音调,引别人注意,"四星级。"

"你怎么能去那么好的地方?"

"好地方?"关帅皱了皱眉,像是吃到难咽的东西,"白天我在客房部值前台的班儿,晚上去宴会厅当服务员。部里来人在宴会厅请客,他们从包间走出来后,领班会叫我和另外几个哥们儿的名字,跟着她进去打扫战场。"

"你还要负责收拾桌子?"

关帅扑哧笑了,随后很严肃地低头看了看身上的制服,或者说是审视。

"对。那上面全是没有动过的大鱼大肉、好烟好酒。用不了多久我们就能把桌子收拾个精光,第二天都不会感觉到饿。"

"你去那里吃剩菜啊。"焦海莲一脸错愕。

"开始我也这么想。后来我问自己,什么叫剩菜?领班说,如果不是在维也纳上班,我一辈子都吃不到这些东西。"关帅舔了舔嘴唇,眉毛一挑,"今天晚上还是那些领导签单,我们又能享受一次了。"

焦海莲想结束这个话题,她感到有些恶心。

"我昨天去找我爸了。"

"哦。"关帅身子前倾,脸贴过来,"跟他提房子的事了?"

焦海莲摇头。

"那你干什么去了?"

"你叫我怎么提?我见到了他现在的老婆,我们还一起吃了饭。我想她已经怀孕了,难道让我把他们从家里赶出去?那是我爸啊。"

"看不出你还有一副菩萨心肠,脑袋被戳成这样你爸看到了吗?谁管你啊。"关帅斜着脑袋,用指关节叩响桌子,"迷途知返吧,人家和你已经没什么关系了。他有了新老婆,有了新孩子,他们才是利益共同体。"

"利益共同体？"她费解地看着他。

"对。你那个家早就不存在了。他给你钱也好，留你吃饭也好，那都是为了堵你的嘴，让你不好再提房子。将来你们总是要形同陌路的，因为一切关系都是基于共同利益而存在，你对他还有什么用？"

"他早上给我打电话，要带我去医院修复伤口。"

男孩愣了一下。

"你怎么说？"

"我说不必了。其实我还没有想好。"

"去啊，为什么不去？"关帅耸了耸肩，摆出不可思议的样子。"真要修复的话那可不是你能搞定的，借机出来跟他聊聊房子的事，等他真有了新孩子，那房子就和你彻底拜拜了。别再错过机会了！"

"昨晚有一刻，忽然觉得其实我很需要依赖他，我很久都没有过这种感觉了。"她循着记忆，在大口吸气中，艰难讲出每一个字，仿佛为此感到自责，"不过我还是跑出来了，也没有拿他的钱。"

"牛逼。"关帅朝她竖起大拇指，同时看了一眼手机。

焦海莲起身去卫生间。站到洗手池前，她对着镜子摘下遮阳帽，把纱布揭下来看，那地方疼得感觉有些不对劲。她拧开水龙头，捂着脸拼命忍住不哭出来，就要忍不住时她抽了自己一个耳光。然后感觉好多了。

"你那里有什么来钱快的路子吗？"再次坐回来时，焦海莲面目一新，"我实在不想住我妈那儿了。"

"等你伤彻底好了，来我家住，我爸妈已经把你当女儿看了。"关帅说。

"住你家？继续和你父母一帘之隔，和你睡在地上？"

"我家可是木地板。"关帅有点儿急了，"我总不能把他们赶到地上去睡吧。"

她想说什么，嘴张开却没有出声。

"我得走了。"关帅站起来，俯视着焦海莲，"我回店里帮你问问领班，维也纳还缺不缺人，她和我关系不错。"

"去那里做什么？吃剩菜吗？不必了。"

他伸出胳膊想摸她的手。

"你要是没想好，就先住你爸那儿。正好容我一段时间，反正店里也要去学校招聘的。"

她把手从桌上撤回来，夹在两腿中间。

"这是真的不必了。"

李可安排父女俩去她们本院的整形科。候诊时，焦海莲对面坐着个和她年纪相仿的女孩。对方整张脸都肿了起来，显然正处于整容后的恢复期，旁边女人在和护士交谈，可听见母女俩是来削下颌角的。女人还要抽脂，说脂肪不要浪费，直接填充进自己的胸部。如果效果明显，还想让女儿也做一个，然后她就可以去美国留学了。那女孩像是见到怪物一样盯着焦海莲看，她也抬起脸瞪了回去。

大夫揭开女儿头上的纱布时，焦武才真正看见她的伤口里面。他背过身，心像被刀片刮似的一缩一缩，全身还跟着发麻。

"你这里因为感染过，疤痕上的毛囊基本都坏死了。"听见大夫说话，焦武立即转回身子。"至于黄色部分是皮下出血后，血液里的铁跑出来，氧化的样子。这种开放性创伤的增生痕迹，是永久的。"

大夫把纱布还给焦海莲，摆弄起电脑，她则无动于衷地贴到头上，戴好帽子。

"有两种治疗方案，一种是植皮，一种是打水。"

见父女俩都没应声，大夫把屏幕转向外面，招呼他们过来看。

"植皮，顾名思义，是把你身体另一块皮肤的正常组织补到伤口处，就像植发一样。这方案的优点是周期短、花费少。"

"效果怎么样?"焦武问。

大夫没有回答,而是用力敲击鼠标,他们随即在屏幕上看到一个又一个烧伤小孩的照片。碗大的疤爬在每个人身上,坚固得倒像是屏幕上的污垢。

"缺点就是效果一般,她这块疤痕还不一定成活。而且用那边的好皮去补这边的坏皮,那边还会造成新的伤口。"

"这照片是术前还是术后的?"焦武又问。

"术后。"大夫回答。

焦武不再说话,焦海莲则坐回椅子上。

"第二种方案,也是我要推荐给你们的最先进疗法,往伤口里埋一个扩张器,定期往里面打水。"很快,屏幕上的病人变成脖子扛着桶状肉瘤,接着是扛在后脑勺上、耳朵根下面,甚至连鬓角都鼓了起来。"这个方案的优点是愈后基本看不出旧伤,缺点是需要你花更多的时间和精力。因为那么老大的扩张器,一打水全撑起来,她脖子上要顶七八个月的大鼓包。再说价格也要更贵得多。"

焦海莲不再理会他们。透过铁栅栏,她确实看见几个肉瘤压在脖子上的女孩,低着头,迈着小步子,像接受刑罚一样,正在后院走来走去。

"多少钱?"焦武撅着屁股,还在分辨着术前术后的对比照片。

"十几万吧。你们每个星期要过来打两次水,所以最好在后院的小区租个房子,她到处走的话很容易吓到正常人……"

大夫话没讲完,焦海莲就站起了身子,理都不理焦武,大步走出去。

她闯过红灯,冲向马路对面的公交站。焦武紧跟在她身后,引得一串汽车长按起喇叭。他看着一辆辆陌生的公交车进站,不知女儿打算上哪趟车。

"这里没有车是到自新路啊?"

"我要回家。"

焦武听出她要坐相反方向的车去找她妈。

"钱的问题我去想办法。"

"这不是钱的事儿。"她说,"你觉得我是个怪物吗,你把我带到这种地方?"

"你就听我的吧,这是一辈子的大事!"

"这是我的脸!我听你的干什么?我看自己挺顺眼的。"

一辆多节车厢的公交车,七扭八歪地拐进站,焦海莲向前一步。

"你看着顺眼管用吗?是用人单位领导面试你!"

他在她身后喊。

她并没有让他上车,他像是等待口令一样仰着头,两腿不由自主地在挪步。

"我有我的办法!"焦海莲喊了回去。

车里车外,众人侧目。

车里很挤,也没有空调,开到手帕口桥的铁道口时,还被迫停下来等火车。一小时后,火车仍不见来,车内已变成桑拿房,司机打开车门,谁着急可以下车。焦海莲有座位坐,焦武站她身边,手臂向前扒住横杆,同时用力顶住其他人的身体。他脸上的汗顺着脖子滴到她帽子上,但两人都不知道。

"我不做整形。"她看着车窗外面,一张张千篇一律的人脸。

"什么?"焦武弯下身,汗脸凑到她面前。

"我不需要整形。既然这道疤怎么盖也盖不住,我反而觉得没有什么,它已经成了我身体的一部分,这是事实,怎么也去不掉的!我要适应它。"

"这就是你的办法?那你戴他妈帽子干什么?"焦武直起身,用嘴比画了个"丫挺的"口型。

毫无征兆中,焦海莲摘掉帽子,引得车上人纷纷看向她那块扎眼的白纱布和一片秃发。焦武拼命去夺女儿帽子,却还是被她手腕一扬,把帽子扔出车外。接着她推开他,再次离开座位,挤下了车。

伴着"火车就要开过来"的警报声,焦武又跟了出来。

他看见焦海莲在前面把纱布一扔,头也不回地直奔铁轨。

这时,远远可见乌黑的火车头正在驶来。焦海莲迅速钻过护栏,像兔子一样蹦跶过了铁轨。到了另一头,她才意识到又忘记提房子的事了。叹了一口气后,她转过身,此刻夕阳耀眼,大地一片金红。

趁着火车还未进站,焦武作势也要跟着钻过护栏,正在进退两难之际,他听见对面传来女儿喊声。焦武眯起眼睛,努力在密密麻麻的人群中,在叮叮当当的警报中,辨认女儿。

"你别过来!这个疤你修不了啦!"她对他喊,声音不大,却很清楚,"你早干什么去啦?"

不等声音消散,谁也没注意到另一辆火车,忽然间从反方向疾驰而过,像拉幕一样,将女儿彻底挡住。

之后,焦海莲忙着独自准备简历、独自参加就业分配家长会、独自在眼花缭乱的企业名单中辨清她人生的方向。第一轮进校招聘的是维也纳酒店、建设银行、四通公司和同仁医院等几家央企和国营单位。然而，焦海莲头部和脸上的伤口，那块仿佛要故意露出的伤口，令她看上去有些古怪，加之她身上还背着一个处分，老师根本没有给她面试资格。她每天和班里的差生们，在没有老师的课堂上自习。当其他人围坐着打牌、抽烟、喝酒时，她则坐在角落处，低头对着精心准备的简历练习自我介绍，并且等面试回来的同学聊心得、聊待遇，看他们一天要赶三场面试。

渐渐地开始有同学穿着职业装，回学校交接收证明、看老师、发糖，开始有人拿第一笔工资请客。和焦海莲一起上课的差生，也变得越来越少，三两个同学在教室里故意坐得很远。第二轮面试过后，整个教室就只剩下她一个人，对着黑板上过期的招聘时间表上课。尽管早没人管她的考勤了，她每天还是会背着书包、捧着简历、顶着头上的伤疤，走进教学楼，与回来取档案的同学擦身而过。

焦武是被老师请到学校的，当他透过门上的副窗，亲眼看到女儿的处境，并且询问怎么会这样时，得到的答复是"她到底怎么回事，家长还不清楚吗"。听到后焦武紧咬嘴唇，眼珠锃亮，当然他忍住了。随后他推开门，横着走进教室，站到讲台处，面前所有椅子都倒扣在桌上，只有焦海莲独自坐在中间。焦武一时找不到走近她的路径，父女俩像是被无数铁栏阻隔。

"跟我走吧。"他说。

"老师把你叫来，说明再也等不到要我的地方了吧？"

"那倒不会。我这就去堵校长办公室，你去不去？"

他感到女儿长大许多，那身校服显得不再配得上她了。只是那块秃噜皮的伤口，和四周支棱起来的头发，在西晒下依旧刺眼。

"其实你比我还着急。"焦海莲抬眼直视前面，却不看黑板前的焦武。"是因为找什么单位无所谓，只要我早一天上班，早一天挣钱，你也好早一天甩掉我这个包袱。不用再担心我什么时候过来找你，因为我和你不再是利益共同体了。"

随着突然一阵"咣咣当当"的巨响，焦海莲紧闭起眼睛，头向后一缩。

"去你妈的！"焦武举起一把椅子，砸倒周围一大片，身前变得豁然开阔，"这都是谁教你的？"

"你心虚了？"焦海莲睁开眼睛看他，缓慢却用力地点头，"行，承认就好。只要你当我面承认，为了尽早了却你这个心愿，我可以样样都听你的。"

"可以，这个简单。"焦武咬牙切齿，气喘吁吁地看着女儿，他鼓起的眼珠上分泌出黄褐色液体，又是一脚踹倒身边的课桌，"我他妈认了行不行！"

父女俩走进老师办公室，和其他两个学生家长站在一起，开小型家长会。

"全校最后没人要的，就你们三个学生。"屋内有一长条沙发，可是没人去坐。老师扫视众人，不断拍击桌面，痛心疾首状。"就你们三个。寒不寒碜？"

焦武瞥见其他家长点头，自己也跟着点头。

"你们的处分是在档案里的，哪个用人单位想要这种孩子？不对，是员工。"家长们陷入沉默，有个孩子铁硬着面孔，眼向上翻，泪向下落。"你们有两个选择，要么参加第三轮招聘，要么晚一年结业，等着跟下一届学生一起分配。"

"我们参加第三轮招聘。"

就在别的家长犹豫之际，焦武脱口而出，他再去看女儿，她也默许了。

"好，我们也不想她白耗一年。而且焦海莲的情况比较特殊。"老师把注意力集中到父女俩身上，朝她的脑袋上指着，"她本来是有机会的，可你看看实际情况,当家长的不关心,谁还能改变她什么?第三轮招聘就不会有太好的地方,你们要有思想准备,而且人家也不来学校,她要自己过去面试。"

焦武五指并拢,攥成一个拳头,使劲笑,接着又去按女儿后脖颈,让她鞠躬。

"快谢谢老师。"

她紧绷着嘴,垂头弯腰。

"谢谢老师。"

回到家里,李可为焦海莲挑了一个假发髻,还把在"两会"当保健护士时穿的西服借给她。焦海莲站在穿衣镜前,看着被假发和西服包裹的自己,显得不知所措。老师会打电话通知他们,焦武则负责骑自行车跟着女儿一起面试。同时李可意外地发现,他居然还学会做早点了。当然,主要不是为了她。

那个季节,自新路两旁的紫花槐长势极盛,翅膀状花叶在路上方交织成彩色的网,黄昏时刻,更显密密疏疏,碎叶半空。父女俩在其中并肩前行,把自新路的单位全扫了一遍。女儿面试时,焦武就在街边抽烟,找不到地方了,他们就去网吧,然后赶赴下一个目的地。那几天焦武话特别多,边说还要边看着她,有一次在路上她倒是骑过去了,他的前轮却撞到一辆汽车屁股上。她两腿划地，倒退回来，见焦武和车主赔笑。"对不住哥们儿，我太久没和闺女在一起了，心里高兴得忘记看路了。"

如果在公交车上，她还会遇到已经上班的同学。对方难免过来打个招呼，聊上两句。某次她去面试的单位，正好是同学所在的下级部门，而这位同学是负责把关的人。中途还没到站，她就下车了，焦武只好也跟着下来，看她硬着头皮步行过去。老师的通知总像是临时决定的一样，面试要么是明天一早，要么是当天下午。有时上午面试完了，刚进家门，又接到电话，来不及吃饭，父女俩还得出去。有一次赶上个下雨天，派到她头上的地方是废品回收中心，焦武想把电话抢过来说这个不去了，但是他没有，拒绝学校意味着不想要毕业证了。后来他看着气息青春的女儿，衣着隆重、不声不响地走进那地上满是积水的大门，里面的人也都在看她。

"怎么样？"焦海莲出来时，焦武问她。

"我被录用了。"她低头说。

焦武用脚碾灭烟头，点点头。

"我们去吃维也纳吧，那里也对外营业。"

焦海莲一愣，使劲摇头。

"是我想吃，我请客。"

父女俩一前一后，步入维也纳的中餐厅。桌子很大，将他们隔得很远，中间站着关帅。焦武打开菜单后，深吸一口气，又翻来覆去地看起来。整个餐厅里最便宜的是一道凉菜——"凉拌穿心莲"，98元。

"一碗酸辣汤，一盘穿心莲……"

"我不饿。"焦海莲说。

焦武重重地合上菜单，笑容勉强。

"还有吗？"关帅接过菜单，仍然要问。

"没有了。"

焦武衣服里藏了一瓶红星小二，趁关帅走远，迅速咬开，倒进茶杯里闷了一口，又显出得意神色。

"你要是跑这儿摆阔来了，我还是走吧。"焦海莲说。

"这顿饭，你得吃。"焦武说。

关帅端着一盆酸辣汤过来传菜。

"总是要庆贺一下。"隔着关帅，焦武看女儿，"废品回收中心，你想好了吗？"

"我有什么好想的？"

焦武点头，眼睛辣出眼泪，像好久不喝酒一样。好半天，憋出一个"也好"。

焦海莲一动不动。

"那是我以前的单位,我想实在没有出路,就替你求情进到里面,好歹可以旱涝保收。没想到绕一大圈,你还是回来了。"

关帅又把一盘穿心莲,放在两人中间。

"还是委屈你了。"焦武用手摸着脑门,像是在看自己发烧没有。眼珠子却盯着那盘凉菜,那道菜又绿又亮,像是微缩盆栽一样,令人不舍得下筷子。

"谢谢你这么说。"

焦海莲仰起脸,口气生硬,随后留下焦武,起身走开。

在过道里,关帅截住她。

"你真去干废品回收?"

"让开。"

"你听你爸的?"他指着在前厅那张巨大桌子旁,不停喝酒的焦武,瞪着她看,"你瞧他那德行。"

焦海莲没有去看。

他递给她一张纸条,上面有一串网址和电话。

焦海莲没有去接。

"这公司正在网上公开招聘,待遇和岗位条件写得很清楚,你回去可以上网查查,做证券软件的。"

"你让我不跟学校分配?如果被老师知道,我就没有退路了。"

"你不是着急挣钱吗,要那么多退路干什么?我看准了,以后是资本家和互联网的天下,中央电视台的财经节目都在用他们的炒股软件。你想去废品站,什么时候都可以去,没人拦着你。"

焦海莲把纸条塞进兜里,低着头说"多谢了"。

"你跟你爸提房子的事了吗?"

"他们并没有孩子。"

"你丫真是很傻很天真。带着你爸赶紧走吧,别在这儿寒碜了。"

"多少钱,我叫他结账。"

"结他妈屁,我跟哥们儿说了,这桌人是我媳妇,谁也别管。"

焦海莲坐回去时,焦武已经醉了。她独自把整盆酸辣汤一口一口喝干净,那盘穿心莲,也被她一片叶子都没剩下,全部嚼碎,咽了下去。

焦武酒醒后,得知女儿要去的是什么软件公司,脸上异样。这家单位并不属于学校介绍,同时离家实在太远,她需要先后穿过宣武区、西城区和海淀区,和家里居然相距四十公里,而且方位上完全是个大调角。要知道,焦武半辈子都没走出过自新路,她却要每天往返在三个区之间上班？不过焦武没有反对，他本想建议这种节外生枝的事别让学校知道，可连这他也没有说，因为女儿看上去什么也听不进去了，并且明说不需要他再跟着。对于她不去废品回收站这件事，焦武心里竟然还有些遗憾，他对自己会有这种想法感到厌恶，就像酒还没醒透一样。

焦海莲一不认识路，二没有收到面试邀请，可这些都没有影响她的决心，对她来说，这才是一场面试，一场真正的面试。胜龙科技在海淀区车公庄西路，算上走过的冤枉路，她一共骑了两个多小时的车。那天风刮得特别邪性，无论往哪个方向骑都是顶风，空气卷扬着沙土，树也被吹得摇摇欲坠，整个人呼吸起来却还格外憋闷，像被浸在水里。至于天色一整天就没见过光亮，由远及近皆是墨黑云层，出门恨不得要打手电筒。最后焦海莲是推着车走到这家公司的，她闭着眼睛，累得苦胆都快吐出来了。当她看到巨大的"胜龙科技"四个红字时，整个人要绷直身体，头仰成直角，望着那栋三十层高的大厦顶端。

走进大堂后，焦海莲死活鼓捣不好那个智控电梯，很快令保安注意到她。对方径直走来，她以为自己会被轰走，慌乱中，主动开口问胜龙科技在哪一层。保安看着她，随即按下按钮，请她去显示出的C

座电梯门，胜龙科技在27层。

心跳随着电梯的升高而加快，她在里面，有失重感。再睁开眼，迎面透过一扇自动玻璃门，可见里面坐着一位漂亮的前台职员。焦海莲道明来意后，对方客气地问她是否收到面试邮件，她想了想，如实回答没有。"可我非常适合你们的要求，实在不想错过这个机会。"前台笑着愣住片刻，这片刻对她来说已像是在做梦。没想到前台同意她坐休息间等候，还给她倒了茶水，随后去叫部门主管。

焦海莲对着茶杯发怔，她一个身背处分的问题学生，一个头顶伤疤的单亲女孩，一个要进废品回收站的待业青年，居然坐在这么漂亮的办公楼里。走到这一步，这场面试对她来说已成为唤醒生命的战斗，想到这儿就连身体都跟着轻微发抖。

一个瘦小男人在远处叫了她的名字，她抬起头，他笑着示意她来会议室。主管是上海人，有着明显的南方人相貌，目光锐利，高鼻梁、高颧骨、厚嘴唇，白色衬衫，袖口挽起，实干家做派。他始终大度地看着她，任由焦海莲介绍自己，她用尽一切能量，把在脑海里想象过无数次的语言，把对工作、生活以及对未来的设想，毫无保留地倾诉给主管。这令对方认真地看起简历，并且随之陷入沉思。接着她不知不觉地把焦武，把那个零碎不全的家也讲了出来，甚至包括自己的全部遭遇，她发现她心跳过快，嘴已经停不下来了。她一边说，一边瞄向27层楼的外面，整座城市的天空已经阴云压境，有雨点在敲击窗子，似乎暗示她时间所剩不多。她说起此刻能坐在这里，能独自支撑这么久的面试，是从没想过的。她没有被保安轰走、没有被前台拦下，这本身就是奇迹。

"保安怎么回事我不知道，不过前台没有拦你，是因为她也刚来上班。我会罚她的。"主管笑着点头，示意她喝水，"你为什么不等邮件就来这里？我只是想搞清楚，是不是公司邮箱出了问题。另外你可能没看清，这个岗位只招男性。"

"我本以为性别要求并不重要。"

主管笑着低下眼皮摇头，显出无可奈何。

"这个岗位要对上市公司的全部财务报表进行录入，工作压力巨大，经常要加班，所以是否男性至关重要。"

焦海莲仍没有走的意思，她请他至少问一个问题。对方顿了一会儿，收起笑容。

"外面下雨了，你家离公司远不远？"

焦海莲点了点头。"四十公里吧。"主管眼睛睁大了一圈。

他送她到公司门口,走出去时她又转身回来,向前台要了支笔。

"我可以留个手机号吗?如果有变化随时可以打给我。"

"可以。"然而主管那副表情明明在说,即便你留了我也不会打给你。

焦海莲站在大厦门口,仰头看雨势越下越大。这时手机振动响起,她急忙掏出来看,才知道是焦武打过来的,他问她这边雨大不大。"人家没有录用我。"她说。焦武没有听清,让她等雨停了再回来。挂电话前,他忽然特别平静地告诉她,"咱们还是按原计划回来上班吧。"

随后,焦海莲跑进一家复印店,她的简历都用光了,需要重新复印几份。这时外面暴雨如注,她盯着自己的简历和照片,正被一页一页地复印出来。即便这次没有成功,她也不想再听从学校分配,她觉得自己一下子被打开了。她想得很投入,以至于手机再次振动时,也没有理会。

她知道是老师再次打来分配工作的,她还没想好怎么拒绝。此时街边,她的自行车已经倒在地上,像一匹濒死的斑马。她坐在复印店门口的台阶上,假发和西服都已湿透。她拿出手机,编辑了一条短信给焦武。"你把我生成男的就好了。"之后她看到同样的陌生号码打进来三次,焦海莲回拨过去,听见那边的电话语音"兴业胜龙科技有限公司……"

焦海莲疯了一样冲进雨里,扶起自行车,她拼命地向前蹬车,无论是多急的拐弯、上坡还是下坡,仿佛都影响不了她郁积已久的那股劲儿。沿途经过月坛桥下时,路边已有树干折倒。她却越骑越用力,在瓢泼般的雨声里,她肆意大叫、畅快呼吸,不顾雨水打进她的眼睛和舌头上。就这样被雨浇着骑了四十公里回到了家。焦武打开房门时,看见地上全都是水,湿透的女儿正站在面前,周身发亮。

焦海莲试用期工资是两千五,算上补贴可以达到三千,当时即便被学校分配到最好的国企,那些学生会干部、学生党员或者各班班长,也只有两千。焦海莲把工资全留给母亲,因为焦武家位置更近,她平时可以回他那里。焦武没有说话,倒是李可带她去商场买了两件合身的时装,她说不换衣服去上班,给人印象不好。

那半年试用期里,焦海莲拼命工作,可恰好由于这种心情,她录入的报表总会被主管发现错误,并且指出她对数据毫无感觉。这令她常以懊悔的心情结束每天的工作。主管也始终刻意保持距离,不再有面试时的客气，甚至对她有点儿冷漠。然而焦海莲最大的问题，还是往返公司的那四小时骑行距离。上班途中她差点儿被右拐的公交车从身上轧过去，晚上经过铁道边还有野狗发光的眼珠等着，如果碰到雪天，她更要骑得像表演单车特技一样小心，只求不要摔倒。

那晚在骑了近三小时的雪路后，焦海莲终于到达小区门口，她试图蹬过一片冰面时，听见焦武在身后喊她，回头间，前轮打滑，连人带车栽倒在冰面。

吃饭时焦武抽着烟，目不转睛地看着筷子在女儿擦伤的手里发抖，看得眼圈都红了。

"我想买辆车。"焦武帮她夹菜，话却是对李可说的。另一头的李可把盛了一半的饭停下来，碗放到自己面前，看着。

"我想给家里添一辆车。"焦武继续补充。他弹掉烟灰，依旧不看李可，"我打听了，花乡二手车市场有过了报废期的夏利，才卖三四千块钱。"

李可两手已从桌上退了下来，背靠椅子，也点起烟。

"我车本儿拿下来这么多年，你也没动过买车的念头。"

透过眼镜，她冷冷地看着满桌烟雾，盖过饭菜的热气。

"之所以买车，我是想私下拉活儿，挣点儿外快。"焦武拉起长音讲话，脸上不再耐烦，"你们医院放个屁工夫就到了，你不是用不上吗？"

"我又没有问你。你愿意说就说，不愿意说就吃你的饭！"

李可语气罕见强硬，令父女俩都有点不太好意思。

"我明天回我妈那儿住。"焦海莲用力把饭咽下去，着急讲话，"这几天看了看地图，她那边可以先骑到快速公交，坐到宣武门后再倒地铁，换乘到一号线。出来后我再上一辆公交车，两站地就到了。"

焦武吐一口烟，不再言语。三人继续吃饭。

夜里，李可和焦武睡在客厅地上，焦海莲独自在床上睡。

"你想什么我会不知道？三千块钱的黑车，你能拉个屁活儿。"月光下，两人在被子里说话，"现在好了，她不住这儿，我看你还买不买。"

"为什么不买？你听她说的那叫上班吗？那是参加奥运会吧，还是铁人三项。"焦武闭眼嘀咕。

"咱俩将心比心吧，既然你当面提出来了，我也不能驳你。但是我要什么你得给够了，答不答应自己看着办吧。"

很快，在卧室里的焦海莲就听到了时而轻软、时而粗重的喘气声在交替传来，像是故意要让她听到一样。

焦武买下的是一辆浅黄色夏利，除了破旧、漏油和噪声大之外，助力系统还坏掉了，这令整部车显得十分倦怠。越是要拐小弯，焦武就越要咬紧牙关，双臂使出开垃圾车的劲儿，像扳阀门一样去扳方向盘。好在这辆车自带一个步话机，他可以把它拿在嘴边说点什么，让街上行人和其他车主都听见他要开过来了。于是从家到地铁的这段路程，焦武像玩赛车游戏一样威风且粗野，不是随意并线就是逆行，甚至连红灯他都敢闯，其他车都要离这辆夏利远远的。焦海莲则必须闭紧眼睛，攥着安全带，焦武会叫她下车。到了晚上回家，街上变得空空荡荡的时候，他反而把车开得很慢，还会拿着步话机，唱起一首老歌，焦海莲绷住不笑，假装睡着。

"你那里，好像不怎么明显了。"焦武咳嗽两下，显得比白天逆行还要紧张，"等头发再长一点儿，去烫一烫，就一点儿都看不见了。"

"那是你每天都能见到我，感觉不出来而已。外人还是一眼就能看出来的。"

她支起头,看看焦武,感觉他有些奇怪。

"我这车开到你们公司没问题的。"

"算了吧,那条路,我自己走。"焦海莲继续闭上眼睛,"你送不了我太远的,你知道吧。"

有时候焦海莲也会和李可聊上几句,某个下午,她把假发髻还给了她。随后用电脑放起焦武唱过的老歌,两人错身相对,在尘埃一般的夕阳下,安静地听。

"这歌我知道。可我从没听他唱过,也没法想象他怎么开车唱歌。"李可语气讪讪,情绪低沉。

"我也没想过,他会是现在这个样子。"焦海莲把声音调小,"当初在家里,他可是用啤酒瓶凿我妈,用开水浇电视机的主儿。"

"他以前打过你?"李可打量着她。

"忘了。你不用装不知道,你们俩早就好上了。"

"对不起。"

歌声结束,屋里氛围凝滞。

"我记得他玩牌赌瘾特大,后来还碰过吗?"焦海莲转头问她。

"没有了。"李可轻轻摇头,不去看她,像在躲避审视。

焦海莲苦笑。

"不可思议,赌瘾还能戒掉。你们两个为了能结婚,牺牲很多吧?"

"我们还没结婚。后来你爸戒赌,也不是因为我。"

"你不会是想说,这些都是因为我吧?"

李可看着她,两人终于目光相接。焦海莲从兜里掏出香烟,抽出一根递给她。

李可看了看烟,又看了看她,顿了好一会儿也没有去接。

"谢谢。我怀孕了。"

焦海莲和关帅再次见面,是在维也纳咖啡厅的操作间里。关帅大口嚼着从客人桌上撤回的培根三明治,他让她跟着吃另一半。那客人因为沙拉酱味道太重,并没有碰盘子里的东西。

"我打算租个房子,你帮我留意一下,越便宜越好。"焦海莲看着那块留给她的三明治说,"你知道,我的钱还要给我妈。"

关帅一边把嘴角的沙拉酱抹到舌头上,一边点头。

"你就这么放过他们了？天底下哪有这么便宜的事。"

"搬出来住，对大家都有好处。"

"好处？"关帅把盘子又往她面前一推，不以为然地笑，"如果这是在做生意，你这就算被吞并了。你看我已经和这儿的领导称兄道弟，所以在客房部值班时，我可以利用系统的漏洞把房间隐藏起来，然后私下挂到外网，租给来打炮的男女。一个月能多挣六万块，分给弟兄们后，还有三万是我的。这他妈才叫好处。"

焦海莲拿起自己那块三明治，沙拉酱很快流到她手心上。

"领班跟我说他在天津有个项目，按照那儿的商业模式，只要交纳一笔会费，组织就会帮你发展下线，下线的下线还能继续拉人，上缴的大头归你。"

"下线？你说的是传销吧。"

"你别管它叫什么，总之这模式能一本万利。领班已经做到五星级家长了，开奔驰车、住别墅区。"

"家长？"

"没错，在组织里他是我家长。酒店的位子不过是他巴结部里领导，结交商界精英的一个渠道。我会和他去看项目，你如果有兴趣，不如我们做合伙人。

干成了，别说是租房，买房都可以。干不成就当是过去玩一趟，反正也不用多少钱。"

焦海莲咬了一口三明治，边嚼边想，她确实饿了。

"会费多少钱？"

"一个人头五万。"

"五万？"

关帅用那双深情的眼睛，注视着她，仿佛看到更诱人的食物。

"亲爱的，你整天录入上市公司信息，那些股票也要先花钱买啊。我们学校是白给你介绍工作吗，你交培训费、实习费，一个人头校长能提两万，卖的就是你啊。就连你妈你爸，养你也是一种投资。一切都是生意。可是在组织里，你会遇到很多相同经历的兄妹，有让你住的家，有管你的家长，大家在一起洗衣烧菜。我是看你有成功的潜力，才把这个千载难逢的机会告诉你，等你也做到管理层，就算躺在家里都有人替你挣钱。那时候你爸才会明白，失去你有多傻逼。"

"有很多相同经历的人？"

"是的。比起来，那里更像个家的样子。"

焦海莲把三明治全部塞进嘴里，她的嘴撑起了一个大鼓包,这令她的样子看上去有些古怪。关帅伸手擦掉她嘴边的面包屑,又拿玻璃杯去水龙头那里接水。

"不过你这么白白走掉,恐怕很难再要回那个房子了。你不想给自己留个转机吗?"他背对着她说。

"我不明白。"

"这有什么不明白的,那个小崽子,你得找个机会。"关帅的声音变得微乎其微,以至于那些话仿佛是在焦海莲的脑子里转。"就像当初你对自己做过的,简单、干净、无痛。"

焦海莲得到正式合同的那天,也是主管正式离职的一天,她在公司坐到天黑,不肯离去。部门已被打散,她会并入营销小组,新主管给她的条件是,开拓西北市场,同时降低岗位工资,加大提成比重。对于没有任何资源和经验的她来说,这无异于逼她离职。

焦武打来电话,他的车就停在楼下。她靠在27层窗边,勉强找到地上那个圆圆的小黄点。"不是不让你接我吗,一个来回的油钱,抵我一天工资了。""助力我修好了。就是想让你看看,我这车能开这么远。"焦武说。

车踩下一脚油,才往前蹿一下,坐久了,她有点儿想吐。挡风玻璃已经发花，路灯打在上面，像是斑驳的琥珀，金灿灿的。这时主管发来短信："当初面试结束，我回去告诉同事，我在你身上看到了年轻时的我。不论今后做什么，别忘了这四十公里路的执着。"

焦海莲摇下车窗，手伸出去，风在指尖缭绕，感觉一切都在过去。

"给我回来。"焦武快速地瞥了她一下。

"我准备租房子住，准备去外地看看。"

焦武装听不见。

"给你们腾地方。"她脸别过去说。

"我以为你会回你妈那儿。当年知青返城，我和她被各自的家庭拒之门外，那个年代的事你无法理解。现在她精神不好，你应该回到她身边。"

"你为什么不回她那儿！"焦海莲转过头来，恶狠狠地看他，"我每次回去，都希望你能和我一起，我们三个能坐在一起！"

被她这么一咋呼，焦武的车熄火了，趴在菜户营桥下，护城河边，怎么也打不着。他必须把头伸到副驾驶下，焦海莲放脚的地方，把电打火线接在一起。

"你们为什么要结婚，为什么要生我？"

"不生你厂子怎么分房？！"焦武放弃了打着车的

努力,气急败坏地把话甩出。

"所以你们是为分房才要我,别再说什么这房子属于我!没什么是属于我的!"

焦海莲摔门而去。焦武跟下车,又不能走远,他站在车头前,看着女儿背影。

"过来把车推起来啊,至少你今晚要回去住吧。"

她转过身,五官纵到一起,脚跺着地走回来。

"你以为我愿意见你?每次我缺钱,她就打发我,缺钱管你爸要去,他欠你的!这时候她倒挺清醒。喂,我他妈被判给了你,他都不要我了,你还让我管他要钱,我还要不要脸啊?我不敢去找你要钱啊,我怕你也不给我钱,我怕你是真的不要我!"

在镜面一般平滑的护城河边,在暗幽幽的冷月光下,焦海莲像是一人分饰两角,声嘶力竭地自言自语。那张失控的惨白的脸,令焦武万箭穿心。他终于明白为什么前妻说,女儿是带刀找他了。

焦海莲再次转身离开时,像是夺路而逃。这次焦武没有喊她。

焦海莲跟关帅去天津之前,焦武提出要为她送行。到了北京南站,他把车停到地下车库后,却忽然又说不上去了,让李可替自己见她。

"我上去该说什么,要不要把她留下,你倒是给我个指示啊。"

"全看你。"焦武趴在方向盘上,像死猪一样。

"你这意思是我赶她走的?"李可把门踹开,两手拼力撑起身体下车,"操!"

会面约在火车站一家人来人往的饺子馆里,焦海莲和关帅的座位正对店门,方便认出每一个走进来的人。

"这可是千载难逢的机会,你什么都不用做。"他把一杯茶水推到她面前,若无其事地环视四周,"人来了以后,不论她讲什么,我们不听。只要看着她把这个喝了,咱俩抬屁股走人,一上火车,大功告成。"

焦海莲瞧了一眼那个杯子,和普通茶水没有区别,混浊却可见底。

"她这个年纪怀孕,什么意外都是正常。"关帅对她耳语,她则重新戴上遮阳帽,她习惯这样的自己,"而且我保证她不会再有了。"

"你别说了。"

"她来了。"

焦海莲抬眼,见李可正朝他们走来。她身材虽然还没显怀,可是走路的步态格外小心,还用皮包护住肚子。同时目光坚定地看向她这边。

"李阿姨好。"两人同时站起。关帅问候，试图握手。

"你叫关帅？"李可问，看到关帅点头后，她反手就是一个巴掌扇过来。

猝不及防中，一声脆响，将吵闹的饺子馆，压得一阵安静。

"这是替她爸给你的。"李可面无表情地说。

随后三人坐下，关帅强作镇定，然而一贯的慵懒笑容不在，脸也完全红了。

"你们什么打算？"李可问。

"她以前的主管，回到上海做券商了，我们是去投奔他的。"

焦海莲没有开口，关帅替她给出答案。

李可看了看他，又看看焦海莲。

"麻烦你出去一下，我和她说点儿家事。"

焦海莲这才抬眼去看李可，并且错开身子，让关帅走开。

直到他捂着脸走出店门，李可还在盯着他。

"那小子讲瞎话不眨眼睛。"她终于恢复正常语气。

"我知道。我爸也是。"焦海莲不安地瞥着李可，她脸色很差,"他怎么没来?"

"他躲在地下车库。换成是我,我也不敢上来。"李可隐隐露出慈爱目光,像在想着什么,这令两人得以在沉默间隙,缓一口气。

"去上海的机票比高铁还便宜,你们到底去哪儿。天津?"李可突然发问。

"你偷看我手机?"

"不是故意的。我用电脑时,是那上面蹦出来的。"周围有人端着饺子经过,李可的手始终护在肚子上,"算了吧,传销组织难道比家还好吗?"

"家?谁的家?"焦海莲看着她,目光灼热。

李可错开脸,发现手边茶杯。

"我以为小孩出生后,会有个姐姐。"焦海莲没有吭声,李可慢慢地把茶杯握进手里,"现在看起来,确实像是大人欺负孩子。你不该走,如果你还是怨恨我,我把这杯茶喝了,就当是郑重对你道歉。"

李可艰难地把茶杯端到唇边,抬手要往嘴里送。

焦海莲转头,看到关帅正在店外的玻璃门前看着自己。她伸手打翻茶杯,茶水洒到李可手上、皮包上,以及肚子上。

"你不必道歉。还有,没人能欺负我。"

她低声把话说完后,拿起行李,擦身而过。

焦武像等待判决一样，闷头坐在车里。直到李可一人出现在车前，他知道女儿不会回来了。她敲了好几下车门，他才打开让她坐进来。

"她就是不肯原谅我。"李可强撑着情绪，不想影响到腹中孩子，可她无法阻止眼泪接连滑落，"连个道歉机会都不给我。"

"她要去哪儿，说了吗？"

"上海。"她擦拭着模糊的镜片，沙哑地挤出两个字。

"上海，上海比北京好，是不是？"焦武启动车子，开向通往车库出口的单行道，"她总是要走的对不对？总要走的，我们留得了这次，留不了下次。"

"你有话想对她说吗？我替你转达。"李可拿出手机，焦武目视前方，没有理她。夏利车进入等待开上出口的队伍，一辆辆漂亮车子，逐个开上一个足有40°角的长斜坡，下一辆车隔开一段距离，等在坡下。终于轮到焦武时，夏利车又熄火了，他怎么也打不着车。很快四周响起各种车笛声，李可惶恐地看向车外，手里还攥着手机。

焦武拿起步话机，警告其他车主，老实等着。他的话音，一度盖过车笛声。

"你来开车,我下去推。"

"我开?我拿了车本后从来没动过车呀。"

李可打量着方向盘和挡把,临阵磨枪。

"油离配合,油离配合,记住这个就好,车子自己会开上去的。"

焦武下车前,李可拽住他的胳膊。

"你真没什么话和她说吗?我想她到了外地,会换手机号的。"

他仍然没有回答,而是走向车尾。无数远光灯照向他们,晃得李可睁不开眼。

她在后视镜上看着焦武,他整个人贴住后备厢,用头部、手掌和肩膀扛着车子。夏利车缓缓挪动起来,李可用脚反复轰着油门,很快便在车头上方看到斜坡尽头显出的半块光亮,接着她身体一震,头向后一仰,夏利车居然发动着了。

"海莲啊!一定把好方向啊。"李可以为自己听错了,伸头去找焦武,却听见他在车尾又喊出声,"别回头,把好方向啊!"

夏利车终于升起,开到一半地方,平稳而迅速。焦武还站在地下车库口,身后是悲壮的鸣笛声和闪烁的远光灯,他望着夏利车变高变远,望着那个发亮的出口,大口喘气。

大 狗

―――

我在珍宝岛扛了十年枪，转业被分配到陶然亭派出所，管这一带的治安。白天我们通常在所里侃大山，跟着老警察去胡同转悠一圈，没什么事就回家了。值夜班的责任就比较重大了，因为陶然亭的霓虹灯电闸就在我们所，园子里是亮是灭都要由我们来控制。夜里还有个令人兴奋的工作，那就是去树林子里抓造小孩儿的男女。

每到晚上九点，大喇叭一广播静园，老警察就带上一队小警察进去巡逻。茫茫夜色中，当你穿梭在这座有着六百年历史，棋布宫殿祭坛、碑亭游廊的古建筑群里，会感到一切尽被时间冷却成了照片，或者是置身在与世隔绝的墓园。可是如此庄重的名胜古迹，却成了落水鸳鸯的做爱圣地。他们一到半夜就钻进来搞对象，其中还夹杂不少偷情的已婚人士。所以我们专等静园这半小时后，人手一把长条的铁皮手电筒，光柱如机枪横扫般照射。有的男女正干到一半，吓得连裤子都提不上就被抓了出来，这令我的心里感到了极大的满足。

很快有同事发现，跟着老警察巡逻总是空手而归。倒不是因为园子里缺少目标，而是老警察爱在门口和甬道走直线或者兜大圈，这令那些男女总能顺利干完事，到了午夜还大摇大摆地从公园正门满意而去。所谓青出于蓝胜于蓝，为了对得起这身警服，我们必须往里走。比如园内东北角，挨着护城河的那片林子十分背静，更有牡丹花的荆条可做天然屏障。此外，孔庙后墙一条细长夹道，拐弯处也是死角。包括西边和故宫一墙之隔的厢房前有片花圃小林子，这都是老警察不钻的地方。白天有同事提前摸查一遍，凡能在地上发现避孕套和手纸的地方，夜里直扑过去一抓就是五六对，一逮一准儿，有的人还被抓过不止一次。

当然就算把人抓回来，我们这些小鬼也没资格审，技术活儿还得交给老警察。这个规矩主要是怕出事，我有个同期转业回来，被分到天坛派出所的战友就没过这一关。他巡逻时逮着个出来偷情的有夫之妇,这娘们儿有张大嘴叉子,审问时一个劲儿乞哀告怜,说让她干什么都行。我那战友年轻气盛,又在部队憋了好几年,一时鬼迷心窍揉了揉她,把人放了。没想到这娘们儿回过头就反告他一状,致使战友实习期没过警服就被扒下来,这辈子只能在家维护使命感了。

多数被抓者还是配合的,主要是怕我们找到单位。那年月还没有居民身份证,人被逮到先查所在单位工作证,交不出来全按盲流处理。我们再吓唬吓唬,告知公共场所有伤风化是要判刑的,叫人给单位保卫科打电话。我见过太多人一听这话当即下跪认错,还有不少磕头扇嘴巴的。这里尤其数男的没出息,脸都哭瘪了还不忘让我们注意区分,他们是从犯。老警察这就该入正题了,他让我们掏出在天安门罚吐痰的小红本,接着就是撕罚单、交钱写悔过书。夏天最热的时候,五块钱的单子一晚上能开出好几百,我们也没见过这么多钱。好几回鸳鸯们凑来凑去身上就够一人的罚款,只能回去借钱。我们把工作证一押,他们第二天准把钱送来,不怕赖账的。后来我觉得这种事挺没劲的,我不喜欢看到人这么狼狈的一面。所以再值夜班我也走直线,任凭无数小生命在园子里孕育，动静太大的我咳嗽两声就走开了。

前面说过，我在珍宝岛当过兵。如果也让你每天在一级战备下，扛着五六式半自动步枪，带够三个基数的弹夹、压缩饼干和灌满烈酒的水壶，守着大雪封江的边境十年再回来，你会和我一样在意周围的人情世故，你会明白我有多么渴望成家立业，而不是他妈的存心害谁。

不过，很快上白班也没工夫侃大山了。"文化大革命"刚过去那会儿，社会上接连冒出恶性事件，比如某军区司令的女婿在河南被人捅死了，还有东北"二王"要闯山海关，那阵子我们连配枪和防弹衣都领了，要去堵城门。市局还下达了一项回炉废铁的任务，让各分局的派出所回收管片儿里的废铁。你叫那些户籍警半夜抓搞对象的他来劲着呢，收废铁他们没戏，这事自然就轮到我了。

因为"文化大革命"那会儿，城里五百人以上的工矿企业都建有民兵连队大炼钢铁，这些人里又补充不少转业军人。这么说吧，在深挖洞、广积粮的年代，谁家囤点废铁就跟要生个秃小子一样再正常不过了。

我记得七十年代末那阵子，三伏天儿里我四脖子汗流地照着档案到处找工厂回收废铁。有一座隐匿在土红色老砖墙里的铜厂,那嵌在青灰门额上的阴刻牌匾已然消损,荒寂厂院里,车间的两层老楼上是倒竖的纱窗。这里堆满了尚未回收的废铁,它们如同大姑娘一样安静地待在堆房里,随着几束白光破窗而入,上面显出满身尘灰和红锈。当风声从外面吹来,又像是陷在已经落幕的舞台后面,等着有人过来解救自己。

我还在临街店铺的门墙和胡同里的木电线杆上,贴了红头文件,通知居民们主动上缴废铁。为此我甚至要自己下到大粪坑里去捞,穿上警服浑身都臭烘烘的。

好在管片儿里我也认识几个流氓,当兵前我和这些人没什么分别,甚至我更心狠手黑,所以很容易就和他们称兄道弟起来。其中有个叫秃子的和我家只有一街之隔,我和他在自新路结识时还小小地轰动了一番。那是我复员返城的当天,经过胡同口时,正赶上秃子被一伙人追着砍,为首一个国字脸还拎着把菜刀。我没说话,几个跨步上去就踹趴下一个,撂倒俩,还把菜刀夺下来,那个国字脸被看热闹的街坊们撵跑了。秃子的后背和屁股上各挨一刀,还是我背他去的医院。

从此秃子认定和我成了生死之交。我会请他去南横街的爆肚满吃羊肚仁儿，几盅北京大曲入喉，谁玩儿过火枪、谁干架拿了把喷子、谁买过仿制式步枪，他全能秃噜出来。我也学老警察来个引导式审讯，顺着他的话茬跟下去问：最近跟谁混呢？你跑崇文干什么去了？那儿又冒出个什么人物？讲讲。吃顿饭就把管片儿外面摸个底儿掉，为将来跨区办案做到心中有数。

这孙子的三白眼总跟刀片一样闪着寒光，喝多了还爱翻起来瞪人，他头上布满了形状各异的斑秃，如同流沙覆盖下的植被，至于那副干糙瘪瘦的身体，永远穿着件打了补丁的灰色的卡工服，脚下踩着双片儿懒。那天在爆肚满，他梗着尖脑壳，颠腾着溜肩膀，用黏糊糊的嗓子叫我一声狗哥。我嘬了一口烟，半张着嘴看他。

"我早晚弄死丫挺的，我这人有仇必报。"他吸了吸鼻子，又翻起眼瞥我，嘴里使劲嚼着一段牛百叶，"丫到处说我姐管他叫爸爸，我早晚弄死丫的。"

这回喝了不少酒，我还是没听到什么新鲜的，还是他和那个国字脸的事儿。我用大檐帽扇着汗，犹豫着要不要炸他一下。

"丫还要带我姐去陶然亭公园。"秃子说，"陶然亭公园！你管不管？"

"咬人的狗不叫，秃子。"我从警服的暗兜里又掏了根烟，在他眼前晃晃，"吹牛逼不犯法。"

秃子接过烟闻了闻，又别在耳朵后面，他的白眼珠子上盘着粗大的血管，显出少见的愁闷。

"这片儿还有没有私囤废铁的？你过过脑子。"我说。

秃子两眼一挤，皱缩着脸对桌上的酒盅摇了摇头。

"我喜欢和你吃饭，秃子。"我把烟头扔到地上，又啐了口痰，"尤其是这么面对面地吃爆肚，因为我拿你当哥们儿。你别让我把本来能在酒桌上聊明白的事儿，挪到所里去聊。"

"你刚才问我什么来着？"他睁开眼，直愣愣地仍然对着酒盅。

"小脚侦缉队说胡同里有个作坊倒卖废铁。"我说，"我在档案里看到，你爸是铜厂的职工对吧？"

"你这不是明知故问吗？"他那双三白眼瞪向我，薄嘴唇和囊鼻子像狼一样纵到一起，还露出了牙，"铜厂的家伙全被车间主任占着，那帮杂种操的偷偷加工好倒腾出来卖，钱又没到我们兜里，你跟我们老爷子过不去干什么？"

"跟他过不去我就不找你吃饭了！"我解开警服

上的领扣，感觉有爆肚从嘴里掉出来，"老太太们都踩好点儿了，说是还看到了两张车床一张铣床。我想让你回去劝劝他交出来，越早越好。"

"你丫一找我就没憋好屁。"他低头又缩进工服里，晃晃尖脑壳，"这不就是审我吗，当我不知道呢？"

"聊别的你也不懂啊。"我说，"上午开的'严打'动员会，我给你传达传达？"

秃子举起酒跟我碰了一杯，堵住了我的嘴。

"其实我跟我爸老提起你，他跟你一样在珍宝岛当过兵。"秃子说，"还有我姐，我也总在她面前讲你。

"你姐？她不是弱智吗？"我说。

"你他妈才弱智呢。我姐就是脑子有点儿绕不开，你让她做什么，多跟她说几遍就行了。"秃子说，"你要多跟她说话。"

"我跟她有什么好说的？"我问。

"这话不是一说就有了吗？你不理她就是瞧不上我呗，放心，将来我躲你们远远的。"秃子说。

我知道秃子喜欢围着我，他想让人看到自己跟穿官衣的坐在一起。当时，我们这样的小警察去哪都穿着制服，不只是出于使命感，主要是觉得自己倍儿牛逼，路上谁也不敢惹我们。这和老警察不一样，我师傅他们只要不在所里上班，全把警服脱了换上自己的衣服，尤其是在家里那条胡同，更不想被街坊看见。因为在最动荡的岁月里，警服给这里的人带来了很多记忆，一个院儿里要是总有穿制服戴大檐帽的进出，大伙儿日子都过不安生，还惹人厌。

没过几天秃子他爸就交了废铁，还把作坊腾出来了，我这任务也算是交差了。可秃子总死皮赖脸缠着我去他家见他姐，还说他们家不怕穿制服的来。我寻思着是该露个面儿，再说下班我也确实无处可去，就答应他认个门吧。当然还有就是，我也好奇他爸是怎么加工的，以及他们家是不是还有藏着没交的。

秃子家是个两进的杂院，黑漆斑驳的如意老门，门板上凿刻着疤痕般的门联轮廓，应是"破四旧"时被人刮砸过，但门对儿上的古篆书体还是被保存了下来。门楣上是砖雕的七只蝙蝠翻飞在云里，墀头还有牡丹状的戗檐和海棠花篮，取"富贵满堂"的口彩，雕纹更是花枝舒卷、叶蔓缠连。脚下阔绰的三级石阶，有一对圆润可爱的抱鼓石门墩。我提了点松仁小肚、炸咯吱盒和羊油豆腐，一进院儿正赶上街坊围在老房檐的燕子窝下，两张长桌拼在一起，吃炸酱面。

秃子他爸是个宽脸的肿眼泡,花白寸头,腮部的皮肉还有些耷拉,给人一种没实权的老干部的感觉。我特意先去北屋扫了一眼,墙上挂的军装照还可见他年轻时的英姿,上面写着他的名字"王力"。至于秃子他姐王盼,虽不算漂亮,但我还真喜欢看她细眉细眼的一乐,特喜兴,小短发晃来晃去,令人心花怒放。只是人家都说她脑子有点儿傻,不过干活一点问题都没有。

我这一落座,院里老少爷们儿自然要跟我喝上几杯,他们的酒是自己酿的,成分不明,度数特高,几轮下来我就晕菜了。很快彼此全光着膀脊梁,也就看不见什么警服了。印象里我对面是在公交大队卖票的爷儿俩,还有个在南樱桃园卖小果的菜贩子,一个在骡马市挑馄饨担的,还有个在牛街烤羊肉串的混子,另有个瘦黑的野丫头一放学就冲进来蹭酒喝,她骂起脏话连秃子都不是个儿。大伙儿就这么着你一杯我一杯,你给我剥蒜,我给你递烟。喝到天色渐晚,院心里能看见一抹绯红色晚霞披挂在天边,郁郁纷纷。这时候有人嘴里没把门的了,卖馄饨的问秃子什么时候还钱,公交大队的爷儿俩因为一口酒打起来了,秃子他爸奚落那个菜贩子不能老缺斤短两,操他祖宗八辈儿。我当时净顾着看秃子他姐了，想聊几句结果脑子里全是审犯人的话。

三足花叶的老灯伞下，两个细高粱篾子编的蝈蝈笼子拴在廊柱上，呱呱作响。身边有人哼起了余派的《捉放曹》，再经蒲扇那么一扇，我感觉自个儿借着酒劲儿，飘飘然地也融进这温热的发肤气味。正如秃子所说，你只要对他姐一再重复同样的话，比如说"倒酒"，她就会很熨帖地按你的指令去做。而且这里面含有某种信任，源于你不断地对她发出相同信息，令她感到踏实且舒服。看得出院儿里每个街坊都喝过她倒的酒，但是只有给我倒酒时，王盼会很努力地说出"喝吧"。看到秃子一度乐出了泪花，这令我视为平生所得最贵重的礼遇。

受到鼓舞一般，我把警服一卷，当着街坊的面聊起自己当兵时的枪法，号称是靠子弹喂出来的。我还教育秃子，万一进去了如何保命。

"秃子也老跟我念叨，你在珍宝岛当过兵。"王力问，"那里怎么样了？"

"那里什么也没有。"我盯着方正的水槽和湿漉漉的地面，两眼发直，"唯一就给我发了一张光荣榜。"

王力直视着我，那双玻璃球一样的眼珠子在晦色中却更加澈亮。

"太冷了那里。"我被他看得有些不自在。

"可不的吗,太冷了。"

他终于低下头,把片儿懒褪下去,光着的右脚蹬在藤椅上。灯火下,我看到那只脚少了一根小拇指。

"在那儿冻掉的。"王力笑笑。

我不知道该说什么,装作擦脖子上的汗,扭脸看向东倒西歪的街坊。这时的秃子却跟小孩一样,用手指来回摩擦鼻子,垂着头坐在我身边的马扎上。

"我没有光荣榜。"王力说。

我故作思考,使自己看起来是在替他找办法。

"丢了的话就上区武装部重办一张,不过我的也找不着了。"我说。

"真他妈可惜,你丫再找找啊。"秃子说。

我瞪了这傻逼一眼,同时又喝下一杯酒。

"没就没了。那会儿我哥没了,我参军就是为了能活下来,否则家里就断后了。"我说。

老人把脚放回鞋里,让秃子为我把酒盅满上。

我们相继一饮而尽后,我感觉到周围的杂音倏地消解了,身边的人也变得忽远忽近。我想这个酒非同一般,我不该喝得那么快。

"你去过铜厂了?"老人问。

我还在想我哥,没有跟上他的话。

院里起了点风,我把警服找出来重新穿上,但是没系扣子。

老人看了看秃子,父子俩没再说话。

老人起身离开藤椅,我以为他是要去撒尿,却看到秃子也站起来,还朝我比画个手势。于是,我把大檐帽戴到头上,也跟了过去。我们三人走进跨院的腰门,来到后院。皎亮的月光将脚下砖石映成青白色,天地仿佛浑然一体,我不知不觉中被父子俩带到一个抹灰砖石垒砌、石棉瓦上压着砖头的防震棚前。

"我小时候就知道珍宝岛打仗了。"等老人掏钥匙时,秃子挨在我身边,满嘴酒糟味,但语气认真,"当街的孩子们一见我就说,你爸死了,你爸被老毛子干死了,我姐就因为受这个刺激才落下病根儿。所以谁说这话我就跟谁照死了打。"

"打国字脸?"我问,"可是你爸已经回来了。"

"丫跟我姐是同学,每天在学校还说要认我当儿子。"秃子说,"我姐忽然有一天开口管他叫了声爸,她说我觉得你就是我爸。你不知道,要是有人每天对你讲同样的话,传达同样的意思,很容易你就有了信任和安全感,神不知鬼不觉的吧,你就能跟着他走。

我他妈不打他打谁?"

随着"咣当"一声坠响,防震棚的小铁门被老人打开。他在门口拉下灯绳,借着暗弱光亮,我进入了一个充塞着无数线路图、钢铸件和水泵钳的废品丛林。在屋子中央的操作台和贴墙而立的木架子上,伴着浓郁的铁腥味,这些小怪物挣扎而又听话地缠在一起,仿佛在等待被主人征用。我差点被地上一根半人多高的钢筒绊倒,还是秃子抓住了我的警服。

说真的,这些没人要的零碎连回炉的资格都没有,可是老人仍在郑重且执拗地给我展示着他的"宝贝"。我回头看看秃子,他却始终安静地守在门口,仿佛这里有着某种神圣感和尊严令他不许乱动,仿佛他能辨认出这里的价值。我意识到自己是唯一被准许进入的人,意识到这也是一种信任,一种可贵的礼遇。当老人又讲解起每天他把自己关在作坊里捣鼓什么,我极力地想赞同他,就像王盼对我一样。可是那天我实在是喝多了,我也怀疑自己是清醒还是在醉梦里。

之后,我每天照旧去巡逻。在七十年代,各区的盲流、佛爷和夜游者都知道我,只要大狗在这片儿管治安,没有他们好果子吃。在所里我破案率也算是冒尖的,我能感觉到街坊看待这身警服的目光在发生变化,我喜欢他们接近我。

直到某天王盼打外线给所里找我,在递话筒的老民警起哄架秧子中,我听见她不断重复那几个字:秃子、被抓了、丰台镇,我当即跟所里请假。他们以为我要去和这姑娘约会,还嘱咐我把门口的挎斗摩托车骑过去。一进秃子家院门,见到王力我才听明白,那孙子在丰台把人打了,当地派出所通知家属带被子过去。王力并不知道儿子在外面跟谁结的仇,可我一听就想到这里有事,而且通知带被子说明是要移交分局,秃子悬了。我让他爸坐到车斗里,盼盼搂我后腰,我们仨沿着崎岖的沙子地一路突突到城外,眼瞅着乌金色的天空变得一片漆黑,才开到万源路,下车时我骨头架都快被颠腾散了。

我让父女俩抱着被子在传达室等信儿。当地民警一看我这身制服,就接过了烟,客套几句后他们又扫了一眼我的警察证。他们给我看了笔录,带我去审讯室见秃子。灼亮灯光下,当时他缩着头坐在讯问椅上,人已经鼻青脸肿了,至于是谁动的手,我也没问。

"你打国字脸了?"我问,"你们的破事儿非要扯上我吗?"

"我没有找你,你也可以不来。"

由于戴着手铐，他两只手一起摆弄着鼻梁，那里好像有些松动。

"那倒也是，那我换你姐进来，还是你爸？"我问，"他们就在外面。"

秃子这才抬头看我，那双三白眼里异常平静。为了不让当地民警为难，我站门口也没近他。

"说话啊！"我吼叫起来，像是遭受了奇耻大辱。

我知道他终于干成了一件事，可是烂摊子需要我来收拾，于是我要求提审国字脸。同行告诉我，那家伙去医院了，他们又看了看表，说快回来了。

在值班室，我们聊起各自管片儿里的乐子，大伙儿都挺开心。他们说，你来之前我们教育了他一下，这是规矩。我说这些我懂，换成我也会这么做。他们点点头，又告诉我，后面怎么审，全交给你了。

国字脸被带进来的时候，脑袋被裹得像个榴弹炮。他身边有一对上了年纪的夫妇陪伴，看上去是他父母。他刚坐下来，我就站到他们面前。

"拆了。"我说。

"拆什么？"他抬起脸，一双眯缝眼有气无力地望着我。

"绷带。"我抬手指向他的头，像审视罪犯一样恶狠狠地盯着他。

他朝我身后看了看,明白现在是我说了算,这时他父母已经开始半圈半圈解他头上的绷带。等到他们全解下来,用手指按住最后一层纱布,我看到那上面已经血肉模糊,还凹下去一个坑。

"这么点儿皮外伤。"我说。

经我默许后,夫妻俩又为儿子把绷带慢慢缠好,我注意到他们的手在哆嗦。那男人的样貌很周正,皮肤也白,眼神中还算镇定。女人穿着灰衬衫,戴黑框眼镜,半长发有些凌乱,蜡黄脸很显苦相,不敢看我。不过我看得出来,二位都是知识分子。

"我明说了,你们儿子属于斗殴,只不过他受伤了派出所才照顾他。"当着那对夫妻的面,我故意不耐烦地回头看看同行,他们点头称是。"你们打算公了还是私了?公了的话,作伪证你也得进去。要是私了,你是不是欺负他姐来着?"

"我没有,是她自愿找我的。"

"她是个傻子。"我笑了,"傻子怎么跟你自愿?"

"傻子?我没觉着她是傻子。"国字脸有些绝望。

"你这可是强奸罪。"我说。

"我认识你。"他忽然身子一提,瞪大眼睛。如果是换个地方,我可以轻易让他闭嘴。但是在这里我不能动手,我不能做得太过分。

从国字脸和他父母的眼睛里,我知道这身警服和大檐帽正在恢复真正的颜色。三人离开值班室时,屋子里没人再说话,我和同行显得有些没趣。

王力没想到当晚我就把秃子领出来了,除了坦克,他能想到什么呢?谁会知道后面我要为他儿子处理多少麻烦。由于挎斗摩托太小,没法装下他们一家人,我只好又跟当地派出所借了一辆212吉普车。一进院门,当着街坊的面,秃子就给他爸跪下了,我趁这时候转身离开。刚走下石阶,我被王盼叫住,她叫我"狗警察"。我瞭眉眷眼地转过身看她,问什么事。她问我那人怎么样了,我说哪个人?她说就是那个人。我想了想,看着她说,他不会有事的。王盼又眯起眼笑了,她捂着心口,使劲地冲我鞠了一躬。

八三年那会儿,城里接连发生多起出租车劫持案,因为那帮司机能挣到老美的外汇券,他们就成了老百姓中的红人。好几回街上会突然停着一辆空出租,司机被扎伤或者杀掉了,有人还见过他们趴在地上就被车从身上轧了过去。

为了抓捕偷车贼,我被派到某个银行楼顶执行任务,每天站在那里监视从脚下过去的人群,其中很可能藏有疑犯。这份差事我干了两个月,无论是暴晒雨淋、吃喝拉撒,这俩月没有离开楼顶一步。完成任务后回到所里,当时我留着满脸络腮胡、披头散发,还穿着便衣,反倒像是迷了路的盲流。

我举着镜子在水房刮脸,用废了三枚刀片,脸都刮流血了,却依然找不回从前的样子。后来,队长把我叫到他跟前,把一沓照片铺到桌上,我问队长这是什么,他说这些就是被你拍到的正在作案的偷车贼。我在那上面看到秃子,他正扒在一辆出租车上探身往里看,其他几个人也是我管片儿里的。我看到那些照片拍得很清楚,比我的脑子清楚多了。

所里的审讯室设在后院,审完犯人可以直接移到看守所。我重新换上警服,进去看见秃子还是穿着他爸的旧工服,两手被铐在抽屉下一条桌子腿上,蹲在一小警察的胯前,看起来像只惊恐的猴子。小警察在等老警察来审他,而我就是那个老警察,我已经有资格审讯了。他那双三白眼转向我时,我想他应该明白,现在我不是他的狗哥。

我两手插进裤兜,使劲咳嗽两声,没有接过笔录,也没张开嘴。小警察拿着笔,来回地瞄我。我让他先把秃子的手铐打开,却撞上队长从我身后冲过来。

"你为什么偷车?"队长把警帽扔到桌上,踢了秃子一脚。他本就长得横眉怒目,加上天生的炭黑肤色,很像古代武夫。我知道他要从作案动机找突破口。

"我没偷车。"秃子四仰八叉地坐在地上,带棱的眼睛看向我,又看看队长的手里,"那辆车不是我偷的。"

"那辆不是你偷的?那你偷的是哪辆?"队长把照片扔到地上,我知道他们洗印了很多张,而且再次放大,隔着老远我都能看到照片里的秃子,"你没偷车扒窗户干什么?"

"我就看看。"秃子眯起眼,无助地望着我。我明白他在用当初我教过他的话,决定死扛。

"看看?我怎么不去看?他怎么不去?"队长突然抬手指我,"你还是心虚啊。"

"队长,我来吧。"我说。

"你来?后面还有多少人等着审知道吗?"队长张开大嘴,推了小警察一把,"谁让你解开的?把他铐回去。"

的确是我教会秃子死扛的,可为了维护警服的使命感,这里依然有很多办法让他认罪。

"秃子撂了吧!有照片你跑不了的。"我说,"你信我吗？我保证不让你背上别的麻烦，再扛下去所里就派人找你爸了。"

秃子的三白眼已经瞪圆了，满脸涨红，哈喇子从嘴角往外流，脑袋和脚一点点抽搐。

"他撂了。"我站了过去，挡在秃子身前，"他点头了。"

"万事开头难。"队长大嘴长呼口气，"盯着他签字画押。"

队长走后，我解开秃子工服的领扣，送了杯水进去。

秃子张嘴并没有咽下去，而是吐了一地。

八十年代初的监狱地方有限，非京籍户口的犯人还要被遣返回原籍服刑。秃子祖籍是河北邯郸，所里就派我带着两位同事，把他和一名大学生押送到邯郸去。他要在那里吃十年的牢饭。

现在看两地相隔不远，可当时为了省差旅费，我们只能坐绿皮的蒸汽慢车，沿途屁大的站都要经停，而且每次停下加水加煤又耗一小时，所以从北京坐到邯郸几乎要用一整天。俩同事一老一少，在我对面的座位闲聊。他们越聊越起劲，像是把身边的犯人忘了。

我转头去看秃子和大学生，俩人正被铐在过道上，有气无力地坐着。秃子的头枕着肩膀，身体蜷在那件旧工服里，半闭着眼不知道是不是睡着了。中午火车停在保定站，俩同事向送餐员要了盒饭，我把胳膊伸出车窗，跟站台的售货车买了两瓶北京大曲。同事们看着我用槽牙把瓶盖咬开，看着我踢了秃子一脚，我让他跟我喝几口。那一老一少屏气低头，好像是他们犯了某种禁忌，好像是他们不敢看我。不过，秃子一把接过瓶子，他仰脖喝酒的时候，那双三白眼始终翻着看我。

我们上次喝酒还是在他家的院子里，我意识到下次不知要等到猴年马月了。

"我知道你要给你爸凑废铁，但你不该偷车。"我说。

秃子用手掌抹了一把嘴，眼中有了些光亮，他又把酒给了旁边的大学生。大学生看看我们，郑重地接过去，也抿了一口。我用自言自语的口气说，早知道那次在丰台就不该捞你，否则也没这么一出。

"栽了我认，这没什么。"秃子说，"我只求一样儿，我不在家了，你帮我多照看点儿我爸，还有我姐。你明白我的意思吧？"

我喝光了一整瓶大曲，胃里跟烧着一块火炭似的，蒸汽车慢悠悠地晃荡起来更令我无比难受。俩同事头一回在押送的路上见到警察比犯人还难受，这可能令他们无所适从，我听到有勺子掉落的声音。

"你跟我姐成不了没关系，你看着她，别让人欺负了。"秃子也像是上头了，他一字一顿地说，"那么多雷子，咱俩能在家里喝酒，不是因为你救过我，全因为我有个傻姐姐。记住了，你想让她做什么，就多跟她说几遍。"

"你在里面好好表现。"我说，"争取减刑。"

俩同事的眼睛藏在帽檐下，交替瞥我，老的那个还连连咳嗽，像是被饭卡住了气管。我没跟他们说什么，只是趴到了小餐桌上。

迷迷瞪瞪中，我听到秃子要去撒尿，当时我已经站不起来了，是小同事替我解开手铐，俩人锁在一起往厕所走。无意中我发现大学生一直在看我，从他眼神里我感觉不太对劲，正琢磨的工夫，就听到一声刺耳的关门声，我歪着身子，看到小同事被关在了厕所门外面。

"开门！"他一边撞门，脸一边朝我喊，"他把手铐撬开了！他要跳窗！"

我让老警察看着大学生，自己拔腿就往列车门的方向跑,可能是喝多了,刚迈脚还被大学生绊了一跤。

小警察终于一头撞进了厕所,我也叫赶过来的乘警快把火车停下,我同时从列车门跳出去,这才发现火车比走着还慢。我们从车身两侧分头包抄回路去追秃子,跑回保定站的时候,我的对面是漫无边际的绿油油的玉米地。

我不知道秃子何时撬开的手铐,我猜他偷了哪个乘客的曲别针,那时手铐是一个锁眼的,随便插个带尖的都能捅开。可我知道这孙子就躲在玉米地里,飞沙阵阵打在脸上,我能看到不远处的玉米秆在拂动,和周围的风向不一样。重要的是,我闻到了他身上的酒味,可能也是我身上的。毒日头下,出于这身警服的使命感,我慢慢从腰间的枪套里掏出配枪,打手势让小警察站一边去。我不能让秃子跑掉,否则我就说不清了。

端起枪的时候,我感到它异常坠手。我很久没有开枪打人了,我恨死这个傻逼了。

"看到你了!"我瞄准前方,又炸他一次,"秃子我看到你了!不出来我开枪了!"

不过火车的保定站归于沉寂,我的警告被传得越发空洞。随着稍纵即逝的簌簌声,我看见有黑点从眼前晃过，借着酒劲，我几乎是凭反应朝那里放了一枪。同时间我听到秃子的惨叫，我发狠地咒骂着他，因为我不知道这一枪会不会要了他的命。小警察看了看我，我和他立即循着叫声扎进了两三米高的玉米地里。我一边举着枪一边迈步直追，穿过拍面而来的玉米秸秆和扁平大叶子后，俩人转了一圈。谢天谢地，除了滴在空地上的少许血迹，我们仍然一无所获。

"秃子，你知道我的枪法。"我把声音压得很低，仿佛感觉到他就在身边，"第二枪我就要打头了，你他妈别逼我。不想再见你爸你姐，你就永远别出来。"

毒辣的太阳光线下，我的眼前变得模糊一片，唾沫星子也喷到了枪膛上。这把枪太沉了，就算他真站出来，我也未必能打中目标。

"狗哥别打了！我不跑了。"我在另一块地听到他的回答，小警察扑了过去。

秃子的脸被小警察按到田地上，有一半陷在泥里，但是三白眼仍然翻着找我。他右小腿被子弹打出了贯穿伤，正在一股股往外冒血。我在他身后解开警服扣子，汗流得也像是哪里在冒血。他只能看到我们的影子重叠到一起，可他什么也没对我说，我想他当时都想不到我会开枪。我也没有告诉他，其实第一枪我就是照着头打的。

在保定站派出所，当地民警把秃子的伤口简单包扎，由小警察带回火车。我也要跟着上车时，他看着我说，你第一枪没鸣枪示警，报告写不了的，你留下先找到弹壳吧。我看着他，没有说话，也没有上车。为了继续维护警服的使命感，我又回到那片被踩得一塌糊涂的玉米地里，在天黑的时候，找我的弹壳。

完成任务后其实我该去秃子家看看，可是打心底又想回避那个院子，就连巡逻我都绕着胡同口走。当街遇上曾经一起喝酒的街坊，我一个转身就溜进夹道里，反侦查能力好极了。到了下班我也不穿警服了，要么是在宿舍里眯着，要么在值班室接电话，我惦记着还能接到盼盼打来的外线。我守着那个神气的电话，一根接一根抽烟，但是盼盼不再有事需要找我了。终于我跟所里申请调到看守所去，我想就在那里面干一辈子也不错。我不想回家。

没过多久，我被所长带到两个民兵前。他告诉他们，你们要找的疑犯也正在他管片儿里。所长对我说，你可以带他们一起回家。

一个黑褐色面孔的小个子，用极快的外地口音告诉我，他是通县民兵营的指导员。为了完成教育考核，他们分批从通县步行到市里的训练点，参加军事训练。但是在这附近走丢了一个小民兵。我把帽子夹在腋下，打量着对方那身墨绿色的民兵服。随后，所长又掏出一张照片，上面有辆带篷子的三轮车，男人压低身子蹬车，他脖子上搭着一条毛巾，脚下的踏板放了件同样墨绿的制服。所长说这衣服一看就是民兵的，他看着我。哦，民兵。我说。他说你再看毛巾，是不是印着"铜厂"俩字。哦，还有字呢。我说。黑脸指导员说，他们要把这个蹬车的找出来。

"这里的铜厂有大几千人，这又没拍到正脸。"我把照片贴到脸上，接着又还给他们，"这条毛巾太普通了，我们家也有铜厂的毛巾。再说就算是铜厂的人，怎么又蹬起三轮呢，说不通啊。"

"铜厂早停产了你不知道吗，这帮下岗职工不拉车怎么填饱肚子？你还是不是管片儿民警了？"所长大失所望地看着我，"而且这人就在陶然亭公园和自新路来回蹬车，那不就是你们家吗？你去问问铜厂，看谁住自新路。"

我故意拖沓着翻档案，其实管片儿里的那些电话号码、每个人的样貌特征和有无前科我全记在脑子里。但是我实在不想再回那片地方。

"今天时间有点紧，铜厂早就没人了。要不明天我把人找着，给你们直接带过去？"我说。

197

所长看着黑脸指导员,黑脸指导员看着我。

"今天就是搜到半夜,也要把这人找回来。"

我跟着指导员走到派出所门口,看到面前停着一辆墨绿色的大鼻子东风卡车,车斗里坐满了全副武装的两个班民兵,他们在等着我带路。我被带进高高在上的驾驶室,按照我的指引,巨大的卡车缓慢、鲁莽且无可阻挡地开向自新路。沿途中我路过了牛街烤羊肉串的混子、樱桃园的果贩子、里仁街的公交车队以及陶然亭公园的笑声,还有那些门楼、老墙檐和枝蔓垂绕的瓜果架,还有漫天的赭色尘土,接连在我眼前一晃而过。我还看到小黑妞发现了我坐在军车里。我当然知道照片里的车夫是王力,我太熟悉那辆三轮了,一眼就认出那是他用废铁造的,可我依然无法把他和整件事对上号。经过每一个路口时,我像不认识家门一样,心不在焉地把路指得很含糊,卡车好几次掉头被卡在半路。

我让他们把卡车停在当街,只让指导员一个人下来,跟我走进盆儿胡同。站在秃子家的院门前,我摸了摸门板上凿刻的文联,低头叩响上面的门钹。接着我看到盼盼出来了,她对我弯着眼笑,要拉我的手,可我下意识地缩了回去,抬手扶了扶头上的大檐帽。

别这样,我说。我们是来找你爸的,他在家吗?盼盼歪着头,依然弯着眼睛看我,她还看到我身后的战士。我想起秃子嘱咐我的话,要让她做什么,就多说几遍。于是我张大嘴重复着"王力"和"你爸"。盼盼终于使劲点头,打开院门,拽着我制服的袖口,领我们进院。街坊们也在犹豫和好奇中围了过来,小黑妞还叫了我一声"大狗",但是出于职业尊严,我谁也没理。

王力正跪在后院修他的车,看到我和盼盼进来,他脸上露出欲言又止的神情,接着他注意到了我身后的民兵。"我们的人呢?"老人放下扳手,站起来要走过来,我发现后院的防震棚居然不见了。指导员一见到那辆三轮车就控制不住了,我还没跟王力说明来由,他一个箭步上去就把老人踹到地上,老人趴在我们面前即刻不动弹了。盼盼甩开我的手,扯起自己的头发尖叫着,很快又被公交队的父子拽走。街坊们盯着我看,我只好跟班长解释:"我还没有问话,咱们这是来打听事情,怎么能动手打人呢?"可是对方根本不理我,他转身对赶过来的两个小民兵做个手势。我听到王力剧烈地咳嗽,他捂住胸骨部位正在地上吐血。很快他就被那俩民兵架起来,像拖死狗一样带出院子。盼盼和街坊们追过去,我也不由自主地跟了出来,眼看着王力被"咣当"一声扔进卡车车斗。

街坊们合力拦住盼盼,他们不停地喊着"大狗!"令我不得不壮着胆走过去。这时卡车却启动了,指导员上了驾驶室,但是车门一直没关。司机按了两下喇叭,我回过神后,转身告诉街坊们"回所里很快就调查清楚,我亲自把人送回来"。随后在他们的注视下,我费力地拉着把手,几乎是爬着钻进驾驶室里。

半步桥

那件连衣裙哪里都好,就是太红了。不过本命年嘛,是要消灾避祸的。尤其从领口到前胸那串灯泡似的水晶扣,嗯,很像当年我领奖时佩戴过的绶带。我看到朱子伸手捏了捏面料,她回头向我张望,可我始终侧着身,没正眼瞧她。我又听导购姑娘说,这件法式针织裙特别贴身,适合老年人,您喜欢可以试试。朱子说我是要给女儿买的,她在美国,穿这个正合适——中国红嘛。导购姑娘不再说什么。朱子又朝我瞪了一眼。

她没有买那条裙子,显然是我惹到了她。这家白广路商场还是我第一次陪她来,尽管三楼外部的毛玻璃窗早成了墨绿色,且伴有铁锈,但在整个宣南地区,在朱子心里,这里一直是至高、隆重的去处。可是我从不来这里,从不。

可这天毕竟是我们婚后三十年第一次逛商场,上个月我终于从看守所退休了。在回家路上,我们依然要保持三百米开外的间隔,这仿佛也成了我们永远的距离。到了登莱胡同的宝应寺山门前,朱子立住身子,猛然转过来,以挑衅的神气凝视来路,似乎她想让我知道,今天老娘不走了,老娘等着你过来。

不过也是,这些年她什么没见过?一起下班路上,被我审过的犯人,出狱后过来叫了声"嫂子",她还没反应过来,对方的脸就被我按到墙上,自此我们再也不同时出现在外面。现在我彻底脱掉了警服,可一上街还会被认出是警察,我走路的样子、我看人的眼神,以及我的思考方式,都挂着相。但是那种被扒光了一样的不安和恐惧,只有我自己知道,我彻底成了个普通人。

红日已经不见,巷子里光亮的老石板路渐渐变得黑郁。路过的人都在看朱子,她的骨架比普通人要高大,令她显得有些气宇轩昂。可是她应该知道,我永远是一名警察,她不可能偏过警察。唯一能等到我的,就是照我说的做,她先回家。忽然间我觉得我们有点可悲。

我们终于走进了电梯，这样至少算是一起回家了。可是她什么话也不想说，不知为什么，回到家她反而不想看见我了。

"你为什么不买那条裙子？"我抬眼扫她，"路上为什么不走了？"

"你想过审讯的瘾，就回看守所去，我不是你的犯人。"她时刻注意挺胸昂头，正对电梯门而立，把我挤到旮旯，"还有，别老是斜眼看我。"

走出电梯后，朱子掏钥匙时，发现我们家防盗门前躺着一样东西。她还没认清是什么，我就先一步从地上捡起来。我们看出那是一条裙子，是她刚在商场里挑上的红裙子。这件连衣裙脱离了夕阳的映照，被放到阴暗粗陋的楼道里，色泽异常僵冷。朱子屏住气，瞪大眼睛看向我的脸。

我从包装袋里取出一张字条，上面用丑怪的笔迹写着一行话："狗哥，只要我还活着，那条腿就不是你的。"

我还是没进家门。晚上我站到了楼下，朱子从窗口就能看到的位置。那个地方既隐蔽又显眼，每次她想起来，就能准确地找到我。刚结婚那阵子，我曾被派到陶然亭公园外围执勤，当时也在家楼下，那时我还穿着橄榄色的八九式警服，金黄的丝编饰带帽檐和袖线，西装式风纪扣衣领，还有红色盾牌领章。她说那件警服把我衬得格外挺拔，即便是从楼上看过去。

我抽完了身上所有的烟，这习惯令我患上了严重的肺梗阻，咳嗽起来没完没了，有时候喘气都费劲。但是这毫不影响我脑子的飞速运转，真正让我疲惫的是这个。我记忆力出奇的好，好到令我痛苦的地步，特别是在黑夜，那些记忆反而成了易燃物。我不用想就知道这裙子是谁送的，我正在等着这一天，他也在等这一天。

之后我特意去了一趟陶然亭公园，自新路的西口矗立着第一监狱的看守所——王八楼，当年我们在公园里抓造小孩的那片林子和厢房，如今已被扩建为酒店。那个被我审过的国字脸，正在这里举办婚宴。整条自新路两边也停满了豪华轿车，很多还是加长版的，四四方方，像是装甲部队，把路堵死。

我穿着一件橄榄色的旧袄，警服裤子，坐在宴会厅里显得相当扎眼。有个镶着金牙、满脸是坑的冬瓜脑袋，进门后一直扭脸盯着我，走到新郎官面前都没收回目光。"我瞅丫这么面熟啊？"大金牙问国字脸。"瞧什么？"我歪着头，逼视对方。"信不信我还把你丫抓进去？"冬瓜脑袋一愣，远远绕到靠边一张桌子，背朝我坐下。

婚礼如同在冻河上钓鱼般冷清,我注意到在场者大半都被我审过,有的还不止一两次。如今他们成了穿金戴银的成功人士,本该把酒言欢中共叙经典"战役"。可是我的出现玷污了他们的记忆,可能还会带来新的麻烦。而且从社会地位看,我也就更显得格格不入了。我坐在所有人身后,喝着一杯茶水。由于这桌始终没有别人肯坐过来,服务员一度以为我是散客,请我出去。

"狗哥,您终于肯赏脸了。"国字脸坐了过来,他胖了,脸也不那么像国字了,"这是我第三次结婚。"

"你三次结婚都在这里办,不就是想恶心我吗?"我说,"你没请秃子?"

"你还拿我当傻逼呢?这片儿混的谁不知道,有你没他。"国字脸说,"我把你们俩请来,这婚宴我还办不办了?"

"退休了还能被人惦记,这感觉不错。我喜欢看到你们,你们令我永远都忘不了,我是一名警察。"我说。

"狗哥,你俩的事儿过去这么多年了,不能当面说清楚吗?"国字脸说,"他每天就坐盆儿胡同口修车,这么多年你们一句话都没讲过?"

我看到新娘子站在不远处，犹豫着要不要过来打招呼，对视的时候，她弯着眼睛冲我笑起来。

"当初你是怎么为他爸求情，又怎么开车去通县找那个小民兵，他应该知道啊。"国字脸说。

"知不知道的，这笔账总归要记在我身上。"

我把头压低。国字脸以为我渴了，还要为我加水，我用手挡住杯口，这时候新娘子举着酒杯过来了。

"戒了。"我站起来，国字脸也站起来，让自己显得和我一样高，"你是个聪明人，聪明人就该找这么漂亮的媳妇儿。"

"狗哥，没有你，就没有我的今天。"国字脸说。

国字脸的话又把我带回到了八三年秋天。当时的办案风气还很朴素，有照片的一律先抓再审。因为找不到那个小民兵的下落，那个指导员逼问王力，"你把人拉哪了？尸体在哪？"王力眼睛半睁，宽大的身躯跪在地上认照片。"我没有害人，我也是转业军人。"他只会说这句话。

我立即想起秃子栽在我手里的那一幕，出于本能反应我警告他们。"你们从我的管片儿里逮人，总要给他一个自证的机会吧。"我走过去，对着他耳朵大声问有没有人证。

如今我已记不起那个小民兵的模样，我只知道他的腿折了，我知道他拦下了王力的三轮车，他对王力说，"大叔你救救我，把我送回通县吧，我找不到训练点了。"我知道是王力把他带上车，盖上自己的毯子，送回了小民兵的老家。当我听到他说出"通县"的时候，脑子里全是他一路蹬车的样子，像一头愤懑的老牛。

我当即开着那辆212吉普车，去通县找那个小民兵，这时距事发已经过去一个礼拜。开车时我耳边全是秃子的骂声，还有他跟我喝酒时的样子。那个尖脑壳，那双三白眼和杯子里的北京大曲，在吉普车的前挡玻璃反复闪现。通过民兵组织之间的联络，我们很快找到被救的人。那个小民兵比我想象的还要年幼，他说幸亏是老班长救了我，他管王力叫老班长，他说没有老班长我那天就死了，他要我们别屈了他。

一拿到盖着红戳的证明，我马不停蹄又扑回来，看到的却是王力还趴在院里咯血，因为没有外伤，谁也不会给他治疗。可是看到我带回的证明和那个军戳后，三〇一医院的救护车立即把王力运走了。之后他成了个生活难以自理的残疾人，而且住了一年的医院。

对于王力的伤病，民兵组织要给予补偿，于是命令我再把他们带到那个院子。当我再次叩响那对风雨剥蚀的老门板，街坊们冷冷地盯着我这身警服，边看边退。我看到那个院子已经破败不堪，用稻草裹着的龙头、装垃圾的竹筐和破木架随意搭接，墙角和地上的石缝中冒出野草蔓叶。我还看到了一夜白头的盼盼，正在屋门前洗菜。她那双眼睛不再弯曲，而是愣怔着辨认我，随即端起盆把水泼到我身上，她不许我进家门。那个黑脸班长讲明这次是来赔礼道歉的，而且没有带枪。在街坊们面前，战士把王力的旧房子扒掉，翻盖一新。可是盼盼唯独不让我进院。不过，王力没在新房住够两年人就走了，他们父子俩自然没有见上最后一面。

收到朱子的消息后，女儿安排好她那边的事，买了最近一班机票回国。一进家门她就把那件红裙子穿上，竟然格外合身。而且她的身姿和朱子一样挺拔，黑亮的双眼总是坚定地看着失去警服的我，像在为我鼓气。女儿毕业那次聚餐，晚上被我跟踪（当年这可是我的拿手好戏），一个同学要把喝醉的她带进酒店门口时，我把那个杂种揍了一顿，为此我还进了派出所。我们大吵一架后，她就被她妈弄出国了。今天我们没有再谈这些,但她决定穿着这件连衣裙去见秃子。朱子有一些担心,也有一些嫉妒,这可是她认识我以来,我从没准许她做的事。

路上我告诉女儿,你最好不要过去,因为我每次走进盆儿胡同都会被水泼。那之后我就调到了半步桥的第一看守所,也就是俗称"王八楼"的地方做预审,再没回去过。女儿说连我都可以回来,您没什么不能回的。

我们站在一街之隔的路边,看着对面的秃子坐在一棵枣树下面,坐在阳光亮得发白的盆儿胡同口,二十多年来他每天都在这里修车。他的脑袋没有了尖角,脸上挂着两道黑印以及疤瘌一般的皱纹,嘴边也留起了小胡子。不过那双三白眼依然对周围翻着,他也依然穿着旧工服,得空就揉揉被我打穿的伤腿,和来修车的人闲聊几句。我和女儿在等红绿灯的时候,他的眼睛终于翻向了我们。

回家

在精神科，多重的病人我都治过，自认为算是见多识广，可是我却被一个病人家属给吓住了。那是一位母亲。

　　初次见面时，我记得她迟到了，这让我不太高兴，因为这可是她三年来第一次见儿子，再说也正是她千方百计才争取到这个机会的。我只好担起身上的两百多斤肉，走下楼梯去迎她。在病房楼门口，我发现一个女人正面朝院墙，躲在树荫下哭。"薛姐！"我试着喊她的名字。她没有动，但我判断她就是我病人的母亲。

　　我站到她身后问："您都走到这一步了，为什么还不进来？"过了一会，薛姐转身。即便早有准备，我还是不由自主地退后半步。树荫下，薛姐的长鬓贴住面颊，可她的脸和下巴依旧可见许多道白色刀口，其他部位被衬衫和长袖遮盖，我却还是能想到它们布满她全身的样子。薛姐被看得不安，她错开身，从我旁边走向病房楼。我杵在地上，才意识到这三年里她的伤口一点也没有变浅。

我把薛姐领上二楼的休息区，那上面笼罩着球形玻璃顶，四周走廊环绕。我见薛姐仰头张望，立即指给她方向，并且告诉她别着急，等病人服过早晨的药，我就带她去见大硕——她的儿子。想到自己即将目睹母子重逢的情景，我不免有些激动。可是薛姐反而显得沉郁，尤其在她那张搓衣板一般的瘦脸上，桃核形状的单眼皮还被畏怯的神色占据。薛姐说，"我是来见你的。"我听到了，却没有说话，因为感觉有点被耍了。薛姐说，"你别见怪，是我还没有准备好，其实在路上我已经鼓足了勇气。"她低下头，喉咙使劲在往下咽，手也跟着攥成拳头，在那儿发颤。她又说，"我告诉自己，你已经给自己三年时间去恢复了，这三年里大硕每天都在遭罪。"薛姐又抬头看我，那表情好像是我逼她来这里见儿子的。"可是刚刚在病房楼外，我发现我还是没准备好见到他，见到他那张脸。"

这个我多少还能理解，换成是谁，被亲儿子砍了一百多刀，还要来见他，都是一件艰难的事。坦率地说，我对治疗精神病人熟门熟路，可确实不怎么通晓普通人的想法。我问薛姐，"您想让我说什么？"薛姐说，"我想听你讲讲他的近况，比如他吃得好吗，每天可以洗澡吗，平常是否还有幻觉？"我如实回答，医院伙食比他以前住的地方强多了，病房里随时能放热水，还有男护士给他洗澡。只要他需要，这里抽烟是不限量的。薛姐又问，"他能和你正常交流吗？"我说，"会聊几句。"我本想让母子俩直接交谈的，这对他们都好。"聊什么？"她又问下去。"我问他，你知道自己为什么住进来吗？""他怎么说？"薛姐盯着我。"杀妈。他告诉我。"

从薛姐口中，我得知她和大硕父亲同在清华核物理研究所工作，两人早年被调到甘肃教书，发誓永远留在那里。之后因为校领导觉得大硕父亲可恶，他被列为肃反对象，用鲁迅话说，就是犯了"可恶罪"。这下他真的永远留在那里了。大硕出生时父亲被捕，关了六年，不审不判，思想改造，然而风向一变，他又被放回学校。"文化大革命"时期，学生把他的大字报贴满院墙，每天必来抄家。由此大硕父亲变得极为孤僻，甚至是自私，对母子俩也不再过问。有次批斗回家，他突然要掐死大硕，薛姐跳下楼去喊人，被救下来时大硕四肢抽搐。

平反以后，父亲没有和大硕在一张桌子前吃过饭。大硕考上人大新闻系，父母离异，他进入新华社做记者，父亲去世。家里没有摆过世者的照片，大硕就凭着儿时的记忆，用钢笔画出父亲的肖像放在书桌上。后来薛姐看到儿子要么是对那幅肖像讲上几句话，要么就是低头沉思。再后来她收拾屋子时扔掉一张，大硕就重画一张，而且越画笔触越细。

对于被儿子砍伤这件事，不管薛姐怎么回忆，那天傍晚都是红色的。也就是说，这抹红色每天都蒙在她眼前。当时大硕正在书桌前埋头苦写，薛姐到家换鞋时，脖子开始发热，她解开衣领擦汗，却感觉到汗液顺着小臂流淌。她意识到自己正在流血时，大硕已经要砍第二刀了。薛姐回头去找儿子，却见到他手里握有切菜尖刀。薛姐夺门而逃，一双光脚却被自己的血滑倒，接着她像是甲壳虫一样，四肢飞快地在楼道爬行。薛姐再次回头，在猩红色视线里，却见到一张恍恍惚惚的脸，正朝她不停挥臂。

薛姐像是一条沉底的鱼，大头朝下，坠下楼梯，她希望借此能把自己摔醒。可在坚硬台阶上，她的血却比她跑得更快，大硕仍然形影不离地在背上砍了一刀又一刀。薛姐用双臂护住脸,刀却像暴雨一样落下。薛姐看到自己的血也溅到了儿子脸上。

后来是小区保安用墩布打走了大硕,薛姐在地上全身绷紧,且布满红色。路灯下,她张大双手,僵在身前,像是一块烧焦的木炭,令周围人不敢靠近。

事后大硕被公安局的精神病院收治,关在怀柔郊外一座荒山下,而且这辈子都不能出去。在那里,他和许多犯过人命案的病友,一起过着牲口般的日子。所有人准点喂食、准点吃药、准点抽烟,没人管他们是否洗澡,或者送进去的饭是不是臭了。薛姐知道儿子在那地方就剩下等死了,三年里她一边治伤,一边找清华的领导、新华社的领导,死活要把儿子转到我们院。事实上,关在那地方的大硕已被药物俘虏,幻听和精神分裂症越来越重,并且三年里连一次澡都没洗过。

当我在本院接收病人时,见到的是一个斜颈、吐舌、青光眼,且不能静坐的怪物,而且比薛姐还显老。大硕那时头顶正中秃了一道子,那是常年用脑袋顶墙造成的。他一双肿眼泡像是被缝上了,而且歪歪扭扭的脸上五官错落,看久了会让人有晕车的感觉。很多前辈告诉过我,精神分裂症患者的眼神和常人不同,我也留意到,大硕不交流时目光总是怔怔发直,甚至带有一点恶毒和阴冷。回答问题时他除了不停地说"烟烟",再不多讲一个字,那点文化人气质早就没了。更离谱的是他身上不仅全是发亮的黑斑,而且脏得已经长鳞了,洗澡时得拿砂纸使劲搓。

关于自己"杀妈"这件事,大硕都是从别人嘴里听来的。这些年任何人都能绘声绘色地把那晚的全过程讲述一遍,而且越讲越兴奋。哪怕是入院多年的患者,也要对大硕另眼相待,仿佛他已不是病人,连人都不是。其实那晚的大硕已经丧失了自我意识,他被脑子里的声音控制,那声音以预示的口吻对他发出愈加具体的命令——"拿刀砍死你妈",像是一个主宰者。对抗这个声音的办法只有吃药,所以很多顶级精神科专家认为,"精分"患者就应该维持药效。可既然要大硕恢复正常,我又得控制他的药量,这样才能每天与他进行交谈,我才能做针对性的心理治疗。随着大硕出现幻听的次数越来越少,他又能重新看书、写诗和作画了。他和我谈起王国维、傅雷和老舍,谈起梁漱溟和冯友兰,却闭口不提自己的父母。

他说病房里有酒。我说不可能,我不会让我的病人碰酒的。他说他们趁着午休出去买酒,灌进矿泉水瓶里带进来。所以你会发现,他们连裤子都不会提,可随时记住要把瓶盖盖好。再看看他们喝酒的姿势,像抽大烟一样，用手掌托着。这些病人的通感比正常人还要灵敏，他们能听见别人听不到的声音，看到别人看不到的东西，而且在医学科技发展到那个地步之前，你也不知道谁才是对的。想想看，如果他们是对的，而我却在想方设法治好他，真是够讽刺的。可是当我把话引向薛姐，引向他的家庭。大硕说，"大夫，我知道杀妈是不对的。"

如今薛姐也不再介意穿些短袖衣裳，暴露小臂、肌腱和脖子的刀口。她和大硕也可以聊聊天，还会带来零食和烟，那是大硕最开心的时刻。我也为此感到满意，看到那么大的创伤在母子俩身上愈合，这可是绝无仅有的成果。有次探视结束，我送薛姐下楼，提醒她大硕的状况已经可以出院，她终于能把儿子接回家了。但是薛姐一边往外走，一边摇头，那样子好像要甩掉我。我问她，"这是什么意思，你不就是想有朝一日接儿子回家，才把他转到我们医院吗？我下了多大工夫，给他做全国最专业的治疗，才令他变回了人样。"薛姐说，"这我知道，所以把他放在你这里我才更踏实，我这年纪承受不住惊吓了，再说他的自理状况我也没法照顾。"

眼见薛姐走到楼外，我像要抓住煮熟的鸭子一样，有些气急败坏。我说，"该出院的病人，家属有义务接走，医院不是服务机构，更不能管他一辈子。"薛姐在楼门前的阴影下停住，身上的伤口随之被勾出清晰轮廓。她转身看着我说，"再容我些时间好吗？我怎么会一辈子把他放在这。"喘息声中，空气里可以闻到一股焦味，令鼻子里像是火燎一样。我知道薛姐已失去重新开始生活的可能，不管她是否接回儿子。然而照看病人越久，我的得失心也就越重。我说，"你应该清楚，自打决定把他从山里接出来，你迟早要面对这一天。"薛姐后退一步，把自己暴晒在楼外，她说，"那你能否向我证明，他已经可以适应社会生活，并且不会再伤害身边的人？"我说，"这我哪证明得了？"

薛姐走后，我如同一个被强制退货的售后人员，不仅感到意外和沮丧，甚至还怨恨起她。就连下午出门诊接待病人，我都有些心不在焉。可是我要为自己说两句话，大硕是我最有望出院的病人，我没想到薛姐会拒绝接走自己的儿子，还让我给她做什么证明，这是对我专业能力的质疑。

我们医院之所以远近闻名，主要就在于医生的业务水平高。由于院区占了回迁房的地，开发商为了补偿拆迁户，许诺为本地村民安排工作。所以医院里的大夫、护士和护工其实就是附近的村民，很多还沾亲带故。而科主任，也是我的导师，他之前是这片儿的协警，主抓赌博和嫖娼。如今他在病房管精神病人，总觉得有些跌份，油水也没有了。我是本院唯一有执照的大夫，可是我写的病历他从来不审，他说我给病人开的药量太少，而且缺乏临床经验。于是我被排了很多夜班，晚上我会听见水房里彻夜在哗哗作响，后来才知道这的护士让病人给自己家洗窗帘和被罩，他们可以乖乖地洗到天亮。还有大夫命令病人互扇耳光，美其名曰学习自我管理，这样他们好去打牌，或者干点别的放松一下。如此一来我能管的人只有大硕了，我盼着他能早日出院，导师和同行也能对我高看一眼。

后来薛姐果然再度联系了我，大概是在春节前夕，她告诉我要出差一个月，所以这段时间我要辛苦一下。我从字里行间看不出分毫的感谢，再说哪个单位会在春节前让人出差的？这令我既失望又愤恨。

大硕说病房里很多病床都空着，他的病友们把床挂起来，都回家探亲去了。我说是的，他们可以回家。大硕说，嗯。

我的导师是个斜眼儿，每次我都要跟着他一起发药。因为他两只眼睛可以分开，所以有时候你以为他在看病人，其实他在看你。有时候他明明面冲着你讲话，其实是在给病人治病。我替他给病人发药，他们排队走到我们面前，吃下药去还要把手摊开给导师看，或者把嘴掰开用手电筒照，或者原地蹦高。如果谁身上有药掉出来，那他可就惨了，不仅没有烟抽，还要加大药量。有时即便遇到正常服药的病人，导师也会罚他。我说导师您眼神儿真好，我怎么就看不出问题来？导师说，其实我也看不出谁没吃药，甚至病人是否需要调药也不重要。我这样做是让他们知道，我让你干什么，你就得干什么。

后来我陪导师上厕所，把辞职信交给他，当时他的手正在忙活，没有空接，也可能是眼睛看不见。我只好把信塞进他白大褂兜里，告诉他我不干了。导师虽然眼睛不好，耳朵还是灵敏的，他问，你怎么干不了？我让你干什么，你就干什么啊。我说不是干不了，是不干了。导师把脸扭向我，其实他是在瞄准前面，这样才能尿对地方。可是有张脸对着我，我就尿不出来了，只好憋着。憋着憋着，干脆解释起来，我治过的病人没一个能康复回家的，除了这身子肉，我什么也没得到，再和这帮病人耗下去我这辈子就完了。康复回家？导师一边抖着下面一边咧嘴乐，尿全滴到鞋上。他说即便是那些出院的"精分"，也要终身服药。我从来不对病人说，你已经康复了，你可以停药了。

我想起辞职信上写的话,告诉导师当初之所以干精神科,是因为我对人的内心有兴趣。这些走投无路的家伙信任我能帮助他们,我也靠他们来完善自己。如今我只能像在饲养场喂鸡一样治病,眼瞅着他们越吃越傻,也不和我说话。就连被体罚也没有反应,那我到底是在治人,还是在害人?

你想让他们反应什么?病人的嘴是用来吃药,不是用来说话的。导师继续抖着,尿居然抖到了唇边,他的脸色有点不好看了。小子,你是给我当大夫,还是给病人当妈来了?导师抖完之后把手伸进兜里,拿出我的辞职信,还在上面写了一行字。既然你这么不想在本院发药,我正好有个农疗基地的项目缺人手。你没有家庭负担,不如把这活接了。导师把那张沾了尿的辞职信还给我,我看到上面写有地址。"房子已经租好,期限是一年,我等你的报告。你可以挑几个病人住进去,不过必须符合出院标准,家属也要签字同意。另外你出了医院就和这里无关,一切后果由你个人承担。"

"可我已经写了辞职信。"我一边说着,一边把信放回自己兜里。

"辞职?这么大有赚头的项目,你不会的。"导师面向小便池,这时他是在看我。"就算我接受辞职,可你不干精神科大夫,又能干什么?精神病人都是现实社会的失败者,他们就是因为不堪重负才来找你。如果你也是失败者,那就和他们一样,乖乖地回来,我会给你留好位置。"

我立即和薛姐见了个面,在一家面馆里。我叫了两碗猪排面,这是我认为最好吃的食物。她以为我又为接大硕回家的事找她,显得有些拘谨,面端上来也不吃。接着我见她脖子上挂着银质的释迦牟尼佛头,问她什么时候信佛了。她下意识地用衣领遮掩,淡淡地说是现求的,为大硕回家做做准备。我才意识到她要时间是做什么,于是也不想再令她煎熬。我告诉她,大硕办完出院手续可以先不回家,而是作为实验对象,跟我去一个康复基地。你每周照旧能看他两次,周三和周日。薛姐用手按住脖子上的佛头,像在还愿。他能跟你走真是太好了。她这个反应令我食欲全无,要让我说,现在令大硕不能回家的人反而是她自己。薛姐,恕我直言,一个人如果有家不能回,住在哪里都是监狱。薛姐说,可我每到晚上一想起他的脸,想起他和我住同一个地方,我就会彻夜失眠,大把大把掉头发。我没再言语,写下地址后告诉她,欢迎你去那里看大硕做实验。

　　至于另外两个对象,其中一个是位少爷。他个子挺高,长一张瓦刀脸,留披肩发,一副永睡不醒的模样,面孔褶皱得像烂菜叶子。少爷十六岁考下托福,后来拿到绿卡,父亲是全美顶级汽车设计师——GM公司的技术总监,七十多岁的老头领导一批美国科学家。由于母亲的遗传,少爷大学期间发作迫害妄想症,总听见FBI要抓捕自己的声音。父亲说你那声音都是假的,并要求他在美国的精神科医院住院,否则就断掉生活费,甚至是父子关系。可是少爷情愿流浪,他放弃名牌大学的学业,每月拿着父亲交的四百美元失业金,开一辆破雪佛兰流浪。少爷平时住在车里,饿了就去超市买一美元一堆的烂水果放后备厢,从东海岸逃到西海岸。就这样流浪十年后,终于他说FBI已经给我定位,就要拿仪器控制我了,爸求你让我回国吧。老人想到祖国已经强大,还有强制治疗,立即把他押回北京,救护车把人从机场直接拉回精神病院。在我的病房,少爷整天都在讲述自己周游的经历,讲述FBI怎么监视他。他的见识比我这个大夫还要多,而且精通多国语言,这就造成一个问题,你也不知道他讲的哪部分是真,哪部分是假。

　　另一位实验对象是个老大哥。他脸是扁平的,两眼间距过远，嘴巴还有点地包天。尽管身板结实，性格却很懦弱。如果走在街上被电动车碰到，他反而会先给对方鞠躬。老大哥一直在他的世界里自得其乐，虽然很少说话，不过内心丰富。他总会无缘无故很愉悦地笑，可是如果我问他笑什么，他就回答别问了，不能说。对于这种表现，我知道肯定是有症状了。老大哥没有工作，家人也不管他，但是在幻听里，他有一个贤惠的老婆，俩人小日子过得还挺不错，这令我又担心又羡慕。我担心的是哪天他突然正常了，不得不从这场梦里醒来。

　　三个病人都有幻听，家人也都同意他们去农疗基地。我挑选这三位做实验，是出于对他们出院后的生活不放心，同时多少有些朋友的情分，当然最重要的是他们都多次问过我，什么时候才能停药。我的目的是教会他们控制药量、独立生活，一年后回家别再被赶出来。我告诉他们，既然出了医院，你们就不是病人，我也不是大夫。这一年里你们要跟着我改造思想，见识社会，我只把你们当正常人看。我讲完后，他们没有反应，我只好笑着点头，他们也学我，笑着点头，算是答应。

　　农疗基地坐落在郊外，西边是别墅区，叫阿根廷庄园，住有国际友人，草坪可延绵到主干道边。东边则是一栋栋拔地而起的回迁房，粗陋、崭新，却也姿态耸立。我们的院子被很多宅基地夹在中间。这里虽然残旧、污黑，贵在一应俱全，牛棚、猪圈、茅坑，红色大门，中央还有一口枯井。房主是个朴实的庄稼人，黑。他看我们四人，像在动物园里看到了狮子狗。他说这附近住着的都是使馆人员，还有很多国际学校和回迁户，总之非富即贵，你们要维护好稳定的环境，别干什么违法乱纪的事。我这才知道他把我们当成坏人了，我回头看看他们仨，感觉面相确实不好，而且四个男人住在一起，也不是寻常情况。我回答他，我们是来忆苦思甜、接受教育的，轻易不出大门。房主龇起牙花子笑，又说宅基地起租期都是十年，你一年一租，我嫌麻烦。我明白他嫌钱少，于是用起对付病人的招数，发烟但不搭茬。房主舔了舔烟，耷着眼皮，又提醒我，这院子还没有煤转电，入冬时要烧火炕。我说四个男人挤在一张火炕上？房主说，不愿意挤滚蛋。考虑到带着三个病人换地方不太方便，而且这又是导师那个孙子安排的，我就不再说什么。

由于房屋很矮，我们进去只能跪着或者躺着，所以把一切安顿妥当后，大伙儿在院子里，紧闭红色大门，坐在地上开起内部会议。我说为了便于你们更好融入社会，房租和伙食费，需要大伙儿均摊（其实房租导师已经垫付，可我总要有个专项基金吧）。他们没人反对，因为家里为了不让他们回去，花多少钱都愿意。

慢性精神分裂症病人有"始动性缺乏"的表现，社交能力衰退的同时，人也跟着变得行为懒散、情感淡漠。如果我不督促他们，这些实验对象能像木乃伊一样躺上一天。为此我要制订系统的治疗计划，既然是农疗，项目里免不了要有翻地种菜、修缮房屋、洗衣做饭和晚汇报，此外必须由我带队才能出门。大硕闷头不语，听见说话才看我一眼，老大哥依旧和老婆聊天，只有少爷举手反对。他说既然你让我们以正常人的状态生活，可是照你的安排，这和在医院有什么分别？我说你闭嘴。少爷说凭什么要我闭嘴，既然我交钱了，在美国我就是纳税人，是有投票权的公民。除非你说服我，否则我要去过真正自由的生活。我说你去吧，出去就让FBI把你抓起来。然后他就老实了。

精神病人最怕无事可做，为了他们好，只要出门我就要找根绳子捆在每个人身上，另一头系到自己腰间，这样走上街就不怕他们逃跑了。不过由于我们想去的方向不一致，几根绳子缠成死结是常有的事，有时彼此甚至会撞得鼻青脸肿。终于我们学会了肩并着肩，用小碎步走路，我在中间，他们像是我的仆从围在四周。后来我们在路上撞见一中年妇女遛狗也是这个阵型。至于减药之后的效果如何，我不好评判，总之有一次出去吃饭，结账时谁也没有掏钱的意思。此外他们还成功地把不知从哪来的假币花了出去。这些我都写在了报告上，证明我的治疗找对了路子。

不接触社会时，大硕喜欢读书、写读书笔记，他还不知从哪捡来一些废报纸，用黑色粉笔在上面写字。每张报纸还只写一个字，贴得满院墙都是，像在打补丁。而少爷每天都要问我FBI是否会找到这里。我告诉他，这是中国，他们没有引渡条约，只要你不出去，没人能带走你。要让我说，这三人里只有老大哥还算正常，无论别人怎么折腾，他好像被一个桶，或者被孙悟空画的圈给罩住了，只会和自己老婆说话。不过问题是，我们也要承认他老婆是存在的。比如吃饭时也要给她留个位子，添一副碗筷。白天这倒是没有问题，可到了夜晚，四个男人挤在一张火炕上，他那老婆再贤惠你也不想看见。

当然最令我担心的还是睡着以后大硕会不会砍我，毕竟他有实战经验，半夜动手我是没有生还机会的。可既然要以常人相待，我就不能把菜刀收起来。

为此我选择睡在火炕外侧，一旦有个风吹草动，立刻就能爬到院子里去。有一次大硕想要尿尿，我只好也从火炕上爬下来，再跟着他爬到屋门口。这时我们看到银色月光洒向院子，一时忘记站起来。

大硕说，趴在地上的感觉真舒服。

我说，深有同感。

大硕问我，妈妈说，我是不是正常人，你说了算？

我说，岂敢岂敢。

他说，那就是你不让我回家了？

我没敢回答。

他又问，到底什么才算是正常人？

老实讲，我跟他们在一起久了，对这个问题也没多大把握。我只能告诉他，如果你想回家的话，让干吗干吗就对了。

周末，薛姐坐长途车来看儿子，见她走进红色大门，我也跟着兴奋，因为这是第一个来这里的外人，她将看到大硕的实验成果。进门后薛姐先对着满院的报纸和大字驻足观看，脸上露出不悦的微笑。随后我把她请到牛棚旁，喊大硕端面。那天他穿一件灰色中山装，头发往上梳起，胡子也刮干净了，显得胖了不少。我告诉薛姐,这可是大硕亲手做的猪排面,尝尝比起上次那家如何。看着不再穿病号服的儿子恢复成昔日的模样,薛姐有点犯怵,小口咬着面。我们四人在她身旁把面吸溜进嘴里,还拉得很长,像是长了白胡子。大硕说,妈妈你别害怕,我已经变正常了。我读了很多历史和哲学的书,还有诗歌,还把它们写到墙上。薛姐低头,一边嚼着,一边听着。大硕说,有天我看到一本书里写着父亲的材料,那上面有你的名字,还有我的名字。薛姐捂住嘴,猛烈咳嗽,她赶忙把面条咬断。适时地,院里刮起风,筷子掉到地上,她说我该走了。

这里不错,乌托邦嘛。走出院子,薛姐对我说。大硕这病是父亲遗传,加上儿时受过刺激,说到底还是我们的错。

我说,薛姐心别太重,等他在这里改造好了,很快就能重新做人。

改造好了?他整天读那种书能改造好吗?薛姐问我。

我说,他想读什么都可以,这说明自我意识正在恢复。

薛姐又问,那他有没有坚持吃药。

我说,在控制。大硕癫癫痴痴的状态,就是拿吃药当吃饭以后，上瘾了。让他终身忍受精神类药品的副作用，会像掉进地狱般残酷。

薛姐还问，你看出大字报上写着什么吗？

我说，看出来了，写着"我想回家"。

薛姐说，他父亲生前也说过同样的话，是我没同意。

我没说什么。

薛姐还问，他再有幻听怎么办？

我告诉她，如果再出现要他杀你的声音，他会提前告诉你。

薛姐从包里又掏出一年的钱，交给我。

她说，什么时候他不看书了，再吃上一年的药，我接他回家。

我看了看手里的钱，问她，那他来农疗基地为的是什么？你到底是想要他恢复正常，还是想在家里守着一个活死人？

薛姐说，我宁可要一个活死人。

为了能让大硕早日回家，我只好听从薛姐的要求，加大药量，并且禁止他看书。我也不断提醒自己，他们是实验对象，而我要完成导师的项目。为此我还要教会他们烤面包，带领他们向西餐进军。可是他们仨不知道真病还是装病,好像认定需要农疗的人是我,这一疗程下来越干越懒,我倒是十八般武艺样样精通,连附近农户都投来敬佩的眼神。这里最爱偷奸耍滑的人就是少爷,老大哥悄悄告诉我,过惯了资本主义生活的他,总趁我不注意,溜出院子看电影、买黄盘和洋烟洋酒回来,还不懂得分享。某天少爷又不干活,蹲在地上对着红色大门发愣。

我问他,你又想跑到哪去?

他说不跑了,没钱。接着他反问我,为什么大硕非要回家?即便那个家只有他和他妈俩人,也已经容不下他了。

我说,被接回家是每个病人的心愿。

少爷没有绷住,咧嘴笑了,却没往下说。这帮病人很贼,知道我是大夫,讲话习惯隐瞒最关键的部分。

他把嘴岔子收起来。又说,在外面我没有语言的界限,没有钱的界限,我可以不停地走,不停地说话。可是一看见你,我就想起自己是个病人,待在这里我只有不停地劳改、被监视、被告发,根本没有真正的交流,我感觉整个人都枯竭了。他还问,到底是我们需要治病,还是你更需要治病?

我听后非常震惊,一个精神病人能说出这样的话,证明我的农疗实验取得了突破性进展。导师说不定还会为我申请个基金或者奖项呢。

我再问他,你就不想早点回家吗?

他摇头说,我回家只为一件事,我爸有一千万美金,加上别墅,将来都给我。

我一听聊到这里,四下看看,凑更近了。

他说,你就盼着我爸早点死,将来你做我监护人吧,咱俩去美国继承遗产,住在别墅里享受人生,还烤什么面包?

我也蹲下来,捅了捅他。说说,你是怎么知道这些的?

他说,我听见我爸告诉我的。

我又问,你爸不是在美国吗?你也没手机啊。

他说,你别管了,总之我将来会有很多钱。他发脑电波告诉我了。

薛姐在电话里说,周末想接大硕回家住,前提是由我陪同。我就此请示导师,好歹从前我是科里的主治医生,如今却有越混越差的嫌疑,还上门服务了。导师说,干吗不去?我被哈佛邀请参加学术交流,这个农疗实验全中国也没有,弄不好你就成先驱了,弄好了我给你办到哈佛来进修。挂了电话后,我身体抑制不住地发抖,喂了自己两片镇静药后,才克制住情绪。弄不好我就成先驱了?弄好了我去哈佛进修?那到底让不让我弄好?这话就像导师分开的两只眼睛,另外哈佛请导师去交流,难道哈佛眼睛也分开了?这时我暗自后悔,忘问导师到底是哪个哈佛了。因为听他的口气跟说哈尔滨没什么区别。但是管他呢,连少爷都能给自己弄点盼头,我为什么就不能想想自己去哈佛,想想我被全球医疗专家和媒体关注,甚至想想即将解决的个人问题,还包括光宗耀祖。我走到院子,在东西厢房来回测量,盘算着如何搭建新房、增加床位,等到这里住进更多病人,我就能光明正大地挂牌收费了。

千里之行,始于足下。我只好背上一书包药,带领大硕回家,把少爷和老大哥锁在家里。还好我们只需要系一条绳子,一个在前,一个在后,像是拔河一样走在路上。尽管方向和步伐一致,却总隔着一段距离。阳光透过棉絮状的云片,照得大地时晦时明,大硕则按照我的口令,向左或者向右。对于回家这件事,他并没有特别高兴,脸上反而显出阴沉。因为吃的药量有点大,他这两天无法排便,此外还出现翻白眼和角弓反张等副作用,令躯干和四肢只能扭转性运动,走起路还真有点活死人的意思。

薛姐把我们指向一个全新的小区，到达时她正在楼下等候。可是大硕已经认不出她了，他甚至还背对楼门，抱住一棵树就是不肯进去。

我问大硕，你不是一直盼着回家吗？好不容易走到这一步，为什么不进去？

大硕说，这里不是我的家，我没住过这里。

薛姐说，这是新华社分的新房，大硕同学都当上社领导了，以他的年资也足够分一套下来。她对着我解释，显然并不指望儿子能听得懂。

这时就需要我拿出专业技能了，我掏出一支烟，点燃后放在大硕眼前。我问他，想抽吗？他直勾勾地盯着烟，说想抽。我像举着骨头，把狗逗进笼子里一样，一边后退一边领大硕进屋。想见妈妈吗？我又问。他说想见妈妈。可是哪怕他从薛姐身前擦肩而过，也没有看她一眼。

薛姐的家里飘着油漆与实木的味道，甜香扑鼻。可是从家具的码放和整洁程度上，却有一种强烈的压迫感。甚至连每个物件的位置，都被精心设定好，形成完美而别扭的角度。我们直接走到餐厅，薛姐准备了丰盛的晚餐，还有红酒。我先要给大硕喂药，坐好后，看着盘中工工整整的菜，轮到我不敢轻举妄动了。薛姐穿了一身灰色运动套装，看着年轻不少，可能是灯光作用,那些刀口变得若隐若现。

这回尝尝我的手艺,可能早就生疏了。薛姐说,平日一个人的菜没法做。

接着薛姐给大硕夹菜,她终于不用拿看病人的眼神去观察他了,她是在看儿子。我很想把这一刻拍下来,让导师见到我的实验成果,还想拿到哈佛展示给全世界专家去分析。

我说,薛姐您家真大,一个人确实住不过来,现在好了,大硕回来了。

大硕没有反应,他呈现出服药后典型的肌肉僵硬、面部呆板的困倦状态。

您不知道吧,大硕会烤面包了,将来让他给您做一次,外焦里酥,很有法式餐厅的意思。连我也意识到,自己像在推销被退货的产品,可我就是停不下来。

等下次吧。薛姐说,声音极轻,也极为肯定。

我挤了挤眼,连忙解释,薛姐你别介意,大硕刚才没认出您,那是加大药量的正常反应。等你们相处久了,我敢保证,他的眼里只有你。

没认出来好。薛姐说,他一辈子认不出我都可以,下次再有幻听让他砍我,就不会冲我来了。

暖色灯光下,她脸上生出威严,看了看我,示意喝酒。我们碰了一杯。

把你当作自家兄弟才这么讲。薛姐说，这些年我总能听到有人说，一百多刀都没被砍死，她命真大。

我下意识地低头，因为自己心里也曾有过这个想法。

薛姐对我笑笑。你不知道，大硕一从山里转进你们医院，我这心愿就算达成了。本来我回家准备自杀来着，不想活了。

我抬起头。此刻大硕正在吃薛姐夹到碗里的饭，他好像被一个桶，或者孙悟空画的圈给罩住了，丝毫意识不到我们在谈论他。

薛姐抿了一口酒，用微微发颤的手捂着嘴，吸了吸鼻子。

我对着镜子想割破自己的动脉，竟然找不到下手的地方。我的全身都是刀疤。后来我想明白，我就是命大，我不能死。

薛姐点开手机，放到我的饭碗旁边。

她问，看过那条新闻吗？有个"精分"患者怀疑老婆出轨，妈妈察觉到异常，把儿媳妇提前劝回娘家躲几天，晚上却被儿子把整个肚子砍烂。

我说我没看过。大硕现在特别听话，并且手无缚鸡之力。连续吃药令他两手发抖，别说拿刀了，就连筷子都使不好。你不会是怀疑我们农疗基地的专业性吧？薛姐给自己倒上满满一杯红酒。恰恰相反，上次在你们基地里见到大硕，我当即决定把他永远留在那院子里。我可以被别人杀死，但不能是他，那样他会比现在更痛苦。而且没有我，你指望他能活多久？

我盯着快要溢出的酒，杯上映出我们三人的脸，灰暗、变形，融成一片。

我说薛姐，我一直相信母爱才是儿子抵挡一切的药，也是他最后的治疗方案。

她早已到了要人照顾的年纪，然而这个陌生的儿子却需要她去照顾一辈子。这是她死里逃生后求来的结果。可我只能使上这一招，还有什么能压得住一个当妈的？

薛姐一口气把那杯红酒灌进嘴里，酒水从她嘴角处流出来，流到下巴和脖子上。我随之看到那一道道深壑般的疤痕，像是熔岩在涌动。

我还是把大硕给带回来了，并且在路上扔掉了那包药。那天算是不辞而别，我可不想还没有病人出院呢，又逼疯一个。回来后我比从前现实多了，除了烤面包吃，我不再要求他们吃药、劳动和外出。至于那个哈佛，我怀疑导师是怕我撂挑子，或者纯粹就是拿我开涮。倒是总溜出去的少爷建议，我们可以打开红色院门，把面包卖到外面。我觉得这办法既能回笼资金，还能让病人看到自己的成果被社会接受，算是最好的康复项目。可我们的面包总是烤煳，粗糙得像是一块海绵抹布，再说谁会买精神病人做的面包？没想到少爷联系了别墅区国际学校，校方听说我们是精神病面包师，答应派专车来接我们进校，让孩子们现场认购。

一听要卖面包给外国人，我又振作起来，求他们抓紧烤制面包。由于掌握不好烤箱温度，院子里升起墨汁色的浓烟。看见的知道这是烤面包，看不见的会以为是在烧砖或者烧桔梗。反正都一个味。这时的大硕，自我意识有了些复苏，让他在丧失目标之后，盲目且主动地干活，别说是精神病人，换成普通人也难以接受。何况如果连家都回不去，接触社会就是痴人说梦。这期间我多次发信息给薛姐，但没有一次能得到回复。有一次她终于打来电话，通知我她要去外地出差，半个月无法来看大硕。至于上次的不辞而别，我们谁也没有提起。

去国际学校前一天，大硕的面包忘记加核桃和葡萄干了。

我告诉他，薛姐有事情要忙，暂时不能来看

你了。

哦,妈妈不能来看我了。大硕说,我知道杀妈妈不对,但当时我控制不住自己。

我说,我会继续联系薛姐。你住山里时她都没放弃过,哪有现在不管的道理?

大硕把面包扔到地上。他说,我了解妈妈,她不想让你回家,问多少次也是不能回。再说,家人不要我们是正常的,在病房里谁不是这样呢?我只想能见到她。

少爷和老大哥虽没抬头,可我知道他们听着呢。

我说,只管做好你的面包,我保证你可以见到她。

我弯腰去捡那块本来烤得不错的面包,可惜上面沾满泥土,没法吃了。

国际学校派车来的那天,我再次穿上精神科的白大褂,却是用它来扮演厨师。我们这次出门不用系绳子了,而是和面包一起被关进押运车,车窗很小,上有铁丝。少爷非常恐惧,不管我如何解释,他都认定是FBI来抓自己。他躲到车厢角落,像是要被拉上刑场。老大哥的老婆饿了,他想拿个面包垫肚子,却被大硕叫住。大硕紧抱面包筐,他说这是我给妈妈做的。我说面包还有的是,你别给我挤坏了。接着车身开始不断转弯,我们无法控制身体,四个人被迫撞到一起。少爷说,FBI开车就是这么猛!我说咱不是一直想和社会接轨吗?现在机会来了,而且是国际社会,咱们要表现得像个正常人。老大哥问,哪个正常人整天想要和社会接轨?我看着他说,再废话我就把你老婆赶下车。这时我感觉到车忽然减速,还听见外国司机讲话。我问少爷,他们是不是要搞个欢迎仪式?少爷告诉我,他们在说,尽快把这几个白痴打发回去。我说,你这肯定是幻听。

车开进国际学校,经过安检、除菌和测体温等程序后,我们低着头、排成纵队,被一个穿黑色制服的大肚子保安带进教学楼大堂。保安的绿眼睛紧盯着我,对我不停地讲着什么,我使劲笑,却没听懂。少爷说,他让我们只能在圈定的区域卖面包,不许走出范围。我对着保安一顿点头,他友好且用力地拍了拍我的左肩。

很快从楼梯上走下来很多金发碧眼的孩子,小家伙们自觉地排好队,冲我们一个劲儿眨眼睛。少爷被很多小孩团团围住,一时忘记害怕,却显得措手不及。他一再用英语问每个人要多少面包,生怕自己搞错了。大硕负责打包装,老大哥收钱。那些小孩个个生得洁白无瑕,脸上散发着漂亮光晕,接过面包那一刻,还懂得郑重道谢,声音悦耳,笑容令人心头震动。不过我注意到,他们毫不忌惮地打量着我们的脸。不用少爷翻译我也能懂,这是想在我们身上看出精神病人到底哪不正常。我还瞥见,绿眼睛保安正双手背后,握有警棍,他如临大敌的脸上,肌肉也硬邦邦的。这时连我都忘记什么举动才是正常,什么是不正常了。一切在热烈又冷漠的气氛中,进行得井然有序。

眼见面包要卖完了,我一直提着的心才算落下。保安用手势催我们出去。这时我却发现,大硕眼中射出白光,他抓着最后一个面包,抱进怀里不肯撒手。那个棕发女孩,一脸错愕,我也不知道怎么回事。老大哥说,你快给人家,小姑娘钱都交了。我这才想起,忘了给大硕留一个面包送薛姐。保安把女孩拦住,用绿眼睛询问我们,他到底是怎么回事。我把手伸向面包,另一只手把他肩膀向后推,大硕转身背对众人。少爷说,快让老大哥把钱退给人家吧。我说千万别,这是国际贸易,你不懂。我改用胳膊搂住大硕脖子,告诉他,薛姐不会来吃你的面包了。你卖面包也不是为了别人,是为自己。像是接收到密码一样,大硕缓缓松开了手,他眼里的那片光亮也随之熄灭。我把已经皱巴的面包递给保安。他一脸严肃地看了看我,接到手里。

我们再次排成纵队,跟在司机身后走出教学楼,押运车的后门早已打开。这时我看到之前卖给孩子的面包,已经全部堆在垃圾区,落成山字形。我看到保安正向那边走,把手里那个皱巴巴的面包也扔进去。我越走越慢,落到队伍最后。

当保安的绿眼睛再次和我对上,我不由自主地偏离队伍,迈腿走向垃圾区。保安迎面向我喊着什么,我并没有停下,接着司机也追上我,和保安一起阻拦。因为我比他们还胖,两人推起来有些吃力。我说,你们把那个面包还给我,钱我不要了。他们可能没听懂我的话,也可能听懂了,却更坚决地把我往外推。我用力指向垃圾区,指向那个被大硕抓皱的面包,却被越推越远。

在全校的孩子和我的三个病人面前,我们像是摔跤手一样扭抱成肉轱辘,动作甚至有些暧昧。终于我听懂他们喊出了"Get out! Asshole!"我则回以"我操你大爷的!"

后来记不清出于什么原因,他们把面包还给了我,并用力地指向车门,请我上车。车门关上后,透过铁窗,我看到孩子们仍在望着我们。我把面包扔进大硕怀里,他并不看我,只是两眼失神,面肌微微痉挛。这次车厢里显得很空,我们分坐在四个把角,什么话也没有说。车身再次拐弯时,那个面包滑落到我脚边。

回去之后,见不到薛姐的大硕,间歇性幻听加剧。不仅青光眼加剧,脚也一直在抖,并且无论我拿多少支烟诱导,他都不和我讲话。可我能观察到,每次面对幻听,大硕都在尽全力抵抗。有时他会说,你不要跟我讲话了,我不听你的!或者,你他妈给我滚开!我就不自杀,看你能把我怎么样!

我只好带大硕坐车,回本院开药。我们身穿风衣,头戴礼帽,一前一后走进医院大门。仿佛衣锦还乡。

在院区的空场,很多病友在晒太阳,像是被吃掉的棋子般散落。大硕跟着我,在病房楼门口驻足观看。我点了根烟,对他说,你现在是正常人,是自由人了,恢复了自我意识,想去哪里就去哪里,他们却不可以。我深吸一口烟,又满足地呼出去,也给他点了一根,问他,你在想什么?他说,冷。大硕把烟从嘴上拿开。我紧紧眉头,没听明白,于是转头看他。冷?我问。冷,大硕指着自己,我大衣里什么也没穿。我把烟狠狠踩灭,转身进科。

由于导师去哈佛进修了，我不愿逗留太久，农疗基地的事，科里大夫们都知道了。在我改造病人思想，带领病人走向社会的时候，他们却还在医院体罚病人，让病人替自己洗衣做饭。真见了面，彼此不免有些尴尬。想到得罪他们，指不定哪天绩效奖金和补助就被分了，我只应付几句后，带大硕赶紧出来。

在病区里有很多空床，轻症病人把床一挂，自己带着药回家了。我们走着走着，身后忽然有女病人光着身子在楼道裸奔，引来众人围观。很多大夫还专门跑到这层观察。女病人在环形走廊迎面跑来时，我看出她是一个非常有名的女演员，还拿过影后，我甚至还是她的粉丝。望着她跑远的背影，我对大硕说，看你现在有多正常，我们回去吧。

但是大硕并没有动。他说，大夫，我不走了，我想留在这里吃药。那个声音像是从骨头缝里钻出来的，但是吃完药就没有了。我这辈子都不想再听见了。

身边几个大夫听到大硕的话，连影后都不看了，目光对准我们。

我说，你不想做面包给你妈妈吃了？不想回家了？

他说，我放弃了，我们这种人配不上美好的东西。你让我留在医院,她兴许还能来看看我。和你回到院子,无论我看起来多像一个正常人,她都不会把我带走。

那些大夫看向我,我一时没有讲出话来。

此刻女影后已经在跑第二轮了,她再次从我们面前擦身而过时,大硕也把风衣脱下,把礼帽摘下,他很快追了上去。

两个人一起光脚跑了起来,步伐有力,甚至有些默契。地面被震出响动。

尽管他们身上满是针眼和不明的伤口。

我看到大硕跑得无比畅快、自在,姿态也比我编的早操好看多了。

大硕离开之后,我决定把烤好的面包摆到院门口卖,可是村民像是知道了什么,附近一下子少了很多人。然而我们的红色铁门总会被喷上白色的"滚"字,或者是大叉号。想要清洗这些字非常费劲,我和少爷、老大哥必须一早就起床,紧贴铁门,仰着头、踮着脚,把那些字一个笔画一个笔画地擦掉。有的笔画还需要我踩个凳子,我可以闻到那上面刺鼻的油漆味道,有时候闻着闻着,还会被熏出眼泪来。可是只要我们一回院里,很快又有更大更多的标语喷上去。

至于面包，我以为村民们会像在国际学校那样蜂拥而至，毕竟这是经过国际考验的面包。实际上我们连半个也没卖出去，倒是引来一队穿灰制服戴大檐帽的人，他们把面包拿在手里，盯着我们看。少爷说，这些人的眼珠恨不能顶到脑门上，且个个像冰面一样冷酷发光，肯定是FBI。接着他们问我，你的面包为什么这么脏？见我没有回答，面包一个个被抛到天上，然后像是止住的喷泉一样，在半空定了片刻，又纷纷坠下，砸到我们身上。我们弯腰把面包一一捡起，我告诉少爷，他们不是FBI。

很快，不知从哪开来一辆装甲车似的越野车，堵住红色院门。我看到是房主和车主走到我面前。

房主说，你这人太坏了，让精神病人住俺的院子。

我说，不是想故意骗你，你当初也没问啊。

房主说，呸！这院子俺不租了，晦气。为这一年的钱，俺在村里都没法立足了，以后这里就更租不出去了。

我说，我有合同。

这时候几个跑车车主围了过来，推搡起我。其中一位车主身穿紧身背心，黑色的背心被肚子撑得近乎透明，肢体上还佩戴多条金链，并文有皮皮虾一样的图案。他说，就你有合同？我还有购房合同呢。这一带的别墅区从价格到配套，全部跟国际接轨。不能让你他妈一颗老鼠屎坏了整锅粥，赔钱！我有点蒙，因为按照人家这个逻辑，也确实不无道理。我又想起孙子导师说过，出了事由我一人承担。双方正在僵持，少爷忽然朝前挪步，走向那辆美国进口的福特越野车。那辆车很高大，停在院门处不动都会令人感到憋气。在所有人面前，少爷把脑袋紧挨车头，像在嗅着什么，随后他又像见到老朋友一样，绕着车身走了一圈，停在巨大的排气孔后面。我记起少爷父亲在美国是一名汽车设计师，却并不懂他这是在干什么，我想在场的人同样也不会懂。

当他把车门拉开，一条腿要伸进去时，那些车主走过去把他拽了出来，像抖搂床单一样，把他甩到菜地上拖起来打。在人堆里，我只能看见少爷的一条胳膊伸了出来。老大哥忘记了自己的老婆，他拿面包使劲砸那些车主，却被人把双臂架起来，撅起屁股，跪在地上。黄昏下，院子里满是沙土，惨叫和骂声混作一团。我看着少爷的胳膊笔直地伸向越野车，看着老大哥的头被人踹了好几脚，却像石头一样坚硬，死活不肯低下。而我早被吓得动弹不得，全身发木，我希望天赶紧黑下来，这样就什么都看不见了。房主斜着眼睛看我，又啐了一口唾沫。

次日，少爷和老大哥起得比我还早，他们耐心地坐在屋门口，像是等待指令。我却不再走出院子，也不再卖面包或者清洗大门。我告诉他们我要修葺屋顶，他们负责把弄乱的院子打扫干净。他们没有理我，我只好自己搬来梯子往房顶上爬，那上面的瓦片很多已经起翘和错位，我像壁虎一样，小心地摊平身体，找到掀起来的瓦片，用黏合剂将它们一一黏合。这时我听到动静，还有脚步声，回头发现梯子居然没了。我扭头向下探，看见是少爷和老大哥把梯子搬走了。他们俩一起打开院门，一起走出去。我远远地望见院门口，老大哥向左走，少爷向右走，他们头也不回地去往各自的路，我没有叫住他们。

屋顶下面是没人收拾的菜地、搭了一半的新病房，还有七零八散的面包，显得凌乱而空荡。我意识到我只能往下跳，问题是以何种姿势。后来那个姿势虽然不太好看，却还算安全，落地的时候，我只断了一条腿。

当晚民警同志告诉我，少爷在机场高速路上顶风狂奔，和汽车赛跑。很多司机还看到他忽然停下来，朝西方跪下，任凭汽车擦着自己的身体开过去。少爷像什么也看不见一样，在地上磕了三个头，并且一直没站起来。

我告诉民警同志,那是幻听命令他这样做的。

民警说,你为什么不看着他?这种病人放出来会对社会造成危险!

我说,即便是精神病人,言行也有他自己的逻辑,只是我们不懂罢了。

民警又说,这个病人一直在讲英文,我们特意找了翻译,他说他要回美国。

他没有提FBI吗?我有些奇怪,这可是少爷最害怕的,他就是为了躲FBI才回国的。

什么FBI?民警反问我。他有绿卡,我们正在联系他的家人接他回去。

他的家人。我说,他的家人一定会非常高兴的,因为他再也不怕FBI了。

夜里,我接到越洋电话,一个陌生声音告诉我,少爷的父亲去世了。家人想把他接回美国出席葬礼,并且讨论遗产继承的问题。我这才把少爷近来的一切举止联系起来,我说他很快就可以回去了。对方说,可惜他错过了和父亲见上最后一面。我说,老人和儿子,应该已经见过面了,用他们之间的方式。

至于老大哥,我听说他自己买火车票回老家,又跟当地人发生过一些冲突,被打得脑袋缝了十多针,锁骨骨折，整个人都变了形。于是他整天睡在煤棚里，因为出现了大量症状，也没有医院肯收留他。即便是这样，他也绝不回来。

某天晚上我做了个梦，在空病房里，四周忽明忽暗起来。一眨眼，窗外明澈刺目，再一眨眼，整间病房又灰暗无边，如同昼夜在瞬间交替。我迈出一步，发现亮的时候，眼前其实是令人窒息的惊涛巨浪。而暗下来后，却是遮天蔽日的灰色淤泥席卷而来。我把窗子关上，淤泥就往屋里渗，我往屋外跑，可是想到整个院区是个闭环，根本逃无可逃。我只能站在病房里，眼看淤泥吞噬自己。

某天我去药店买安眠药，在那遇到了薛姐。和最初一样，我喊她名字，她站在收费窗口前，背对着我不动。

还是在门口，我追上去，见她手里拿的全是抗精神病药副作用的药。

进出的人很多，薛姐只好和我站到一边。她把药拿到身前，不再遮掩。

她说，我把大硕送进另一家医院了，每周过去看他。

我对着那些药，轻点着头。我问，他还有症状吗？

她说，自杀过一次，摸电门，电门没开，算是有惊无险。

薛姐说这些时，脸上并无过多表情。

她说，现在他除了不再开口讲话，其他一切都很好。不得不承认，我们最好的相处方式就是这样，他待在病房，我过去看他。

我说，可惜你吃不到大硕烤的面包了。

薛姐忽然举起手里的药盒。她说，这是我要吃的药。她用力把药盒捏得变形。

为了能抢回院子，村民们使出各种绝招。尽管这里只剩下我一人，却并不能影响他们敲锣打鼓、放炮放狗。这样做似乎不单为了把病人吓跑，也能冲掉晦气。这令我想起欧洲教会时期，精神病人被看作恶魔附体的异己分子。他们的脑袋被扎进水缸里淹、被绑在椅子上烧，或者抱着《圣经》从崖上跳下去。可是现代精神医学走到今天，这里还是靠世俗的行为标准判定病人是否变态。然而看看这些村民，有人能说清到底谁是变态，谁是正常人吗？

我坐在院子中央，听到院门被撞击的声音越来越重，并且伴有石块飞了进来，落到菜地里。一个石块砸中了我的头，血立刻布满我的眼前。我知道这次来的人比以往都多，于是把白大褂提前穿好，证明自己是一名医生。可是血不断地流到衣服上，很快我就不像个医生了。我的耳边也出现了错乱的声音，眼前一片模糊。

片刻宁静后，撞门声变成了敲门声。我站起来，跟跟跄跄地打开院门。看到是导师站在面前，接着乌泱乌泱的村民把我们围住，导师的眼睛这次没有分开，他对着我说，我不认识这个病人，带他去医院。于是村民们把我捆到了木板上，像是钉进棺材里一样，又把我抬起来。太阳光下，我在摇晃不定中，被高高举起，塞进救护车里。

变脸

大伙儿交换意见时,金少声却往外走。

他们只好告诉体操队的教练,让孩子们散了吧,我们还要去下一所学校。

教练追出校门口,堵住众人。

"这片儿好苗子全在我们小学,你们一个也看不上?新杂那么牛逼呢?"

老师们面面相觑。也是,经"文化大革命"这么一折腾,上两届学员早就废了。这些天看过的学校,能吃杂技这碗饭的更是凤毛麟角。每人心里自然空落落的。

"我这儿还有个小子今儿没来,他发烧了。"教练又说。

老师们全不吭气，瞄金少声。

"我这就把他从家提溜过来，好赖你们看一看他。"教练拧着脖子，直勾勾地盯住金少声。

"不必了。"老金仰头，看向白漆木匾的校名，"下礼拜我们再来。"

那孩子身短瘦溜，目似点漆，睫毛丛密，小脸不笑也带有酒窝，老师们进屋时他正单蹦儿一人站在中央，鼻尖通红。那间教室凉得拔人，加之太阳尚未完全升起，四面暗幽幽的还伴有烟灰般的薄雾。教练把桌椅推到旮旯，腾出一片空地，金少声随众人坐成一排，两眼不停打量小孩，像是他很容易融进墙面那道黑影里。

"叫什么名儿啊？"有老师问。

"路昆！"男孩小细嗓带点齉鼻。

"几岁了？"

"九岁半！"

"你这身子没好利索吧？"老金插了一句。

小孩墨黑眼珠骨碌一转，扭头看他。

"你都会什么啊？"老金又问。

"那要问您想看什么啊。"小孩又答。

"先活动活动！"有坐跟前的老师提醒，大人们倒先松了松身子，互相对一对眼神：这孩子不怵。

"翻跟头行吗?"老金再问。

小路昆用力扒掉身上的棉袄棉裤,喘息中,跨栏背心上可见肋杈子在鼓动。教练让他站在一块方砖上,朝他脚下指了指。

"原地小翻儿,不许出这圈儿!"教练说。

他屏住气,身子一提,接连跳起后空翻。随着太阳升高,小孩的身体在金光中被映得通红,像是暗房里越发鲜艳的胶片,或者是一个回转的火轮。跟着数到两百以后,老师们不再说话,足足二十分钟,教室里只听见手脚蹾到洋灰地的闷响。此时正值隆冬,小孩又病了几天没练功,后面的跟头能看出身子发飘、腿下没根。尽管速度明显慢下来,可这时人已经翻蒙了,想收根本收不住。眼见小孩就要窝到地上,老金登时起身,大步过去上手一抄,把小路昆稳稳抱住。

"他在什刹海体校武术队学一年了,最高纪录二百五。"教练说。

小路昆被老金从怀里放到地上,像只小鸡子一样,两腿哆嗦。他抓着老人的袖子,还没回过神,教练又发出指令,让他拿顶。众人愣住,见这孩子已经大头朝下,纷纷围上去让他站好答话。教练不以为然,示意他倒着也能答话。

"为什么要学杂技?"有人问。

"为国争光!"汗水倒灌进男孩眼睛,他也不眨动,"我也想出国拿金牌!我也想见周总理!"

"莫斯科电影厂拍的《'新杂'在苏联》,我们组织学生看好几遍了。"教练说,"培养民族荣誉感。"

透过很多双鞋,小孩瞧见刚才抱他的老师,同样颠倒了个儿,独自坐在把边的椅子上。

"老金。"有人喊,"亏了听你的又跑一趟,这孩子不赖!"

老金点头,若有所思。

路昆原本是自新路的小霸王,胡同里出点什么篓子,警察先上他家了解情况。这孩子十句话有九句是瞎话,但这次的回答至少一半是真话。那年月杂技被总理定名,和乒乓球共为新中国外交名片。"新杂"又总被派往亚欧社会主义兄弟国家演出,就连中美关系破冰,也有杂技演员的一笔功劳。当然这些真话全是教练教的,小孩想的还是要翻跟头。小路昆喜欢翻跟头,他喜欢孙悟空,他觉得所有玩儿杂技的祖师爷都应该是孙悟空。

团里培养孙悟空们的头半年,统一从腰腿顶、小武术、毯子功这种基本功练起。团长还把对面京剧院的老师叫来上形体课，云手、拉山膀、跑圆场、丁字步，一戳一站，正规坐科。在嗡嗡作响的练功房里，路昆每天都能见到号称"平地抠饼，对面拿贼"的老先生，比如古彩戏法大师杨小亭、飞车大王皮德福、空竹大师王桂琴、把式匠朱国全，还有郝树旺的坛子、熊飞飞的腾空飞杠、小耳朵徐云川的耍花盘和关玉河的千斤担。这帮奇人异士总在他头顶有去有回，如受到操控一般。他盼着自己也能在攒底的集体车技里，当最上面那个尖儿，齐天大圣也不过如此。

一天，孩子们被轰到后院集合，团长招呼各科师傅过来挑人。由于早年间磕头摆知、签拜师帖的那套老礼儿被视为"四旧""毒草"，他就在新杂搞了这么一出"官派"场面，让师徒当众配对儿。

新杂院子确实挺杂。紧挨着传达室，是专为外国学员盖的封闭式二层小楼。靠东边一排是食堂和锅炉房，二道的垂花屏门把边是宿舍楼、爬山廊和砖木阁楼，四周铺设雕纹砖石。中间一个沙土院儿，建有东西南三个练功厅，北边是四层红砖的行政楼。这里处处都是"到此止步"，还被老瓦盆、旧石槽和春凳杂物搭出亮亮暗暗的隐秘隔断。青白色冷日下，路昆在内的五十名学员，一水儿的练功服白球鞋，在院心处两棵干老条垂的大杨树下站成三行，令大院儿显出少有的肃静。路昆年纪和个头最小，自然站到第一行排头兵位置，看老师们两手背后，从自己面前相继走过。

路昆终于看见老金了。这半年他总听人念，老金在莫斯科的世界青年联欢会上，为新中国夺得第一块金牌。团里每个孩子都声称亲眼见过那块金牌，只有路昆没见过，但是此刻老金离他最近。他的黑眼珠一直盯着老金看，好像他能带自己一个跟头翻到莫斯科。

老金身形魁梧、站姿笔挺，像塔一样。他头上卷曲着浓密的灰发，长方脸上鼻梁高挺，还架着副贝母色镜片的圆形角质眼镜，一双微鼓的乌黑大眼，令他宽慈中略带狡黠，很像后来日本电影里的老牌帅哥三国连太郎。总之和其他老师相比，这位怎么看都不像玩儿杂技的。

看到老金并不走动，路昆抻直脖子朝他挤眉弄眼，恨不能原地再来个小翻儿，可贝母色镜片偏挡住了老金的意图。正在此时，有人冷不丁照路昆后脖子一拍，路昆抬眼一看，却是一位锥脸黧黑的师傅。

这位关老师是团里的车技大王。原来这半年他们早就暗中观察，哪个孩子卖相不错，哪个协调性好，见老金没动，他就从后排过来挑中路昆。这小子心中除去得意，还有止不住的失落。他又瞥向老金，却见贝母色镜片让到了一边。关老师攥脖子叫他，"怎么着爷们儿，等我八抬大轿明媒正娶呢？麻利儿的！"团长也说，"跟关师傅好好学。"在师哥师姐注视下，路昆从老金身边被提溜走。这回老金没像上次那样把他拦住。

路昆哪里知道，这帮当年撂地圆黏子的大王们，尽管摇身一变成了文艺工作轻骑兵，可是思想上进步有限。各科师徒仍靠血亲维系，山头林立，没人傻到把家传的真东西往外掏。团里知道这些祖宗在教学上要留一手，所以明确规定艺人子弟不准进校，老师们也只好硬着头皮对付差事。表面看关老师是车技头一把，这又是团里攒底的大节目，可实际上关家还有八瓢孩子，都憋着成年后进新杂上班。这能耐如果传给路昆，他倒是齐全了，人家孩子去哪吃饭？

关老师辛苦，自打收了路昆，便要在家和团里两头奔波。对于这位不行磕头礼的学生，老先生也是煞费苦心。他把路昆搁在一个三十平的道具库里，学独轮车，算是领他进门。老师告诉他，就算只有一个轱辘的车，方向也要靠自己找。

道具库是从练功厅里辟出的隔间，无窗无暖气，如在棺内。小路昆每天被关在里面，暗弱钨丝灯下，听师哥师姐在门外练功。他身边则堆满团里的木偶，木雕笑容，面孔逼真。路昆把它们摆好，在空地上架起圆桌，自学"骑车过桌"。他反复练习登台阶蹦桌，又从桌上连人带车翻落在地，从一米高的台面摔下后，脑门被车把砸出鹅蛋似的大肿包，只有木偶可作见证。晚上他捂着脸，一头扎进宿舍。师哥们怪他一练功就见不到人，害他们满世界找，还说准是老师给他开小灶吃，避讳人看。路昆知道，根本没人找自己。

　　那晚伴着剧痛，他硬是把脑门上的大包给揉下去了。

　　托老师的福，他也被团里带去演出，还总能碰到老师的孩子们。老师带孩子上台时，化好了装的他就跟自己聊天。关家只演攒底的集体车技，全家人用扛龙头的手法，车上使出双飞燕和双层倒立，在台上垒出移动长城。眼见小师妹的独轮还会高车踢碗，七八个瓷碗如劳燕归巢般被小脑袋稳稳接住，台下叫好时，小路昆全明白了。很快关师傅放话，这孩子玩儿心太野，练功惜力。老师少有褒贬自己学生，众人意外。团里也觉得每次演出，犯不上为一独轮节目多运张大八仙桌，只好把他混进集体活做背景。没了道具的路昆，再也不用到处求人运桌子上车，没多久连他自己也不用上车了。

他又躲进道具库里,和木偶待在一起,起码它们会对他笑。他没有放松训练,既然老师说他不努力,必是自己有不努力的地方。他甚至对着一个个木偶亮相、握手、鞠躬谢幕,找在台上的感觉。直到某天门被打开,他看到那个像塔一样的身影进来。他认出那是老金,他甚至有些恨意。

老金去找老关要学生,按常理不合规矩。

"这孩子心浮气盛,不把老师放在眼里。"老关说。

"我听说了。"老金说,"这得狠治。"

"您教不了他。"老关说。

"我自己的孩子不吃这碗饭。"老金说,"算是您帮我忙。"

路昆终于能转投老金学艺了,可他还没来得及在宿舍显摆,就听师哥们说这人身上背有政治污点。他在团里最小,师哥们爱他护他,怪他换老师不长眼睛。小孩哪懂什么是政治污点,能听懂的,只是有次老金带队到北欧演出,临行前跟老婆吵架,走嘴说了句,"你再来劲我出国就找个蓝眼睛、黄头发、臭胳肢窝的大妞儿不回来了!"本是在天桥撂地时养成的毛病，如今却成了他"企图叛逃国家"的铁证。隔天练功棚挂出"狗特务金少声老婆揭发他出国不回来!"的大字报，老金也从夺金英雄变为专政对象，不仅撤销了演出队队长的职务，就连节目也全被撤换。很快他又被调到马戏队，在驯兽场里搞卫生，兼任教学工作。

开课当天，就有个宽下颌、穿墨色制服的文书，手拿纸笔，对着他们边看边记。老金正要纠正路昆的动作要领，却被文书打断，"你是拿过金牌，为国争光了，但这个荣誉先是国家的，其次是团里的，最后才是你个人的。"老金怔住，两只眼睛被镜片放大，显出空洞。"没有组织拯救，你什么都不是，能明白吗?"路昆赶紧放下动作站好，望着那塔一样的体魄。老金手扶眼镜，头一点一点。文书凑到路昆面前，歪着脑袋告诉小孩，"以后除了练功上的事，不许跟他谈别的。"他又拍了拍小孩的肩膀，"每次下课后去我那儿，汇报他在课上说过什么。"路昆和老金对望后，老金替他说是。

很多画面在路昆心里翻涌，他无法把老金和电影里的叛徒联系上。更大的麻烦是，老金的节目已被撤换，给他当学生，登台梦想岂不彻底黄了？他再也不想站到侧台，眼巴巴望着别人表演。他想在台上翻跟头,翻到最高的地方。

路昆终于能和师哥师姐们一起,光明正大地练功了。他每天和大伙儿吃早饭、看时间表、找自己的练功厅。前四十分钟是基本功,到了九点孩子们抄起道具,跑向分好的场地练节目,之后再换第二拨孩子进来。路昆练腰腿跟头顶时,老金坐上条凳,慢条斯理地卷关东烟。他卷得并不好,别人是斜着一卷,舔瓷实了抽;他撒上大把烟丝一夹,却卷个扁卷。路昆还算惬意,只因是他唯一的学生。他知道老金是靠皮条爬杆夺下金牌,等他学会这一科,为国家再拿第二块金牌时,谁管你师父是不是叛徒?俩人每天能练到全团下班,没有人的新杂,原来这么大。

路昆注意到,只要文书一走,大厅关门,老金就不是老金了。他让路昆对着练功镜盲走、学猛禽捕食、学提线木偶。路昆两眼清澈,擅长假笑。老金却要求他不许动头,手伸展到什么位置,眼珠子再跟着瞪过去。一度老人干脆走过来,用那被烟丝熏黄的手指,抠他每一个小动作。他还要路昆回家去练口技和五官移位,次日检查作业,合格再去食堂打饭。

路昆知道这种文活属于马戏,他妈带他去西四的地质礼堂看过,演员和狗一起表演,逗观众笑。他担心学这种活,被别人看到。见他做不到位,老金就站他面前充当镜子。为了让路昆清空自己，师徒俩脸对着脸一起五官移位，师父给什么动作徒弟就模仿什么。大到四肢的摆动幅度，细至锁眉弄眼，连呼吸叹气都要同步。

沙色余光下，汗水在地板泛起晶光。路昆眼看那张慈悲面孔和明亮双眼在哭，嘴里却对着自己伸舌顶腮、撇嘴抽搐地笑。前一秒老金还是欣喜若狂，后一秒又伤心欲绝起来。直到他眼镜歪斜、头发披散，进入某种难以判断的谵妄状态，像另一个人。

人脸毕竟牵连内心，文活这么个练法，竟比别人的武活更耗气力。老金很快又坐上条凳卷起烟丝。

"师父，咱每天这是干什么呢，咱不会犯错误吧？"路昆问。

"这叫滑稽戏。你小子灵份儿，模样也好玩儿，天生就是干滑稽演员的料。"老金手抖、大汗，令纸卷又松又潮，更难抽了，"刚我那套哭不出的笑，没几个能跟下来的。"

"那咱几时学皮条爬杆？"路昆问。

"我已经不练那个了。卖傻力气的活，意思不大。"老金说，"注意看了吗？团里的杂技演员只会在台上假笑，可这对滑稽戏来说远远不够。咱每个表情都要有潜意识，观众在台下看得明白，才能相信你的人物和动作,所以你要会用五官说话。"

"可是我想爬到所有人头顶翻跟头,像孙悟空一样,您见过我翻跟头。好像整个世界都颠倒过来,我喜欢那种感觉。"

有烟丝掉落。路昆上手卷烟,看着老人。

"你现在才是孙悟空,这科你是头一份儿。"老金低下脸,从滑下去的贝母色眼镜上,翻起眼睛看他,又露出狡猾的笑容。

"那这滑稽戏,"路昆递烟,"能拿金牌吗?"

"你都成孙悟空了,还稀罕一块金牌?"老金问。

"您先让我看看吧!团里只有我没见过那块金牌。"路昆说。

"看它干吗?"老金闭眼,深吸一口徒弟点的烟,嘴里吧唧吧唧,香味扑鼻,"那玩意儿早被他们没收了。"

路昆心说完了,金牌都能被没收,说明他是叛徒没跑儿了,而且将来自己的金牌也留不住。

新杂各科老师要礼要面儿,只在背地里撺掇徒弟们干仗,话一听就是师傅的味儿。待听不下去或者见血了,大人们再出来打圆场,找回台上丢掉的脸面。奈何路昆太小,师哥师姐们只能把他拿来宠着,摆出家长威严。新杂食堂,国家供应,鸡蛋、酱肉、肉松、牛奶，全是高营养高蛋白，他们把好吃的菜夹给他吃，把好听的话说给他听。

路昆这才知道，老金在资本主义国家的法国登过台，观众席里还坐着卓别林看他表演。他们说当时这俩特务一准是在接头，否则老金怎么回国后就写报告，一再说节目间不能让观众看空场，撺掇团长同意他弄串场滑稽。可他写的节目要么是讽刺社会主义大团结的《抢椅子》，要么就是在困难时期表现资产阶级生活作风的《喝假酒》，这都是里通外国的证据，后来团长干脆让他进"牛棚"写检查了。

路昆展示五官移位，逗大伙儿笑，他们却为小师弟可惜。多好的苗子，错认叛徒为师，还净学讽刺工人阶级、抹黑社会主义的玩意儿。别说这东西上不了台，就是上得了台，串场滑稽算什么正经活？不过是我们铺地毯、换服装、支爬杆时，你上去逗个乐，还没人给你报幕。路昆侧目，看他们的僵硬笑脸，嘴角微微上弯，半开半闭间，分不清谁在讲话，比"百鸟争鸣"的口技还逼真。他的犟脾气被点起来，双唇打嘟，吧唧着嘴学老金抽烟。见众人不语，他嘴里又含半口水大笑，看大伙儿散去。

老金把路昆领回道具库，这样耳根子清净。他指着遍地的木偶问他，你以前被关在这里，仔细看过这些傀儡的脸吗？路昆摇头。老金说，你要记住这里的每一张脸，记住这些傀儡的五官，把他们转化成表演动机，将来到台上释放。

师徒俩要完成一段新节目。暗涩灯光下，老金拍球，震得人心底发麻。路昆冷着面孔，掌心朝上，要球。老金对着那些傀儡，做满不在乎状。路昆气得上蹿下跳，过来抢球。老金那副塔一般高大的身体于无声中避让，如舞如醉，路昆分毫触碰不到。接着老金背对着他，昂首挺胸，原地拍球。路昆像猫一样压住步子，看准篮球，向前翻轱辘毛，把球打飞。眨眼间，他把自己蜷成篮球跳过去。于是老金一边对着那些傀儡拍徒弟脑袋，路昆一边在师父手心下随节奏起蹦。师徒俩绕场一周，如影随形。这节目老金没写脚本，全在脑子里诞生，他提醒徒弟，时刻牢记哭不出的笑。于是路昆对着练功镜和木偶，每天笑着眨眼、悲伤，笑着发怒，这令他感到压抑。当他从道具库里走出来，觉得师哥师姐们全在笑他，他也想对他们笑，可是不知该用哪一种笑。

老金又训练路昆抱住篮球，跳上自己肩膀，把球放到他头顶后，踩球站稳。这也是老金发明的高潮段落，世界级难度。可是路昆害怕，就算他能扶墙暂时立住，只要师父两手从球上松开，他就会立即栽下。

师哥师姐们说，你跟他绑在一起练？他自己都上不了台，你跟他练个什么劲儿？再说这玩意儿没法上台，因为它太特殊了，哪个科愿接在你们后面？路昆不懂，老金何苦练一个没机会上台的节目，而且他受够了被他当球拍。

"您还是教我能在大厅里练的活吧。"路昆索性坐在地上，"您不想登台，我还想呢。"

"王八蛋不想登台！"老金正用针线给徒弟缝练功裤，一张嘴烟卷掉了，"你不是一直想上去当人尖儿吗？以后我来给你当底座儿。"

"可我不想踩您。"路昆把烟又从地上捡起来，塞进师父嘴里，"不想让别人看着我踩您乐。"

老金叼住烟，两眼失神中，又露出半哭不笑的模样。

"爷们儿，滑稽耍的是'帅卖怪坏'，你天生就是那个坏。"他继续缝针，声音变得粗哑，缓缓得犹如自言自语，"你踩我，我高兴。"

"可是滑稽戏真能拿金牌吗？"路昆又问。

"你怎么又他妈绕回来了，金牌是你用嘴问出来的？"老金掸掉裤子上的烟灰，让他换上，"咱爷儿俩能上台就有戏，事在人为嘛。"

"太好了，等我们的滑稽拿了金牌，您可别再交给他们。"路昆站了起来。

老金看着徒弟,眼神藏在眼镜后,又吧嗒着嘴抽起烟。

"小子,那不是你该想的事儿。和我比起来,你能登台更重要。"

团里调回一头科的老学员,指派老金负责教功。这人大名彭辉,中等个头,脸长得似银盘,一对粗大的眼眶里,嵌有白眼珠,嘴厚如泥。按老礼他得管路昆叫师哥,可新社会不兴这么论,况且彭辉早在十年前刚建团时就已入学,是变戏法的世家,眼下是从南苑外的团河农场插队回来。别看人家半路改攻杂技,可基本功比起路昆只强不差,这令他在老金面前压力陡增。不过他觉得这样也好,至少以后在食堂听闲话的,就不光只有自己了。特别是一旦吃饱,众人更要起哄让彭辉变个小戏法。每到此时他就挂出一副恭顺与冷笑交织而成的表情,令大伙儿无趣,散开练功。

路昆问他,师哥怎么才从农场回团?彭辉说当年在鸡舍里,他专为农民表演戏法,施展几次,军代表却逼他讲出机关。那等于砸他家传的饭碗,他誓死不干,于是每天拉沙子扛水泥,被强留至今。路昆又问为何回团还不演。彭辉说多少年没演过了,回团里也是一样，再说演了师兄弟自然缠着要学。索性忘了，忘了好。师哥笑笑。

每天练完基本功，老金便不管彭辉，由他在道具库研究戏法。彭辉也会看师徒俩合练滑稽，想从中学些表演套路。这人识货，很快从外面买来带把儿的大前门给老金敬烟，想学五官移位，出门便绝不跟其他人来往。

学艺的儿徒，若论师父疼不疼你，得看师娘留不留家吃饭。老金乐意把徒弟领回家，一来两口子可借此少打几架，二来把练功厅搬到家里，不用防人。老金有一女，大名金月琴，路昆知她不在行里，可仍喊她师姐。师姐眼窝深且眉骨高，浓黛睫毛下，双眸如水中净月，极深情状，随她爸。一条麻花辫，在身后如钓钩般跃跃欲试，平常讲话下巴颏儿对人，言语间充满肯定句式。唯身形矮短，算一明显缺陷，快十八了，个头儿只比路昆略高。但在她面前，师兄弟俩像是道具一样任由摆布，她若踢碗，俩人负责扔碗；她若拿单手顶，俩人扶稳条凳，彭辉还要护住左右。行里人讲"一看您这活就是师娘教的"，以此褒贬对方所学属于左范儿。彭辉说月琴确实是跟师娘学的，但咱师娘就是椅子顶大王。这话一箭双雕，捧人于无形。月琴翻起眼睛白他，却抿嘴乐。

"师姐将来要进新杂吧?"路昆问。

"让你们长长见识得了,我可不干这行,"师姐说,"太熬人了。"

"那你学戏法吧!"彭辉说,"我们是祖传的宫廷戏法,伺候老佛爷的。"

"拉倒吧你,闹革命先收拾你们这行,欺骗工农兵,罪大恶极。"师姐说,"我要学的,说了你们也不懂。"

老金家住里仁街西北口,砖石裸露的弧形围墙下,有一座木架支撑的青堂瓦舍。露筋的枣木门板、被砍伤的箱形门墩,以及藤萝摇曳的葡萄架,在空寂素白的天幕下,光影婆娑。初秋时,孩子们吃完饭当街乱窜,兄弟三人也趁老金打盹儿,使个小武术(彭辉底座、师姐二截儿、路昆当尖儿)叠立在树下摘石榴。快得手时,老金眯着眼,嘟囔着慢点儿啊,吓得三人撂着掉头就跑。

在老金屋里,路昆没见到他和总理的合影,或者是戴金牌的纪念照,或者什么演出海报。桌上有的只是草帽、烟叶、杂瓣子和鸡毛掸子,还有个笸箩,老金就是用里面的针线给他缝裤子。他悄悄拉开老黄铜锁当,从抽屉里一沓材料底下,翻出一张炭笔的宣传画。上面是个穿燕尾服、手持文明杖、戴领花和高顶礼帽的大个子,挺腰招手,身前有只乌鸦落在路牌上,牌子上写着"资本主义"四字。边上竖排大字:"狗特务金少声死路一条",名字还被打上黑叉。路昆像是被蛇咬了一口,把抽屉"哐啷"推回去。

傍晚他们围坐在院心里,坐在高矮起伏的瓦陶片和梅竹图案的花牙子雀替下,吃师娘手擀的芝麻酱面。老金却在老灯伞下,架着眼镜,又拿针线缝他的皮球,如在团里般沉默。只是听到女儿讲话,他会露出一口白牙,少见的没有心事的样子。父亲面前,月琴同样满脸骄慢、出言无忌,人却不再乱动,像长在椅子上。

有次路昆交出饭碗,让师娘添饭,师姐却忽然看他。

"知道吗?你被关小黑屋的时候,我爸每次回家都要念叨。有次饭没吃完,又回团里看你。"

路昆不语。

"老师真想给他好东西。"彭辉接过话,"教这小子学表演动机,提醒他多在活里用潜意识动作,这都是往他兜儿里塞钱呢。可惜新杂没有人认。"

"这都是他去苏联学来的。那儿有个叫波波夫的小丑演员,和卓别林齐名,当年他们一起在莫斯科比赛,还成了朋友,没想到如今不能提这人。"师姐说,"回国后,新杂给他开了三次批斗会,被俩硬气功演员从身后揪住脖领子,架到舞台上。他们说他是文艺黑线里的黑尖子、黑干将,还押他回来抄家,我们差点被斗死。我妈把波波夫送他的徽章和画全烧了,还让他别再碰滑稽戏了,可他哪里肯听?"

"原来老爷子不得烟抽,缘由在这儿。"彭辉自己嘀咕。

"他也被关过小黑屋,专案组命令他在里面写交代材料。"师姐紧紧地看着路昆,"现在团里有没有人,又说他什么了?"

"没有。"路昆说。

"那你就把耳朵支棱起来,他脸皮薄,忍惯了。要是谁再冲撞他,你年纪小,别硬来,回家告诉我。"师姐给他夹菜,胡噜他后脑勺,"我去团里跟他们闹。"

路昆闷头吃饭,脸扎进碗里。

老金的皮球终于缝好,他在球里塞满了棕,用胶带封住,外面安个小铁碗。有这道门子,球放头顶,徒弟就能踩住。不过路昆去侧台捡球时,量活的彭辉要把这个假球给他。为了配合徒弟踩头,老金先要平躺在地，路昆旱地拔葱，老金膝盖屈起接住徒弟。他抱球再蹦的同时，老金翻身，徒弟飞檐走壁一般，落到师父背后。最后一蹦老金挣命起身，徒弟跳上肩膀，始终像网一样罩住老人。这套三蹦站肩的动作，要的就是个斗榫合缝，有齿轮啮合的美感。

此后每到师徒碰面，老金一句"上脑袋！"路昆就要像猴儿一样蹿上师父头顶，单摆浮搁地立住。为了在球上保持平衡，他要时刻绷紧腰眼，稍不留神脚脖子就会转筋，手一扶墙，彭辉就要点他。老金嘱咐，怕他扶惯了会有依赖。

身为底座，铁碗扣头、双脚坠肩，即便承受小孩身量，老金也难消化。长此以往，凹痕血印那是外伤，眩晕痉挛才如釜底抽薪。更大的问题是，两条腿的膝关节不得不用绷带紧紧勒住，才能吃住劲，而且双目在眼镜后鼓起，有碍观瞻。眼见自己从半小时一下地，到后面越练越短，老人越歇越久，路昆心里轻松。彭辉却不再敬烟，请老金坐下。他说底座儿他也能来，老师示范几次就好，真压断脖子，吃饭就不香了。于是彭辉扛起路昆，老金专练这个尖儿，俩人轮流盯他的站姿、手臂位置和发力要领。甭说半小时，一小时他也下不了地。

那时团里每天给老师们上政治课，严禁体罚学生。老师们心里含糊，坐科学艺，不打不骂还要学真东西？好在老艺人们懂得变通，拿顶时再遇到屁股裹不紧、勾脚面偷懒的学生，甭管男女，照大腿里帘一掐，立刻长出一条滚烫的青紫色大拎唇，不怕你不长记性。踢腿时老师人手一根藤条，仿佛它自有尺度，随便一撩，腿踢到位就过去，没到位的肯定挨打。

唯独老金，教学时只拿卷烟，带有知识分子的黯晦消沉。也许是怕徒弟一下课就去告发，路昆没有挨过打，可他却自认最受迫害。原来有几科老师看这小子上手快，都爱抱着他在自己队里玩儿。甭管钻圈、踩跷、顶碗，跟在师哥师姐屁股后面，样样他都要得起来。从上海大世界过来的老哥儿仨，在团里专教小武术，他们找路昆单聊，说你费劲巴拉学个串场滑稽，不如来我们这科学攒底的正活，最高纪录十三人蝶式站肩，在台上跟孔雀开屏一样。我们把尖儿留给你，也不耽误你管他叫师父。路昆回来，老金也装不知道。

眼瞅师徒三人合练一年，站皮球上，路昆默数着被荒废的时间。偶尔他也去为师哥的戏法量活，帮他抛托（故意演漏）机关，俩人才能混个串场。赶上他们状态不盘道，一使起活难免别扭。历来底座都爱刺棱尖儿，谁让当尖儿的岁数小，被师哥骂几句正常。但路昆脾气属狗，更不懂别人难处，下地后逮谁跟谁翻脸。他能在食堂对着彭辉连踢带挠，师哥大他一轮，哪能还手，顶多按住师弟脑门，碰不着自己就行。

道具库里，哥儿俩私下打得像在热窑，老金一到，他们又浑然一体。滋要老金去上政治课，这俩又立即分开，去他妈的谁也不理谁。再合练时，老金站他们身前抽烟，一支抽完又来一支，熏得路昆在上面流鼻涕。老金忽然抬手一推，他连人带球摔到地上。

"你的脸和从前不一样了。你在球上过于正常，忘了我教的潜意识动作。"老金说，"你忘了滑稽演员不能只会傻乐，忘了每次上球两条腿要一直哆嗦。尤其是登台表演的时候，否则观众看不出你害怕。"

在师哥搀扶下，路昆咬牙站起，他的脚踝崴到地上，疼得冒汗。

"你抱球的姿势也不真，观众一看就知道我们用了两个球。"老金从地上捡起他缝的皮球，递给徒弟，"你要用肢体语言跟道具合二为一，否则观众就不会相信你的表演。"

"哪儿来的观众。"路昆低头嘀咕，"这东西根本上不了台。"

老金目光笔直，盯着徒弟，直到彭辉把球接过去，他半天才眨一下眼。

"你去别的科晃荡我不拦你，滑稽戏本就不该有门户之见，所谓博采众长、天马行空，你外面学到本事，回来我叫你老师都可以。就怕你这么下去什么也学不好，糟蹋的却是我的东西。"老金手指夹烟，在徒弟脸前戳来戳去。

彭辉拍拍师弟，提醒他别还嘴，同时重回位置扎好马步。路昆却梗着脖子，全身硬邦邦的，小脸像极了被踩在脚下的皮球，涨得发紫。老金还要张口，徒弟却把头压低，身子一蹿，使了个钻地圈的动作，撞向师父肚皮。老金能在滑稽戏里躲过徒弟抢球，眼下却躲不过他这一撞。他仰面退步中脚下拌蒜，摔了个老头钻被窝，头还磕在条凳上，极响。彭辉叫嚷着去扶老金，很多老师也涌进来瞧个究竟。文联系统里，徒弟打师父虽不鲜见，但在新杂还是头一桩。看着老金的贝母色镜片上开出两道新裂隙，众人纷纷劝慰：至少咱也出了个"反师道尊严"典型。一旁，路昆被彭辉单手勒上墙犄角，双脚离地。

那天还没下班，老金就离开了道具库，径直走出新杂大门。彭辉说，咱俩完了，金老师一定去搬救兵了，师娘和师姐很快就到。千防万防，家贼难防。后来才知道，老金从新杂一路走到内城紧靠城墙的一个大水坑，站到半夜才回家。那里常年能看到自杀后漂上来的尸体，男女老少都有。可是谁也不知道老金去那里做什么。

新杂接到任务，要去人民大会堂给外国元首表演。更令人震惊的是，上级要求节目单上有滑稽戏，点名要看金少声演。团里安静了。

路昆想不通，身为叛徒的老金，早就是不许登台的看管对象，怎么还能被点名，上大会堂演滑稽？他心里为当时顶撞师父感到懊悔。

新杂连日组织学员开会，要求发扬新杂人特有的拼搏精神，彻底实现零失误。由于师徒合练的《拍皮球》没有通过，老金只能独演一个节目《快乐的炊事员》，路昆和彭辉就被招进大集体节目加练，失误一次重练十次。回道具库里，他也暗暗观望，害怕老金反攻倒算，令他精神紧张到小便失禁，尿一度流到师哥头上。

被点名登台的老金，并没有团里要求的那种振奋。他一不提当年进中南海怀仁堂演出，总理当面定名"杂技"的往事，二不传达失误就是犯罪的会议精神，他仿佛成了团里唯一的哑剧演员。放走徒弟后，他把自己关在了道具库里，彭辉说他见过金老师又在搞创作,一个伟大的节目就要诞生了。食堂里也有人说,"叛逃国外"就是句玩笑,老金当年跟随新杂演遍祖国大地,矿山、油田、山洞、树林,大大小小上千场都打不住,人民大会堂还没完工时他就参加过"群英会"了。压根没人相信他真会叛逃,而且那也不过是个别人在以讹传讹,今后大家不要提了。

演出前夕,每天有辆墨青色、圆头圆腚的斯柯达克罗莎型客车,接新杂的小演员去小礼堂。孩子们一下车先吃早餐,再溜达到专为贵宾演出用的小礼堂,一起适应场地、装台,晌午再坐车去北京饭店吃饭。新杂食堂按说标准不低,和这里竟不可同日而语,菜心鲍鱼、金钱牛里脊、香酥去骨鸭,还有猴蘑扒盏菜,吃得路昆腮帮子发酸。喝冰糖莲子时,他问师父吃什么,师哥师姐们像是不认识他一样,守着各自的碗。众人饱食后,捷克车拉他们回团睡午觉,下午又送到小礼堂。就这样,路昆在北京饭店连吃三天,餐桌上没重过样。

演出头天傍晚,师兄弟在道具库里试新彩衣。老金进来,坐木箱上。

"饭店好吃吗?"老金问。

"好吃,尤其是水晶馒头!"路昆说。

"水晶馒头?"老金问。

"师哥给起的名儿！那小馒头特白，蒸出来是透明的，摆上桌能把整个餐厅都照亮了。"路昆忽闪着长睫毛，酒窝笑成花生粒，"一进嘴里又软又甜，比富强粉做的好吃多了。"

"多久没练功了？"老金问。

路昆不语。

"金老师，我们在小礼堂也排练来着。"彭辉说，"小武术，白给一样。"

"拿个顶我看看。"老金对路昆说。

路昆用手顺顺喉咙，使劲咽下几口气，打嗝。

"金老师，他刚吃了十个水晶馒头，现在拿顶还不全倒出来？"彭辉说。

老金对着路昆弯起眼睛，又做哭不出的笑脸。孩子一愣，这才跟着笑。

"小子，终于要上台当尖儿了，还是人民大会堂。"老金说，"这下称心了？"

"我不会给您丢脸的。"路昆说。

老金摆手，眼中神采透出贝母色镜片。

"犯错误不丢脸，没人可以零失误。哪怕从上面掉下来十次，舞台也会接住你，只要你把节目演完。"老金说，"丢脸的是那些无视失误的人。"

这个说法和团里宣传的不一样，哥儿俩不敢

应声。

"我知道耽误别的老师教你,你记恨我。可你知道我为什么偏留你练滑稽?"

路昆低头,左思右想。

"你想过吗,咱们杂技人吃尽苦头,为国争光,为什么反不如京戏评剧风光?"

"为什么?"彭辉问。

"咱没人物没表情,没有那张人脸。每个坐在台下的观众,全是来看惊奇特、看意外的。可是演出一结束,没人记得你是谁。"

老金把路昆搂到身边,用手捏住他后脖颈。他喜欢这样,路昆也喜欢这样。

"小子记住了,咱不做夺金牌的工具,咱只要自己的脸。就靠滑稽戏为这一行留下脸了,这只有你能做到。"

"金老师我们记住了。"彭辉说。

"以后就是你扛着我喽。"老金像是拄拐一样,撑住路昆肩膀站起身。

路昆抬头望着老金,张开嘴,却讲不出话。他只会蹦高骂人。

"干这行要指望观众吃饭不假,可我们不是要饭的。水晶馒头是好吃,可吃多了,很多动作你就做不出来了。"

老金摘下眼镜,在身上拍了拍,从上衣兜里摸出半根烟。

"换好衣服就出去吧。"老金说。

"您不一起走?"彭辉问。

"让我给您量活吧。"路昆盯着老人看。

"我这个活,你量不了。"老金说。

那晚在小礼堂,路昆踩上师哥肩膀一亮相,就听台下掌声四起,像是师娘的面条溢锅了。他并不知道,小礼堂当时只有半座儿,半座儿里又有一半是警卫。至于哪个是总理,哪个是金发碧眼的外国元首,他更看不见了。他只知道身穿彩衣,在攒底的集体节目做人上人的感觉太美妙了。

回到自新路的师父家里,路昆趴在师姐床上,浑身遍布着兴奋退去后的疼痛。他裤子又漏了个洞,师姐正对着他的后屁股缝线。

"师父说,他的活,我量不了。那天在小礼堂,我倒想看看他使的什么活。"路昆顿了顿,师姐并没搭话。"可是我在侧台一直站到集体谢幕,也没等到他的节目。"

他忽然感觉针尖扎到自己肉里,疼得小屁股蛋一紧，比拿顶时还标准。

"我看见他了。"师姐说。

他回过头，师姐却错开脸，把他按了回去，叫他老实别动。

"他空心穿着逃荒时的旧棉袄和破棉鞋，身上系一条麻绳，二十级台阶一个平台，他走到一半后坐在地上。当时你们所有人都进去了，但是他坐在地上。两名工作人员低头紧盯这个光着身子穿黑棉袄、腰上缠一块包袱皮、裤脚用绳子系住的老头。他们绷着脸问他，你是谁，怎么跑这儿要饭来了？他说我是滑稽演员。你怎么坐在这里？我不知道。他说。接着门口有走出来的、转身回去的，还有握着枪的，紧张得像是踩了地雷。你知道，现在特务很多。"师姐说。

路昆把脸扎进枕头底下，憋得心里闷沉沉的。

"那是我头回看他演滑稽。"师姐说，"那张摘掉眼镜后，五官移位的脸，还有跟醉鬼似的双臂向后架起，弯成飞机的身骨。他让他们进去通报，他金少声来了。我现在还是觉得他不会演滑稽戏，但他又是最好的滑稽演员。我以为我就要为他收尸了。"

"你说的这些，我怎么没看到？"路昆问。

"你们团谁也看不到，只有我能。"师姐说，"因为我是他闺女。"

新杂有能耐大、散淡惯了的老先生，受不了长久的按时练功、上下班的拘束日子，或者由于节目丑陋不雅、道具过大，也不适合发展要求，被淘汰出去。比如《螺旋式飞车》和《自行车钻火圈》，每次演出除了带一辆德国产的线闸自行车，还要运送一个六米高、直径四米的圆桶，观众还得扒着桶沿观看。而且自组的飞车走壁队只有一个演员，内容也过于惊险，所以团里演出基本没份儿。老不登台，演员就废了。当然，有人登不了台还不是技术问题，比如金少声。眼见几位老伙伴相继离开，但是他不能走，他还要带徒弟。

师徒俩一起进了演出队，跟着文化局去石家庄慰问。绿皮车慢，慢到他们足以看完一朵又一朵云在天边聚散。看累了，路昆就拿出三个土豆练起抛接球的手技，漂亮的肌肉在云下熠熠发光。

"师父，我什么时候能在台上给您量活？"他问。

"没有人告诉你吧，我以后也不能上台了。他们说我还没有平反。"老金说。

路昆没说话，他知道不能上台，对于一个演员的滋味。

"以后我当你的观众。"老金说，"我在台下看你。"

"您什么时候才能平反?"路昆问,目光透过翻飞的土豆看向老人。

"还不知道。"老金皱缩起那双善于伪装的眼睛,做出可惜状,"你长大了,个头儿太大,演滑稽就困难了。"

"那怎么着?要不然您把我锯了。"他依次接住土豆,看老金,"您信不信,我就是半拉身子他们也演不过我。"

老金咧起嘴,大眼睛乐成两道拱桥。

慰问演出,同行单位还有京剧院、曲艺团、评剧院、河北梆子和歌舞团,由文化局带队过去赶大集。众人到那才知道,每个团占一个大棚,头顶的席棚全用麦秆搭成,脚下是一个破木台。老乡们在集上各走各的,爱看不看,像是早年间在天桥撂地。即便如此,也是杂技台前观众最多。

演出结束,路昆和师哥们忙着换服装收道具,老金去茅房解手。出来时一不留神,碰倒了京剧院一花脸的皮箱。老金笑着说,"小伙子对不住,我没看见。"花脸在台上抡铜锤可以,讲话却没个轻重,骂骂咧咧半天后,竟让老金把箱子舔起来。寸了,这一幕正被在乐队打扬琴的姑娘撞见，她一路小跑回来，说外边不知道哪团一孙子，欺负金老师！路昆正蹲在台口，跟台下的彭辉斗嘴，一听这话两眼发直地冲出去，彭辉和其他学生也接连跟上。

过去讲"好武艺打不过武把子"，没人敢跟京戏武生递葛。所以花脸和京剧院的武生们见对面赶来一伙人，个个架着翅子肉，乌泱乌泱站成一片，心里不免纳闷。两拨演员码好位置，局长团长夹在中间。彭辉拦住路昆，众人理论。

"孙子，你丫满嘴炉灰渣子是吧！"路昆说，"今儿小爷我就给你掏一掏！"

花脸问你们哪儿的，彭辉亮出新杂招牌，武生们一听对手是杂技演员，已走掉五分之四。

"我们也回去吧，显然这是一场误会。"团长笑中皱眉，看着路昆，"不要让领导和乡亲们看笑话，不要再丢新杂的脸！"

可是师哥们知道，只要路昆这狗屁脾气上来，不让他打着人今儿这事完不了。所以他们虽比路昆劲儿大，可谁也没玩儿命卡着他，加上这小子身手灵活，刺溜一下挣脱开，骑着花脸就打。

"金少声人呢？"团长见铆不动他，押直脖子吼他师父，"金少声！"

此刻老金早被众人挤到后面，听到团长叫他，忙伸出双臂挤进队伍，搂住徒弟。

"这就是你护犊子护出来的小混蛋。"团长说，"不给你平反是对了！"

路昆趁金少声这片刻的松动，一脚踢飞花脸的衣箱，由里面甩出两件绣蟒的官衣。接着他立眉瞪眼，脸贴团长。

"怎么着，真以为自己成嗨腕儿了？"团长说，"难不成你小子还敢动我？"

"杂种操的！我打你还他妈看皇历？我师父干什么了你不让他上台？他干什么了？"

老金终于没能按住徒弟。只见路昆胳膊肘发力，照着团长胸口就是一拳，师哥们这才在慌乱中把他四肢锁住，还有人捂嘴。他们像是抛接球一样，把小师弟交替传送到队伍尾巴。

彭辉蹲到地上，把散开的官衣捡回箱子里。老金接过衣箱，拿给花脸，扶对方起来。

新杂积极淘汰糟粕节目和荒废的老演员，各演出队补充年轻学生保持活力，可在上千人的中山音乐厅连演半年，场场爆满。别说是鲜鱼口的吉祥戏院、广和剧场，就连王府井大街的首都剧场、工人体育馆的万人演出,那也是几个售票口被群众队伍围得里外三层,包粽子一样。路昆有了师弟师妹,但他依然是最得宠的小子,只要他一出场,山呼海啸,辉煌程度不虚八个样板戏。

他成了新杂的二台柱。一场晚会十五个节目,中间要有他四段滑稽,才能串成一个整体。别人的节目他也能伸一条腿,以至于来不及化装和换服装。可是一个队平常有近三十个节目,相当于多一半的师哥上不去台。尤其是顶坛子、蹬桌子这些卖傻力气的活,年头和功夫比谁都足,一演出就被舞台监督筛下来。没办法,观众爱看他们漂亮的小师弟演滑稽,晚会的每段高潮也要靠他顶上去。

这当然得益于站在他身后的师父。既然不能登台,老金便整日盯着徒弟练功。他深知自己这辈人的能耐,顶头不过是技巧赢人。在波波夫的表演体系里跌跌撞撞半辈子,练成哭不出的笑,也不大好使。他只好绞尽脑汁,把各门杂技融进滑稽戏,打磨结构、设计意外,还要画出脚本。从简单的《抢椅子》《抢帽子》《打嘴巴》《跳跷板》,到用哭不出的笑模仿悬丝傀儡,老金把滑稽当成一门艺术,眼看着路昆的脸一点点完整、立体,直到成为一个人。路昆也盼着,何时能跟师父同台演出,他习惯了老金在身旁压阵,心里面踏实。

身怀各科绝活的路昆,技术形体可以假乱真。光是《抢帽子》一招,在他弯腰伸臂,眼看手指就要捡起地上的帽子时,他却用脚尖快速踢走。捡和踢同时完成,快到在观众眼前形成视觉差,以为地上的帽子像魔术一样会自己飞走。再说金牌项目皮条爬杆,正活表演前路昆要先从后台蹿出,单手抓杆,一条胳膊带动身体,空中绕杆连转三圈,本行师哥都拿不下来。可每次身体腾起,按照老金设计,他必须松手,像一把戳在地上的刀子那样,将自己摔出去,动静还要响彻剧场。为此他苦练各种摔法,他知道只要摔得越重,观众笑声就越热烈,那是一个急需笑声的年代。

当徒弟在台上摔跟头时,老金坐到台下检验观众反应。身边路昆父母,看儿子出来进去,全团最忙,高兴极了。他们问老金,怎么别的演员都在天上像孔雀开屏一样,我儿子却总摔到地上?老金说因为他是滑稽演员,使命不一样。

终于老金告诉他,假如你不懂表情和动作背后的动机,哭不出的笑和摔跟头都不过是为了模仿而使出的怪样。你不该模仿我,这样下去不会有什么出息,咱们吃就吃在模仿这个亏上了。路昆问,您不管我了？老金说其实我也不会表演，可我知道滑稽戏里摔跟头是为了讽刺。这需要你走到外面，去讽刺你能看到的一切。记住你是个艺术家，你不是真的傀儡。

路昆被赶到街上，整天盯着别人的脸。巡警侉子追上来，以为他是盲流，他立眉竖眼，嘴里吧嗒吧嗒装聋哑人，轻易就把警察骗走了。各大影剧院哪里演话剧舞蹈，他第一个溜进去，买点头票看。杂技演员看芭蕾，传出去新鲜，他就请师姐一起去看。看着舞蹈演员在台上单腿鹤立，师姐问他，怎么样？他说挺好看的，就是穿得真少。师姐没说话，眼含泪光。

回去路上，俩人绕着新杂的胡同兜圈。师姐像是自有方向，八字步脚下生风。路昆跟在身旁，意识到自己已高她一头，不由得心满意足。

"我不进芭蕾舞团了。"师姐忽然开口，鼻音浓重，"他们说我跳芭蕾有股杂技味儿。"

"不去更好。"路昆一脸愉悦，想拉师姐的手，"他们那几把活才没看头。"

"全赖我爸，非要干什么滑稽。"师姐两手攥拳。

路昆不语。

"我要结婚了，你师哥跟你说了吗？"师姐扭头问他。

"结婚？"路昆止住步子，"你为什么结婚？"

"他想去'北歌',结了婚,我户口也能跟着落进去。全市的文艺团体,一看我是金少声的闺女,跟他妈除'四害'似的撵我。既然跳不成芭蕾舞,我就挑个靠拢组织的单位,'四害'还有平反的时候呢。我告诉他,去'北歌'就领证,否则免谈。"

师姐转身昂头走道,只是八字步明显收敛,改两手背后,像是巡视一般。

"他又为什么要去'北歌'?"路昆追上去问。

"你是不是跟我爸学傻了?人家当然许给他分房提干了,他还能自己去给国家领导人变魔术。在新杂他算什么?谁节目时长不够了才找他救个火,吃屎都赶不上热乎的。"师姐说。

"想不到魔术还能变出这么多好处,难怪他变得神出鬼没了。"路昆说。

"他也在权衡,备不住拿对方提的条件跟你们团长聊聊待遇,再说新杂也不一定放人。"师姐抬起眼皮,瞥了师弟一眼。

天空残留着少许丝绒质感的云霞,暖意重新浸入安静氛围,沿着护城河沿,不觉中姐弟俩已离新杂很远。

"你现在不用道具库了?"师姐再次打破安静,"我和你师哥打算合练魔术,用你那块地方好不好?"

"你不是讨厌魔术吗?"路昆说,"再说有什么好问的,反正你们什么事都背着我。"

"阴阳怪气,这不是有老爷子管着你吗?爱听不听啊,老头爱滑稽戏,你就跟他面前演戏。把他稳住了,不耽误你出去走穴、跟团长吃饭。你的道具小、能耐多,在新杂还有进步空间,别再为了不切实际的想法,连累身边的人。现在到处都提倡解放思想,谁和谁还深仇大恨?"师姐讲完叹气,"我就是血的教训。"

在长长的河沿,路昆想到师父曾被自己撞翻,气得半夜跑到这里,如今他开始体会到相似的困惑,难掩心中黯然。

"师父说,摔跟头是为了讽刺。"路昆说,"你明白讽刺什么吗?"

"听他给你说山呢。你们团长正扩招新学员呢,他还组建了艺委会班子,编《新时代杂技艺术理论与实务》。要我看,新杂早晚要统一调性,凡是观众反响差、道具成本高、内容低级、不合时宜的节目,都会被取消掉。"师姐说。

"随他们便,反正谁的节目也少不了我。"路昆说,"我只惦记着师父早点平反,我还没在台上给他量活呢。"

"傻帽儿,京剧、芭蕾舞、相声小品,各家已经拉开架势抢地盘了。新杂需要宏伟盛大的集体节目,需要有夺金实力的高难技术,不需要艺术家。"

"这全是彭辉跟你说的吧。"路昆说,"你以前不也说师父是滑稽大师吗?"

"我以前还觉得全世界处于水深火热呢。团长就因为滑稽门有了你,才有底气停老头的演出。真为你师父好,就干出点儿成绩。"

路昆发现他被师姐带到灯火通明处,两人站在空旷的广场上听钟声报时。他认出这里是北京站,在站前广场他们显得格外渺小,还被武警注视。

新杂陆续接到出国演出和比赛任务,团里选拔节目,从柔术、中幡、走索,到蹬花伞和驯白鼠,团长看着演员身穿一件件龙纹唐装、犀牛胄甲和束腰绑腿,看着金丝线绣的偏襟上衣和一丈彩绸的流星锤从头顶舞过,眯眼喝茶。轮到路昆上来,团长差点没呛死。只见他脸蛋抹着腮红、嘴部勾线,穿起自制服装——一半绿色警服,一半红色背心,表演滑稽戏《二鬼摔跤》。这是他专为和师父同台写的节目,可是老金还没平反,路昆只能一人分饰两角。通过五官移位，他用不同侧脸表演两个人吵架，当警察骂哑巴时，还朝中央的团长使个眼色，好像他们是一伙儿的。哑巴起急却说不出话，另半张脸开始哭不出地笑——双眉高高翘起同时咧开嘴岔子。高潮段落，路昆两条胳膊左右互搏，连续摔出漂亮跟头，绿警服和红背心翻滚在地，还有口技逼真表现挨打和哀号的环境音。主席台鸦雀无声。

团长当场给出意见：让丫写检查，限期整改。

当天路昆站团长办公室门前，骂了三个小时，他说你宁可让白鼠出国也不让我演是吧？我操你姥姥！团长在屋里憋得小便失禁，隔着门喊，你小子能耐大是吧？信不信我养废了你！这是杂技演员最怕的一句话——好吃好住，登台无路，逼你自废武功。对待老金，就是这招。既然路昆想学老金，怨不得团里一视同仁。师哥们看不过去，分拨去找团长，说他毕竟还小，要停只停讽刺滑稽，犯不上把人毁了。后经领导决议，新杂全年的慰问演出都分给路昆，以此帮他将功折罪。

路昆被编进了广播艺术团的演出队，他几乎每个月都在最艰苦的地方和老山前线慰问。当攒底的集体车技绕场时，他望着最上面那个尖儿，五内俱焚。他知道在这里师哥师姐谁也不需要在节目前加滑稽，或者让他演个小段儿串场。他们习惯了整齐划一地演传统活,各科的难度和花样也比他深。他每次临场发挥或者假装抛托,才是累赘。

由于腰伤发作,他开了张假条,不再慰问演出。晚上他和师哥师姐们一起坐大厅里看电视,上面播着彭辉在中央电视台演魔术。

"你们谁能看懂他的机关?"有师哥举手指向屏幕,"想不到玩儿道具的活也能成腕儿。"

他们又回头看路昆。

"你怎么没去慰问?后面还有三个军等着你呢。"

"你们丫怎么不去,凭什么累大爷我?"他两眼盯着电视。

道具库一直空着,师姐和师哥搬到一起,早用不着他这里。

他干脆回家泡起病假,几天都不去团里上班。炎炎烈日下,团长蹬车找了过来,但这回是路昆不给开门。

"我正式通知你,明天回团里开会,准备去美国。"团长拽不开把手,拍门。

"你挨他妈什么骂?又骗我慰问去。"路昆躺在床上喊,"大爷累了!哪儿也不去!"

"这次真不是慰问。"团长说,"你先让我进屋。"

他在床上四仰八叉地眯着眼,团长在地上转磨。

"上次出国演出,咱们团里跑了俩。"团长身子歪过来,低声说。

路昆刺溜坐正,挠了挠刚刮的光头。

"咱们团学生太多,他们肯定走不了。明天开完会你抓紧办护照,否则这次任务完不成。出国人员是一个萝卜一个坑,多一个不行,少一个也不行。"

团长眉头紧皱,朝他点了个头,起身要走。

"我师父能去吗?我保证他不会跑。"路昆一把拉下他,点火敬烟,"我负责盯着他,我小时候就盯过他。"

"你开什么国际玩笑?"团长把烟推开,肉嘟嘟的肿眼泡翻了起来,"他可还没平反呢。"

路昆垂着脑袋,把火吹灭。

路昆依旧不能演讽刺滑稽,他在国外负责给演员加餐。到美国一下飞机,众人被当地华商和留学生接走,领着他们吃饭、买东西、看录像,还有人让他们留下。彭辉拉着路昆跟他们说,把这小子交给我。哥儿俩脱离团长视线,自驾福特野马,在州际高速公路飞驰。

"我跟你师姐结婚,你不高兴了?"彭辉说,"说真的,你要是想留在美国,我帮你申请永居证。这里六旗集团的Magic Mountain老板是我朋友,他的马戏团每天有四个时间段演滑稽。他还有个漂亮女儿,你真该见见。"

路昆反戴着鸭舌帽,坐副驾驶位,玩起了汽车的收音机旋钮和真皮座椅,车内发出鼓噪的黑人音乐。他所难过的,好像一切都属于表演机关,被彭辉隐藏起来,有神秘用途。

"被老爷子领进这一门可够倒霉的。"他把话岔开,"如果不干滑稽,我早成武打明星了。什刹海体校一个武术队的李哥,演个电影就火遍全国。"

"如果没有老爷子,你注定是一个少年犯。是他救了你,是他在用滑稽戏改变你。"彭辉说,"我们都是这么想的。"

路昆戴上灰绿色蛤蟆镜,别过头去。师哥紧握方向盘的同时,笑着看师弟。

"当年我在农场被欺负,也和你现在一样。我本该比所有人都先回新杂,那时我问自己,如果不会魔术挨整的就是别人了吧,或者这么坚持到底值不值?"

路昆面朝平静的漫无边际的深海,望向蓝色峦纹上蒙着的那层银灰暮霭,维持笑容。

"老实说我不知道,我能想到最好的答案就是不知道。"彭辉说,"每个人都想戳穿我的机关,可是一夜之间,所有人又想看我骗他们。"

"操。一夜之间。"路昆咳了口痰,打开车窗,吐了出去,"如果滑稽也能像魔术这样,一夜之间登上大雅之堂,今天开跑车的人就是我了。"

公路开始弯曲,绯色夕阳透过彭辉那一侧的峡谷洒进车里,令两人身上如同燃烧一样。彭辉暂时放下了话,随着跑车飞速行进,铜棕色的层崖峭壁,依次展现出巨石嶙峋的一面。

"我没你能忍,我随时可以离开。"彭辉说,"可你能坚持到现在,说心里话,我没有想到。"

晚上,洛杉矶华人商会设宴,彭辉着长袍、披彩单,演古彩戏法海碗变鱼。路昆终于能在脸上涂银白色油彩。随着肩上大褂一抖,师哥先来个空碗取水。路昆向师哥要鱼,彭辉摆手犯愁,海碗再入大褂,须臾间,一尺的玻璃碗内已有金鱼欢蹦乱跳。喝彩中,路昆手捧鱼缸拿单手顶,向观众展示。

掌声持续,师哥把手蘸进鱼缸,对空气弹指。遍地开花般,观众席里接连站出无数美国小丑。按照设计,身穿礼服的小丑们从四面八方走向路昆,上台击掌,变幻醉人微笑。他们演起卓别林的无实物擦玻璃,还一起抢椅子。路昆很久没演抢椅子了,做起动作却快如闪电。他头一回见到这么多滑稽演员,还和自己一模一样。他能感觉到血管正急剧跳动,同时仿佛又不知自己是谁,心里极度孤独。

路昆转身,朝师哥使个眼色,做出要使对头顶的意思。彭辉扎好步子,两人双手相互攥住,试一下力。随后师哥屈臂,稳稳承住师弟。只见路昆双腿绷起、慢慢离地,直到身体升过师哥头顶,舒展四肢,如一束花朵绽开。众小丑和观众掌声雷动,还喊起他们听不懂的洋文。

师哥仰头看他,"再问你一次,想不想留下来?"

他看到师弟那张哭不出的笑脸,肌肉颤抖不止,眼珠充血,咬牙却不答话。

深夜,路昆背靠走廊墙面,独自坐在地毯上喘气。淡橘色灯光下,他脸上的妆花了,但迟迟没有擦掉。他始终闭着双眼,歪着头一动不动。

路昆回国不久,新杂内外,特异功能者俯拾皆是,社会上美其名曰"科学主义"。所谓沉渣泛起,一拨捞不到演出的硬气功演员,也冒出来成了学界领袖。过去在天桥管这一科叫"大腥买卖",和杂技的"尖买卖"以示区分,借喻里面有"托"。这伙人从大力金刚指、掌削鹅卵石、灯管吊人、踩鸡蛋,到银枪刺喉、汽车过身和钢筋铁骨吞宝剑,没有他们不玩儿的。前面表演全是铺垫,靠后面卖膏药和大力丸挣钱。当然,吞宝剑两面不能开刃,演员平日用木头和菜帮子给嗓子眼捅大,练就神经麻木。头撞石碑的石头更要敲酥,底座的铁架把石碑卡好角度,反作用力下一磕即碎。至于手指钻砖,事先要在砖上钻个小洞,把砖末和水再填回去,表演时找准位置手指一钻就簌簌地掉砖面子,瞬间可钻出洞眼。诸如胸口碎石等,概莫如此。这行虽也练功,但主要是忍功。当初组建新杂时,这一门的人也来应考,结果无一录取。后来为了艺人团结,才勉强归马戏队管,却始终上不得台。

如今他们被远接高迎,聘为顾问名医,又组成"气功团"去英美做报告,自然也想在新杂继承正统,在各科面前打翻身仗。正好此时的路昆没有演出,他不想继续在串场活里,为了迎合别人,无谓地洒狗血、摔跟头,为此他反复提出要演自己的节目。等他在办公室和练功大院里骂也骂了、闹也闹了,师哥师姐躺在车上，手摇着脚蹬子与他擦肩而过，仍没人搭理。他只能回家泡病假，或者把道具库反锁起来，和新杂的五朵金花幽会。

大师们把他请为座上宾，席间好意劝他入伙，更不惜动用人体生物能为路昆隔空斟酒。"你小时候我就想教你气功，可惜你师父拦着，其实都是马戏队的，谁看不上谁啊。如今我的徒弟遍布全球，比十个新杂还多，你师父又不管你了，还得说咱爷儿俩有缘。凭你的滑稽为我量活，行里有句话怎么说来着？这就叫'腥加尖，走遍天'。有假有真才能站得住脚！"见路昆不动声色，大师举杯跟他桌上的酒盅一碰，先干为敬。所有人喝完后，路昆绕过面前的酒盅抄起酒瓶，一饮而尽，面容痛苦。

路昆去看师父，他很久没有看师父了。他特意到王府井的建华皮货，花一百四十块钱买了件立领的蓝色小牛皮夹克，又穿上从红都定制的高跟三接头皮鞋、紫罗兰色的喇叭口裤子，腕子上戴着美国买的英纳格，还借来一辆绿色的加快轴凤头车，驮了两箱二锅头，尼龙网兜里揣两条万宝路，去看师父。

推车进院时，师姐帮忙把东西卸到地上，说自己正在往新杂调，躲来躲去还是要干杂技。路昆说，还是师哥有本事。师姐又说，老爷子跟北屋看报呢，你今天别多说话。路昆活动五官，提起笑脸，推门进屋。

他一眼看到地上放着脸盆，师父正两腿挺直并拢，弯腰蜷着双臂洗手。

"师父，我看您来了。"路昆去取毛巾。

老人转头瞧瞧徒弟脚上的皮鞋，接过毛巾，擦干双手。

"你穿这裤子是上我这儿扫地来了?"老金笑笑。

"那您给改改，您改过的裤子我穿着舒服。"路昆说。

"我可不想改你这个，我也改不了。"

老金坐藤椅上，继续打量徒弟。路昆的花衬衫上敞开三颗纽扣，露出毛乎乎的胸脯，袖子正好卷到手腕上方，卡住手表。

"真晃人嘿。"老人用贝母色眼镜挡住那双善于掩饰的大眼睛。

路昆磨蹭过来，师姐也赶紧站到一旁。

他从衬衣兜里又取出一块手表。

"这是去美国演出，当地游乐园老板送的一批表，镀金表盘、双日历。"路昆说，"团里每个人都有。"

"昆儿有出息了,"师姐说,"心里知道惦记您。"

"新鲜玩意儿。"老金仍然盯着徒弟手腕。"可是我们文活演员,身上从来干干净净儿的,因为在观众面前显贵是大忌。灯光一打,还刺观众眼睛。"

"这不是没有观众吗?"路昆说。

"我就是你的观众。"师父取下眼镜,严峻双眸中渗入黯然,看向徒弟的脸。

"赶紧摘了。"师姐提醒。

路昆迅速把表从腕子上摘下来,放进屁兜里。老人头上像是洒满银霜,尽管精气神挺足,但皱纹已如麻线一样勒在面额。师父越上岁数,徒弟见到就越犯怵。

"师父,我错了还不成吗?"路昆说。

"是我错了。你最近跟那帮干腥买卖的挺对路?在团里上班三十多年,我从没见他们有过什么超自然能力,也没见他们练过这种神功。早见过的话,你也犯不着跟我苦练三年拍皮球,耗到现在才认人家这个门。别怪师父,你知道,尖买卖和腥买卖永远不是一家人。"

"这是谁毁我呢?"路昆瞪大眼睛,疑惑中转头看向师姐。

老人把报纸拍到桌上。他看到一幅跨版照片,大师在表演隔空斟酒,坐旁边眯眼观看的人就是他,配以醒目标题:《万有引力在气功大师身上失灵》。

"爸,昆儿也不能和他们弄僵吧,这说明他会做人了。这是好事。"师姐说。

"嗯,会得真多!"老金点头,脸又变出笑意,"他还会锁道具库、泡病假、在练功大院骂街,这么多能耐,哪样儿是我教你的?"

路昆仰起头看屋顶,使劲咽唾沫,脖子上青筋毕露。

"爸,他也有他的难处。"师姐说。

"滑稽是我的使命,这总是您教的吧?"路昆问,"我不想总给别人当混儿。"

"小子,将我?"老金猛然站起,身姿依然挺拔,"你小时候,没份儿登台,自己知道跟道具库搭个桌子练功、学谢幕。你瞧你现在,就算让演滑稽了,你能登台吗?我说过,哪怕是掉下来十次,舞台也会接住你,只要你把节目演完了。因为演员是要活在台上的,上一天台就美一天,上两天台能美一星期,你连舞台都敢丢,哪还来的使命?"

老金背过身,拿起笤帚扫炕。

"有些人一上台就卖惨、卖委屈,可这不是滑稽使的活。滑稽从不卖委屈,不卖别人不能忍受的痛苦。你觉得你冤,胳膊折了怎么样?藏袖管里,难受劲儿别到处散。到了演出的时候你演不了,那才是这行的耻辱。咱爷们儿要脸要面儿,别忘了你是艺术家。"

路昆说句"我回去了",出门就推着凤头车要走,师姐前后脚跟了出来。

"你师哥月底回国,团里要去西亚北非演一个月,让他带着你。"师姐说,"老头太久没见你,他怕你打退堂鼓,才把心里想的一股脑全倒出来,你要会听好赖话。"

路昆扭头望向里屋,看到老人在揉报纸。

"还是那句话,想跟老爷子同台,你自己要先在台上立住了。回团去认个错,后面的事我想办法。"师姐说。

路昆的肘关节里,确实有块软骨头掉下来了,连着后面的筋膜,每次伸直就发出嘎巴声,挺疼。杂技演员都横,四人桌圈,同时蹿出去,落下来并到一起,一师哥手腕被屁股压折,腕骨翘起来了,照练。有个老师跳板,后空翻两周砸下来,左脚踩歪,低头看,腿肚子跑前边去了,他照着墙一踢,硬是给正了回去。路昆也忍了一年半,终于胳膊伸不直了,才去友谊医院找大夫。大夫说你迟早要做手术,躲是躲不过去的。可这样他就赶不上去西亚北非六国的集训了,国家级代表团,节目不能随意更换。况且在新杂这么多年,人体早就变形到极致了,所以他选择和从前一样,继续忍受。

西亚北非六国,第一站塞浦路斯。半开放式剧场,观众席带顶棚,舞台露天。彩排时演员心里嘀咕,因为杂技就怕露天演出,除了场地大小会对发挥有影响,更麻烦的是无处"找罩"。这行里的"罩"是指在视觉宽度和高度上的参照,普通剧场内可把幕沿子当罩,但露天的大阔场却极易让演员失去准星。

那天路昆和师哥们有个钻圈的集体节目,排在第五场演。候场时,彭辉打开道具箱提醒大伙儿,上台后注意他的手势。路昆却拧着眉,看着身上穿的绸料彩衣,两眼犯愣。钻圈,他笑笑,我是艺术家,最棒的滑稽演员,却要跟你们一起钻圈。师哥们回头看他说,你小子跟住了我们。我早晚要演自己的节目,比你这玩意儿绝。路昆盯着彭辉,轻声说。长年为师哥量活,他对他的机关已无兴趣。彭辉点头说,艺术家,钻圈前别想没用的。

钻圈是传统活,扔块饼上台,连狗都会。可是与以往钻地圈、桌圈不同，这次彭辉站舞台中间，手持特制罗圈。此圈随着他上下摆臂，可瞬间变成正方、三角、五星等图形，且仅一人肩宽。前三把活，师哥们配合圈形变化蹿进蹿出，漂亮且连贯地使出侧体穿、团身穿、背身穿以及双人对穿动作，过圈时仿佛骨头能缩小。最后轮到路昆，本该是他从侧台跑过来的同时，彭辉把圈扔向两米高的空中，他在圈下哈身，双肩和脖子一缩、脚面绷直，在那圈变成菱形的瞬间，身体一颠，翻个三百六十度跟头，像箭一样从圈里射出，接着滚轱辘毛潇洒落地，节目达到高潮。

可不知何故，这个练过上万遍、闭着眼都能蹦过去的动作，路昆那条胳膊却刚好磕到道具，还把圈撩飞了。台下的掌声早早鼓起了一半，此刻却在骤停中发出"呜"的长吁。

罗圈滚出去很远，路昆站起身后追着圈跑了半天，才拿回来还给师哥。彭辉眼里充满不解，一直看着师弟重回侧台重新助跑。正常情况下，演员再钻一次肯定能找补回来，可是第二次他又失脱了，甚至到第三次还钻过不去，台下已经响起骚动和哗笑。你他妈耍我呢？这不是演滑稽，你现在是钻圈演员！彭辉瞪眼骂他。可是路昆脑袋里全空了，相比起国内的剧场，这个露天舞台太大了，仅是从侧台跑到演区中间的距离，他就呼哧带喘了。而且这明明就是平时训练的圈，在没罩的时候一看，却失去原有比例，像紧箍咒一样反复收缩。

第四次他不仅连人带圈砸到舞台，而且一屁股坐在圈上，圈一倒他还跟着躺了上去，后腰当即被硌出个大鼓包。他在台上疼得打滚时，却听到台下尖笑频出。彭辉不敢再骂，他说我的圈不变形了，你就按常规套路钻过去吧。他在路昆脸上寻找答案，却拿不准他是否听见了。其实全场最难熬的人是他，因为师弟好歹能溜回侧台，趁助跑前喘口气，可他始终要站在舞台中心，简直是度秒如年。

面对忽远忽近的罗圈，热汗像疾雨一样流遍路昆全身。他边运气边提醒自己，我不是滑稽演员，我不能摔跟头。他心底又回响起师父的教诲，哪怕掉下来十次，舞台也会接住你。他必须给出一个交代，可是他的身体又本能地不想钻那个罗圈。失脱到第八回时，他早不知道该怎么做动作了。团长和局长从观众席里走过来，师哥师姐们全挤到侧台看他。这时台下"呱呱呱"地响起有节奏的掌声，观众在用自己的方式鼓励他。路昆正想范儿呢，脑袋越听越蒙。有位老师在他身后说，你当年怎么顶你师父来着，你看那圈儿像不像他的肚子？再顶一次呗。第九次，他像一头公牛那样,几乎是胡撞过去的,什么动作也没做。

后台为演员备了个一人高的灰铁桶,桶里装满水和冰块。路昆回来后,站在旁边脱衣服。绸料子被汗沤塌,粘在身上,他死活脱不下来,也没力气脱。局长、团长和师哥师姐们凑过来,一起扒掉他的彩衣。他在所有人中间,无力地发起呆,任由自己从上到下被扒光,然后一猛子扎进冰水里。没有人埋怨他,也没人安抚他,大家知道劝了也是白劝,太丢人了。只有彭辉说,谁都有鬼打墙的时候,这没什么。但是路昆扎进去后,头一直没有出来。

为了能够成功改制、适应市场经济,团里开了个"认清形势——保护新杂传统文化"的研讨会,旨在划清哪些节目要保留,哪些要废除,一次性达成共识。每个演员一进会议室,就要去主席台前领一张表,路昆走过去时,团长瞄了他一眼问,你师父呢?路昆笑笑,我说了算数。随即他弓着身,点了个头,去找座位。坐好后他看到了师姐,她当上了编导部的副主任,正在听团长说话。接着他环顾会场,发现这次来的各科老师都已年过半百,只有自己是替师父来的。他和他们点头,暗暗高兴。

师姐正张罗着给老师们发笔,她有些忧心忡忡地看了看他。路昆低头，扫了一眼表格，很多字不认识。"我现在点一下名。"团长说，"今天参会人员有弹弓的方盛、顶碗的常小林兄弟、耍花盘的袁士海、扔飞叉的刘清源、蹬伞的赵连弟、硬气功的白连启，还有小武术的成氏五兄妹，今天来了两个……哦，还有串场滑稽的金……路昆。这些人都是长期演不上节目的，不过你们放心，这种情况不会继续下去。这次会议说白了就是要定下来，谁留谁走。"

团长看看大伙儿，没有人说话，仿佛所有人都能接受任何结果。

"新杂坚持不懈地推进精神文明建设，致力于培养有文化、有道德、有纪律的表演艺术家。去除杂技表演中残忍、低级、丑陋肮脏和不健康不卫生的节目。"师姐站起来念发言稿，嗓音洪亮，如警钟长鸣，"诸如已被证实是骗术的气功节目《吃玻璃》《开磨盘》《汽车过身》《大卸八块》，以及至今滑稽戏里还有的《打嘴巴》《擤鼻涕》《放屁冒烟》，绝不可继续在舞台上毒害观众。请各位前辈放心，咱们也要与时俱进，共识是要通过科学调研得出的。你们桌上的表格里面，已经写出所有问题的答案，各位只要根据自身情况，选择认为正确的答案，最后自己的节目是改是停，由领导们根据分数决定。"

路昆这才明白,今天坐在这里,以及刚才师姐看过来的眼神意味着什么。想到要替师父做这样的决定,想到他再也不可能给老人量活了,他感觉两眼有些眩晕,而且手脚发麻。

老师们相继端详起手中的表格,郑重地捧到脸前,有人眼泪落在上面。

路昆趴在桌上,仔细看那张纸,那上面问他什么文凭、会几门外语,其他内容他一概看不懂。他正要下笔,替师父答卷,师姐却把他的表收了回去。她告诉他,你的表回头我给你填。

后来师姐告诉路昆,你可以开新节目了,属于自己的节目。她说经研讨和打分,这次开会的节目一个都不留。倒是为了加固中朝友谊,团里决定引进朝鲜马戏团的蹦绳节目。师姐说,你练出来就是全国头一份。路昆问,谁来教我?师姐说,整个国家都没人会,哪来的老师教你?路昆不语。师姐又说,拿下这个活,我保你三年内直升队长、五年开科收徒,更重要的,夺金指日可待。路昆不语。师姐又说,你不是一直想演滑稽戏吗,只要这节目练成,想怎么使滑稽,谁管得了你?路昆不语。要不我把你那张表填了,师姐又说,到时候什么都晚了。路昆说,我练,但是你别告诉师父。

交到路昆手上的,只有几页文字资料和照片,介绍蹦绳的历史沿革和伟大精神。不过专业演员,看照片就能记住动作要领,加上路昆个头儿没长起来,身体也灵活,练这个正合适。他需要用一个节目,拯救另一个节目。

那时正值演出市场繁荣开放,西方的霹雳舞、摇滚乐、Disco和交响乐迅速俘获人心。对于杂技,老百姓已不买账,认为是土老帽才看的无聊玩意儿,更有"看了一个团的杂技,等于看了半个中国的杂技"的说法。失去政府扶持的新杂演员,多在小剧院演旅游专场,演员心里清楚,不过是糊弄老外,糊弄自己。从前一场晚会下来,往往身上已是一道汤,水着下台。现在什么活也没使,刚出去台下就已掌声如潮、闪光灯频闪,演着演着,自己都疲了。

那时有本事的,尚可走穴挣点外快;能耐差的,干脆找路子转业;中间一拨半死不活的,没演出就窝在团里。当年团里公派拜师的学生们,现在说起谁找领导喝酒送礼,申请调离,像骂逃兵。互生怨嫉中,三锅炉水都喝没了,也不练功。坐科出身,创新更是大忌。一听路昆要另起炉灶,独创节目,平日哄着他惦记传他能耐的老师,没一个肯搭这手,还吹胡子瞪眼，说他有欺师灭祖的嫌疑。

师姐还要负责其他选手冲金，只能兼管他训练、拉保险。她先帮他借来练功楼顶层的小剧场，那里舞台高出地面两米，挑高足有十米，比观众席的顶子还高一倍，堪称全团制高点。至于道具，路昆要自己坐四小时车，去大兴县的胜利麻绳厂，买三米长的白棉绳，用肩膀扛回来。他把棉绳两头穿上铁环，再折过来，拿三个卡环卡死后，缠到两边木架上，又跟钢丝挂住，让钢丝在舞台上生根。

棉绳受力面极小，但质地坚硬、绷劲十足。路昆试着踩在绳子中间，先往起颤，四五下后借势弹起，越蹦越高时，肢体打开，落回绳上。不过直上直下，算不得能耐，和从前一样，他还要翻各种跟头。这本是他的拿手好戏，但两脚在绳上空翻却有插翅难飞之感，况且很多技巧要靠自己摸索。

路昆就这样被关进小剧场，灰白色照明灯映射下，四周异常暗寂。他每天要在高空中学会控制气息和身体平衡，这好像重回当年的道具库，在傀儡面前使范儿的状态里。直至他蹦到八米以上，前后空翻，不落绳上，仿佛永远停在空中。起初有师弟师妹们来看热闹，后来这些人什么时候又不见了，路昆全没在意。他太需要创造点什么了，那些被视为奇观的集体活,有太多程式、捷径和门子,只要循规蹈矩,这碗饭能吃半辈子。可一旦尝过讽刺的快乐,他再也受不了在假笑中做观赏性表演,受不了认命般钻一辈子圈。蹦绳就能用上他所有滑稽能耐,当他连极度危险的空中转体和三百六这种跟头,都熟练到不挂保险就翻,某种自由抒发之上的美感,足可点燃身上每一处躯壳。他感到自己真成了齐天大圣,带领观众上天入地。

他已有十个月没出过新杂大门,人像是长在绳子上。他不知道外面发生了什么,也感觉不到练功楼的日渐冷清。只有师姐偶尔来盯进度,还找来三个海绵垫铺在绳下。为了令蹦绳看上去更像一个完整节目,她还编了几个讨俏的动作。比如路昆要练习侧坐绳上,或者劈着腿落下来,骑在绳上翻个儿、打飙悠,这需要他学会把自己的蛋缩回去,否则会断命根。没练多久,他的裆部就被磨出血泡,一片青紫,但他没有告诉任何人。他站在绳上的时间,比在地上走路的时候不多。

他不仅在空中翻跟头,还要表演五官移位,这时他俯视着师姐那张不可思议的脸,看到她已经那么小了。他还想象着师父坐在下面看向自己的样子。可当他重新回到地上,反而显得无所适从。两腿无力地弯曲着,真像在走小丑台步,师姐咯咯笑个不停。她送给他一件皮革做的裤衩,让他这就套上。她告诉他,这是师父缝的。

那天清早,路昆照例先在舞台蹦几个前后空翻热身,落地时感觉身子有点歪。上绳后等一来劲儿,他又做个后空翻接转体一百八,十拿九稳的动作,却歪得更离谱,干脆从最高处摔下来。以往他也经常挨摔,崩飞了或者踩空了,他都犯过,好坏有海绵垫接着。可这次是大头朝下的坠落,当他反应过来时,眼瞅就要扎进两块海绵垫的夹缝里。好在他下意识地偏头,才把肩膀让出来先着地。咕咚一声闷响后,他感觉哪里一疼,直接就趴下去了。当他还想像平时那样站起来,却发现身体已无法动弹。他的半张脸陷在海绵垫里,只有右眼在恍惚中看着空荡荡的观众席、照明灯,和那件还没来得及套上的皮裤衩。他像一条搁浅的鱼,张大口鼻扑哧倒气,同时两腿用力,撅起屁股。当他用尽全力也只是翻个身,仰躺在海绵垫上,看着高得吓人的屋顶。他感觉不到那半拉身子了,他大声吼叫着,叫声从剧场大门,又传回舞台上。

师姐和众师哥们,先把人送到最近的建宫医院,大夫看了他一眼就说这伤治不了。一行人出门直奔北医三院,那里的运动医学科很有名。路上师哥们都怪路昆，又不是你一人没演出，偏要开什么新节目，这就叫活该。师姐问他，疼不疼？经过自新路时，他迷迷瞪瞪地看着车窗外面，也不回话。X光片显示，路昆的左肩胛骨是螺旋形粉碎性骨折，里面全是骨头渣子，根本接不上。至于那半张脸，也由于下颌骨骨折，致使嘴部肌肉大幅移位，无法闭合。术后他的胳膊要一直抬起，做举杯状，填进去的碎骨头才能待住。大夫说你的脸要去整形医院，用钢板和钢钉才能固定。

路昆顾不上脸了。他以举杯姿势，在北医三院住了两个月。他的半拉身体被石膏糊住，连脑袋里面似乎也无法转动。团长给他定了工伤，父母说没摔死就算不错。师姐没敢告诉师父，她编了个理由跟老人说，路昆出国学习了。看他平躺在病床上，左臂竖立，像被一根木棍插进喉咙，师哥们全都乐了。既然他伤成这样，那个奇怪的节目终于能停了。他问师姐，以后还能不能表演了。师姐说，那要等你师哥回国，看他能不能变个新的你出来。断了登台的念想吧，你能活着就是老天开眼。如果当时反应慢点，没偏那一下脑袋，断的就是脖子了，只能说你真是太幸运了。

路昆那张面孔上，永远留下了笑脸。为了不妨碍伤口愈合，他不再说话，也不再想滑稽戏的事，只是在夜里，有眼泪和口水流出。

出院后，路昆又恢复了三个月，然后他知道自己再也干不了杂技了，那条胳膊始终无法抬过脑袋。别说引以为傲的翻跟头，就连从前常使的捡帽子，他都做不出来。最大的问题是，他那张脸真的五官移位了，特别是半拉嘴像钩子一样歪向颧骨，纵起皱纹，槽牙也翻了出来。他没了酒窝，没有了杂技演员的漂亮模样。

团里只能把他调到小卖部去，那本是为了照顾职工家属的闲差，里面已经塞进三个结了婚的中年人，但是他们把进货的重活都交给他。路昆没有了从前跟师哥撒野的狗脾气，他明白他们的意思后，戴上鸭舌帽，低下歪脸，用一条胳膊去蹬三轮、扛酒箱子，进货时他感觉自己张不开嘴。还好他车技不错。

数九隆冬，白霜铺地，胡同里的土路都被冻裂个大口子。小卖部里没有啤酒了，他们让他去大栅栏进三十箱啤酒。回来时赶上菜市口铺柏油路，满街泥泞，车技再好，眼前的路也蹬不过去。风口处，他不得不跳下车，让粉碎过的肩膀吃上力，将三轮车推过坑坑坎坎，天黑才把三十箱啤酒拉回去，卸到店里。

团里在天桥有个练功场，冬天缺烧锅炉的人手，路昆提出去那里烧锅炉。和杂技相比，烧锅炉真简单，他日子过得也真难。除了整日无所事事，他不知道自己能干什么。学了十年五官移位的坏小子，终于意识到最难的是脸上没有表情。每次对着自己的脸，对着肩上那道蜈蚣一样的疤瘌，生平头一次有了羞耻感，为练过滑稽感到羞耻。

早上，他在锅炉房里挑火，屋外有人敲门，玻璃窗上，可认出师父的身影。

"昆儿，你师哥都来看我十几回了，我寻思你学什么去了一次也不来？"师父语气舒缓，好像还是对待从前那个混小子，"他来得越勤，我就越觉得不对劲儿。你明白吧，咱们滑稽人不傻，咱们多精啊。"

路昆直立起身，不敢走近半步，只是使劲看着那面毛玻璃。

"昆儿，记不记得你小时候跟我怎么说的？你说就是剩下半拉身子，他们也演不过你，这话我可一直记着哪……"老人顿住，使劲嗽嗽嗓子。此时风声渐响，他只好贴近玻璃，声音变大且喑哑，"好孩子，人活就活这么个精气神儿。节目没了不丢人，以后咱就是不吃这碗饭，起码能耐在你身上，谁也抢不走。"

老人像是忽然意识到什么，身影开始一起一落，仿佛随时会消失掉。

"这些年家里攒下几摞书和笔记，我全给蹬过来了。你放心，我不进去，我都给你码在地上。你把自己关在这里，可不能胡思乱想，不能钻牛角尖儿。这滋味我受过，那没有什么用。"

他始终没有回话，直到师父离开很久，才出门把书搬了进去。

路昆还是离开了新杂，带着师父给他的书和笔记。那段日子他在几家民营剧团学做道具、画布景、给演员装台，全是些从前不入他眼的零工。他还看到很多人打着"新杂"的旗号混饭吃，报幕时言必称是某位大王的徒弟。就是新杂保留的金牌节目，也被安个"世界杂技锦标赛冠军"的名头改改就演，他们还让他画到海报上去。车技站不了十三人，站三个也行；钻圈钻不了肩宽的，就改钻城门宽的；双头空竹轻得像是皮撅子，不仅抖不出声，扔高时掉到地上，也不耽误演员继续使范儿。他们对外宣称自己是新杂，在县城和乡下的票价就能翻几番。有次他们被同在一地走穴的新杂演员撞见，两拨人扭打在一起，各有胜负。混战中，路昆被小师弟踹了几脚，但是他们没有发现他，因为他一直捂着脸。

他也注意到一些滑稽演员。比如有一对专攻无实物表演的双胞胎，五官周正、绅士风度，自报家门是金少声弟子。他看了他们几个节目，活不错，技巧也新，但都不是老爷子的东西。尽管和师父失联很久了，但他每天读起老人的笔记，仿佛他就在身边。当他看到有人能不受叛徒师父的影响，公然以弟子身份上台演滑稽，他意识到可能自己连同笔记一起被师父放掉了。

双胞胎从会计办公室结完账，回休息室收拾东西，路昆前后脚跟进来，背靠墙站着。

"你们怎么不演《抢皮球》，怎么不使五官移位？"他问。

兄弟俩转身，见到那张歪脸同时哎哟一声，相互看看，像还在戏里。

"那是什么？"左边那人，可能是哥哥。

路昆拉了把椅子坐下，他点了支烟，学老金的样子吧嗒着嘴，眯眼看兄弟俩。

"你们什么时候拜的老爷子？"他问。

"我们跟金先生是带艺投师。"右边的人说，"认识他之前，我们已经在法国拿过金魔杖奖了。"

路昆点头，抬手请两人坐下，他看到他们一举一动像是在照镜子。

"怪不得,一看就知道这买卖不是老爷子教的。你们在台上甩的包袱,全围绕双胞胎这个预设,没有这个身份,你们俩就不会演了。你们的笑也太圆熟太温良了,你们没见过他演哭不出的笑吧?"他越说越快,歪嘴跟不上了,就用手比画,"而且你们节目里还缺一样东西,讽刺。每当表演到该爆发的时候,到了该看到勇气的时候,你们全选择了沉默,连一个讽刺也没用。没有讽刺,你们演的就只是哑剧,即便拿了金牌,你们演的也是哑剧。"

兄弟俩再次互相看看对方,像是没听懂,但其实再明显不过,他们知道他在说什么。

"你他妈是谁?"右边的人说。

"别这样,弟弟。"左边的人说,"哥们儿,咱们没仇吧?还是我们挡着你的财路了?"

"老爷子到底怎么教你们的,还是你们把他的东西给改了?"

路昆吸烟,两根手指和烟卷能挡着他的嘴,却抖个不停。他很久没跟谁讲到师父,讲到滑稽戏了,一种久违的情绪向残破的脸上暗涌。他又很羡慕对方,能演独立的滑稽戏,不是给谁串场,也不是为谁量活。他却不知道自己算是什么。

"你新杂的吧?看得出来。你说的那种滑稽,早就没人演了。你也看到了,观众就吃我们这一套。"左边的人笑笑,"反正也结完账了,不妨跟你多说几句。拜这个师,是你们新杂主动找我们的,我记得是那个很矮的女人?"

哥哥以询问的眼神看向弟弟,弟弟连连点头。

"是她来请我们代表新杂参加百戏奖大赛的。"弟弟接着说,"她说如果赢下冠军,金牌归新杂,奖金是我们的。她还说金先生就演了一辈子哑剧,我们和他才是一脉相传,所以夺金的可能性自然最大。"

路昆的脸像木偶一样定住,烟灰如同雪片般接连落在裤脚上。

"我们听懂以后也是你这个反应,这是新杂干的事儿吗?我不敢信。"哥哥说,"我告诉她,我们不缺奖金,重要的是这么干不合规矩。"

"但她确实是金老师的女儿,就是经她介绍,我们才见到金老师的。"弟弟说,"可我们还没答应她,搞这种小动作,是要被除名的。"

"不过显然新杂是没人了。"哥哥站起来。

"新杂早就没人了。"弟弟也站起来。

他们拿起收拾好的东西,绕开路昆,走出房间。

"那老爷子呢,他好不好?"路昆问。

他们走得很快,没有人听见他在问什么。

从外人的嘴里，路昆得知了一些关于新杂的事。他知道团里已经发不出钱了，从前的义演，按规矩，演员们自愿放弃劳务费。可后来才知道，钱不仅全进了领导口袋，演员还成了往上报账的人头。这口气师姐自然咽不下去，在工人俱乐部的后台，她告诉团长，不把这次义演的劳务费发到每个人手里，我们绝不登台。团长说，罢演可是大忌，是重大演出事故，这么大责任你担得了吗？再说观众又没得罪你，你们先演，钱的事回去商量。当时观众已经陆续进场，可是师姐仍然拒绝演出，她说我认钱不认人，差一分钱我们都不演。团长说，来了这么多领导，你总不能让团里下不来台吧？我再给你最后一次机会。师姐像疯了一样拦住那些拿起道具的演员，她说我看谁敢动？领导们认为她这个状态，还是不上台为好。团长说，真没想到你还是金少声的女儿，你爸什么没见过？他这辈子没有误过一次场，更不会罢演。不管有什么想法，他绝不拿舞台上的演出发泄。这是艺德！你没有艺德！去把她爸叫过来。

老金是一路小跑进的后台，他看到女儿独自坐在木凳上。身前站着演出队长和他带着的两个人，在盯着她。老金搬来一个凳子，父女俩坐在一起。"我早说了你吃不了这份苦,你偏不信。"女儿没有说话,头埋在双手中,像在认罪。

后来父女俩还说了什么,没人知道,也没人在意。但他们是一起走出的工人俱乐部,有人专门负责,盯着他们俩一起回自新路的家,谁也没离开谁。

借着彭辉的面子,路昆调到了新世纪剧院,挂策划职位,实际上是白拿工资。他整天跟在一帮舞美灯光屁股后面搬东西,别的全插不上手,晚上还住在剧场,被同事当成吃闲饭的废物。有时彭辉谈完事会过来看他,师哥告诉他,自己和师姐离婚了。路昆翻身睡觉,把屁股对着他。师哥又说,团里终于允许金老师登台了,不过他年纪太大,只能上去报幕。路昆还是不语。师哥问他,你这样能睡得着吗?路昆说,我用你管?接着睡觉。

睡足了,他多半会跟着剧院里的明哥、英姐和琪姐等几位演员打麻将。从二四八升到大五一二,从三五百一圈赌到三五万块钱。随着本钱越下越大,明哥越赢越想赢,两个女人为了回本也总在掐架,至于路昆,经常三天两宿没合过眼,好像把白拿的工资全输光了,心里才痛快一些。

半夜在明哥家里,轮到他翻牌时,人却歪着脑袋睡着了。

"你醒一醒!"明哥说,"看牌啊!"

他举着那张牌,缩着眼睛,半天认不出上面的字。这时从电视里,他却听到熟悉的声音。他两眼一转,抻直脖子,让明哥躲开。

他在电视机上看到了师父。

老人瘦了,灰色面容上,皮肤干缩,嘴唇有些发绀,腮帮子也嘬起来。新染的黑发倒是梳理整齐,那双贝母色的眼镜也换成深褐色的大镜框。他看不清他的眼睛,但毫无疑问那是他的师父。

"该你出牌了!"明哥拿起遥控器,"想看电视回家看去。"

路昆瞬间夺走遥控器,明哥看了一眼他的脸,也跟着扭头看了过去。

"作为全国公认的滑稽大师,看到我们的幽默事业蓬勃发展,请问您老做何感想?"

"这门艺术能演到今天,其实不只是我一个人在坚持。"老人说。

"你们还打不打了?"琪姐问。

路昆的手指紧紧抠着遥控器按钮,像是随时准备关掉电视。

"还要有徒弟的陪伴,我才能走过那段黑暗甚至是绝望的时刻。"老人扶了扶眼镜,用力抿住嘴。直到主持人把话筒挪开,才喘出一口气。

"请问您说的是哪个徒弟?"主持人问。

"哦,我只有一个徒弟。"老人说,"那孩子叫路昆。"

"哟,还跟你重名儿。"英姐说。

"他练新节目的时候受过一次重伤,后来就离开我们新杂了。"老人说。

"老爷子说的不会就是你吧!"明哥看着他的歪嘴,"你还会演滑稽戏呢?"

路昆的面部异常坚硬,神情黯然,两眼盯着屏幕一眨不眨。

"他还是个小不点儿的时候我就教他滑稽了。那时团里只允许我教串场滑稽,过去有句顺口溜,节目不够滑稽来凑嘛。可是我不能糊弄孩子,我得好好教他,让他将来能演专场滑稽戏。说起来也算是有点儿私心,总觉着带这么个孩子学节目,我也能保住工作,我也能安全一点儿。"老人把脸侧开,开始习惯性地吧唧嘴,努力稳住气息,他还伸手接过了话筒,"我是一边哄着他一边教学,我其实特别怕他跑了。当时如果没有这孩子在身边,我可能也活不下来。正是因为有他支撑着我,每天一起训练、交流创作,有他一直刺激我，滑稽戏这门艺术……我的意思是它是一门艺术，才能在我们这里生根发芽。后来我没东西教他了，也没有再见到他。这么多年过去，也不知道他是不是把我教的给忘了。"

明哥站起来说，"你以后别来我这儿打牌了，你们玩儿得太大了。"

琪姐还拿着牌，甩在桌上。她说这把她本来能和。

凌晨，路昆独自走上剧院的舞台，在上面翻起了跟头。他用一只胳膊，在原地翻了无数跟头，翻到他喘不上气、汗水在地板流淌，也没有停。后来他才想明白，原来和师父学了那么多年滑稽，自己对于老人才是最重要的，那甚至已经超过了他对于滑稽的坚持。

路昆问师哥，你还用我量活吗？师哥说，我等的就是你这句话。

他们的演出多数是儿童专场。为了回到舞台，路昆左右开弓，把脸涂上厚实的油彩、眉毛剃光、勾蓝色菱形眼影。想挡住那半拉歪嘴，他还必须把玫红色油彩画到颌骨处，连出夸张的"V"字形笑唇，再用半个乒乓球扣在鼻子上，穿黑白条纹绸布。他试着把师父笔记里的节目演出来，并让主持人郑重报幕，原作者是金少声。他抬起僵化多年的肩膀，再度用五官移位表演哭不出的笑，还对着孩子们自扇耳光，这些都是当年禁止表演的动作。他扇到脸上的每一记耳光，都能令身体飞速旋转、栽倒，然后又像不倒翁似的重回原位。他打的耳光如枪声大作，令每个孩子有被击中的感觉。

他还走下台，对着他们表演抢帽子的手技。草帽、解放帽和高顶礼帽，不同形状和质感的帽子通过他缭乱的倒换，来回扣在自己脑袋上。孩子们乐得捂着肚子，还有从座位上栽下来的。他还和师哥玩起了跳跷板，当师哥在对面坠下，他再次被弹到了空中。反复几次之后，他退去了恐惧，像上次那样重重摔到地上，失败的效果反而引来孩子们更大的尖叫。这一次他没有躲，全身都拍在地板上。当然在小丑戏服里，他给四肢都裹上了海绵。

在不断表演的过程中，路昆理解了师父。尽管以他现在的身体，很难吃下自己的节目，但他还是演了《二鬼摔跤》。与从前不同，这回他面对的全是孩子。他把两条胳膊包上海绵，手脚都套进靴子里，抓着拐子抡起来。忽然他向孩子们弯身，背上像是长出花树一样，立起一个老头和孩子。那是他这些年学的道具手艺，用木头、海绵和硅胶做出的人偶，连头发和服装都是自己缝的。他把自己藏进衣服下面,用后背驮着人偶,用四肢当腿。由于重量过沉,加上旧伤发作,他演起来相当困难。可他还是用抡、转、滚、磕、绊等古典摔跤技法,让人偶做出当年他和师父抢皮球的样子,在口技制造出的环境音下,老人把孩子推倒、孩子还用头撞向老人。他以自己的方式,如愿和师父同台。

师哥住院了。他在创作新节目时,被训练场的骆驼咬了一口,半条腿在细菌感染后成了绿色,大夫说他只能截肢锯腿。路昆整天守在师哥的床边,和多年来为他量活一样。

师姐也来看他,三人终于又见面了。

"你是来看他还是看我的?"师哥问。

"都看。"师姐说,"看他看你,都一样。"

"可我不愿意让你看我。"师哥说。

"你们俩这是怎么了?"路昆说,"我们不能像以前那样吗?"

师姐也明显老了。尽管头上戴着假发,妆也过重,但面部难掩臃肿,两眼发灰,而且充满着淡漠。由于从小练习椅子顶,她站一会儿就有些犯晕,路昆赶紧把凳子让给她坐。

"我带老爷子去看了你的滑稽。"师姐挽住师弟的手,"他果然没有白疼你。"

"我涂那么厚的油彩,他都能认出我?"路昆问。

"没有,他认不出你。"师姐说,"他连我都认不出来了。"

"他也病了?"路昆问。

"我在新闻上看到那个俄国的波波夫,又成了深受各国欢迎的滑稽大师,新杂还把他请过来做百戏奖评委。我陪着老爷子去新杂的政工处,想恢复他的职务级别。可他们说平反政策是落实给错划的右派,他没被划成右派,不属于平反范围。而且根据有关文件,行政处分不能撤销。"

路昆挤了挤眼睛,不知道该说什么。

"经过我再三要求,他们才给我看了原始的抄件,那上面记录着他是资产阶级思想极其严重、违法乱纪行为极其严重、个人品质极其恶劣。他们当着我们的面把三条结论又念了出来,还加重读那三个'极其'。老爷子当时脸上已没有血色,他半哭不笑地张着嘴,泪水在眼眶里打转。那是他第一次知道这些记录。我拿着报道他去朝鲜战场慰问的《人民日报》,指着在新杂大厅展出的那块金牌,我说他是被总理点过名的演员!但是没有用。后来老头抱着那摞他亲手写的交代材料，找到练功场的锅炉房，把那些照片、材料和报纸都烧掉了。然后他就什么也不记得了，连我都不认识。"

"不认识你，是好事。"师哥说。

"骆驼应该啃你的脸。"师姐说。

"你就不该带他去，你想的只是自己。"师哥闭上眼睛，他有些困了。

师姐不再理会，只是看着路昆。

"趁老爷子还在，我为金氏滑稽申报了非遗传承项目，这么伟大的传统文化必须得到发扬和继承。"师姐说，"既然是传承，就要有徒弟。他干了一辈子滑稽戏，连个正式收进门的徒弟都没有，说不过去。"

"我就是他徒弟。"路昆说。

"但你没有拜师仪式，没有见证人。我现在才知道，这很重要。"师姐说。

"当时国家不许搞这一套，我是团里公派的，新杂就是见证人。"路昆说。

"新杂见证的，老爷子是罪人。我申请的非遗传承，要请引保代、摆知签帖，还要带老爷子和那个波波夫会面，来个寻找有缘人。我要让媒体来见证，他们都是跨越半个世纪的滑稽大师。你要借这个势，给老爷子磕头拜师,那才算数。"

"我都这副样子了,还要搞仪式?再说他已经不认识我了。"路昆说。

"你不拜师,怎么收徒?金氏滑稽的非遗项目申请下来,最大获利者就是你。"师姐说。

"我不会往下传的。师哥受伤了,他无法登台,我以后也没地方演了。"路昆说,"说出来你别笑,有次我在观众席里假装难过,伤心地哭。有个小男孩过来摸我的脸,他竟然在安慰我。我想,至少这些孩子看过我的滑稽,他们能记住多少,就是多少吧。"

"我就问你一句,拜师仪式上,这个头你磕不磕?"师姐问。

"师姐,我一直很听你的话,但这次我想听师哥的。"路昆说,"你容我问问他。"

师哥睡着了。

在自新路的万寿西宫,路昆找到了师父。老人坐在轮椅上,被保姆推到马路边晒太阳。他没有戴眼镜,而是扶着头发愣。路昆走过去告诉保姆,自己是老人的徒弟。对方不信,她说这些日子,很多人都来认他当师父,门槛都快被踏破了。

"师父,我是昆儿,您还认得我吗?"

师徒俩还是见上了这一面。可保姆站在中间,令路昆想起他们的第一节课,同样有个文书在监视和记录。这令他有些话难以张口。

"不认识了。"老人仰起脸,小心地望着他,仍在努力回想,"您是哪位?"

路昆蹲下身,努力闭上自己的歪嘴。老人认真辨认起他,那双大眼睛还如最初那样明亮、慈悲。

"他什么都不记得。"保姆也瞥着他的脸,"你别浪费时间了。"

路昆笑笑,两条腿轻轻跪到地上。

"您还记得吗?是您把我从小黑屋里领出来的。"他说。

老人错愕地对着他,强烈哆嗦中,摆动起又瘦又皱的手。

"我小时候踩您脑袋上练功,我还用头顶过您呢,您都忘了?"他问。

老人听完所有的字,又面带歉意地摇头,嚅动着嘴角朝他笑笑。

"这个您还记得吧?"

路昆抬起脸,露出哭不出的笑。

几乎是同一时间里,老人随他变出相同表情。

师徒两人脸对着脸,一起做五官移位。

吉米，唱吧

玩儿了三十多年乐队的陈傲，见识过各种演出事故，有些干脆令一切戛然而止。于是他练就一样本领，你点什么他唱什么，你不爱听他立即把嘴闭上。这种悟性，一般主唱没有。所以他从没想到过，自己也有不敢站上台的这一天。

那几乎算不上正式的演出场地。陈傲身上挂着一把巨大的琥珀色Gibson R9，可脚下那个只有一张桌子大小的舞台，除了能容下鼓手，其他人都要站到地上演奏，挪个身还要打架。现场的监听音箱也不够用，贝斯要看着鼓手数拍子才能跟上节奏。红绿两色的聚光灯，更是营造出交通信号般的拙劣氛围。至于底下的观众，少得足够让你记住每一张脸。即便是这样，陈傲仍然跳下台，站到键盘手身后，加上他身形矮小，这乐队一度像是没有主唱。副歌时他半拉身子甚至躲进了侧门，仿佛随时都想逃之夭夭。

陈傲上一次登台还是六年前，那场具有官方性质的文艺会演，在几十米见方的水泥高台上，还是反醒乐队主唱的他，穿着铆钉皮裤，对着青白色的天空仰头长吟，像是设坛作法的巫师，忸怩作态中带有些微悲壮感觉。当时他和每个乐队成员的距离都很远，而且各扭各的，谁也顾不上谁，因为那天实在太冷。陈傲站在舞台前端，忽然做撞墙式鞠躬，一口一个"我错了"，那是他积累多年的演出习惯。而他父亲正满意地用DV机对着台上拍摄，老人同样习惯为儿子录制演出画面，那一天也是陈傲乐队生涯的顶峰。可是就在演出尾声，老人突发脑出血，看着屏幕中的儿子，撒手人寰。由于舞台下面有几万名观众，山呼海啸般涌成一片，忙于道歉的陈傲全然不知父亲是如何倒下去的。但冥冥之中他跪到了水泥台上，直到整首歌演完，也没有站起来。

如今在这家名为"勇"的酒吧里，他被临时叫来替人唱歌。一上台他却感到两腿像放坨了的面条，又软又沉，那把Gibson被顶在肚皮前也如同是胖娃娃怀里的金元宝。观众们看笑了，这是摇滚乐，可陈傲每唱一句他们就要笑一阵。他顾不上这些,因为他还要去找DV机在哪,今天在台下录像的人换成了儿子吉米。尽管父子俩早已在家反复训练过,可那小子的镜头却压根没对准他。吉他弹到尾声的扫弦节奏型,陈傲双手在头顶击掌、前后扭胯,像被薅住头发似的往键盘手身边凑,同时对着儿子喊:"嗯哼嗯哼嗯哼!拍这里吉米!嗯哼嗯哼!大家跟我一起来!吉米我在这里!"

台下的观众立刻不笑了,他们面面相觑。陈傲意识到出了问题,他连忙转身,两手在头顶改成叫停的手势,乐手们拖拖拉拉地停下了乐器,看到陈傲面向众人,郑重其事地鞠躬道歉。

"我错了,对不起。"陈傲说,"我们重演。"

可他身后再度响起的却是爵士乐,陌生乐手们无趣地交换眼色,或者让开这家伙。鼓手在后面随意地加花,律动也从未合到过一起,陈傲就这样一直被拖着哼完了他们即兴弄出的旋律。

工人卷线收家伙的间隙,陈傲的经纪人大壮迎了上去,这人是个戴白框眼镜的黑胖子,下巴颏留着一撮鞋刷子似的胡须,头顶紫色小礼帽,穿鼠色棉麻西服,两条肥腿堵住陈傲去路,令他一时没下来台。

"傲哥绝了!"大壮抬头,竖起大拇哥,后脖颈叠出一嘟噜肉褶子,"那几声儿我在底下全听傻了,你的唱功又进步了!"

陈傲看了看大壮,轻轻点头,没说话。他的眼珠总向外突,眼底分泌出暗黄色液体,右眼还略微向侧面分,所以沉默时整个人似乎格外哀伤。他知道所有人都看出了问题,自己从没出过这么大洋相。他拉开紧裹在身上的赛车服拉链,重重吐出一口气。由于身材走形,不仅他的脸和胸脯肿得跟气垫一样,肚子也坠在腰间。刺眼的红绿灯照射下,红薯色半长发更显凌乱稀疏,令他看着像一颗头重脚轻的刺球。

"明天再演一场吧,就唱你那首《勇者无惧》。"大壮两眼紧贴礼帽的帽檐盯着他,"你得多混圈子,哪个场缺歌手人家才能想起你,这不丢人。这间酒吧的阁楼上,我永远给你留一个VIP位置。"

在大壮身后,陈傲看到吉米举着DV机还在录像,镜头终于对准了自己。他立刻咧开嘴角,眯起眼睛,脸上布满皱纹,却格外灿烂。至于经纪人的话,像是没听见一样。

《勇者无惧》是反醒第一任主唱侯俊写的大金曲,他用这首歌把乐队带向辉煌后宣告离队。陈傲替他把这首歌唱了十年,他就是因为受不了每次登台、返场和加演都要唱这首歌,才决定离开反醒。可他没法拒绝大壮,因为他正借住在对方的排练室里,他要把演出费补贴给大壮,否则人家也犯不上给他安排这次演出。这对双方都没有什么好处。

那是个重要的排练室,陈傲平时除了写歌、编曲,还要在里面进行吉他教学。凭借"反醒前主唱"的名声,加上在"滚圈"的地位,吉他班一度相当火爆。不过目前他只有一名学员——吉米。

由于前妻郭菲在张家口的养殖基地得忙上一阵,父子俩只好住到了一起。吉米二十三岁了,看上去仍然稚气未脱,嗓音也很尖细,因为他始终不会用喉咙和丹田正确地发音。他是属于"谱系"里的人,一个"阿斯伯格综合征"谱系里的人。这确实影响到了陈傲的吉他教学,排练间本就狭小闭塞,只能铺下一张大床垫子,周围还要堆放电脑、合成器和吉他,学员一进屋就得脱鞋上床,随时还要被吉米的哭泣和歌声打断。由于脖子细长,这小子比陈傲还高出一头,粉白色长脸上有双雌鹿般的黑亮眼睛,时而阴郁时而飘忽。他紧贴脑袋的斜耳上还有许多橘色绒毛,一直连到修长的手指。卷曲的头发被修剪得很像锅盖,或者狗啃过的烂叶子,露出凹凸不平的脑门。他的确有点像一头鹿,灵敏且迟钝的鹿,没有犄角的鹿。这会让女学员们无所适从,很快人家就纷纷退课了。

当初谁也说不清吉米到底什么毛病，颅脑损伤、感统失调、雷特还是唐氏综合征，或者兼而有之。在那道漫长的光谱里，中间深重且笔直的颜色才是典型孤独症。陈傲儿子在那范围之外的某个浅色边缘区域，却和其他病症混合，成了不正常中的不正常。陈傲只记得那年冬天，吉米被确诊时大夫告诉他，你儿子得了"精神上的癌症"。记不清有多少次，他清清楚楚地在梦里看到吉米管他叫爸爸，他高兴得醒过来。后来他在两广路的过街天桥上站了四个小时，他想从上面跳下去，后来是接到儿子打来的电话，没跳。吉米一字一顿地问他在哪儿，吃不吃饭。

这次陈傲让儿子录像，是因为他需要拿着今天的视频，向音乐班的学员证明，他还能上台演出。回去后，陈傲鞋还没换就打开DV回放，他担心儿子把他道歉的画面也录进去了。可是看了半天，里面连他的人影儿都没有。吉米倒是麻利儿地打开屋里所有电源和灯，抢座似的一屁股坐到合成器前，手指轻轻在键盘上跳跃，这是陈傲答应好的奖励。陈傲继续往前倒，看到的却是存储卡上老人临终前拍摄的演出画面，那是自己作为反醒主唱在台上唱歌的样子，他慢慢蹲到地上。

"吉米拍得真棒。不过我在哪儿呢?"陈傲问,"我不是教过你,显示屏里要拍到我的脸吗,屁大点儿地方你都找不到我?"

"吉米删掉了,吉米不拍陈傲鞠躬道歉。吉米等陈傲重来,但是陈傲没有继续唱那首歌。"吉米说。

陈傲看见儿子眉眼舒展地扬起头,双手先弹出几个五度音。那是他的歌里的和声走向,吉米只听一遍便准确地记下了,就像光看一眼照片就知道房子的内部构造。他扭动着长脖子,斜耳朵支棱过来,仿佛在等陈傲唱歌,等他一起玩音乐。

"陈傲在这里断掉的。"吉米说,"主唱的声音进来。"

"吉米真棒,吉米什么都知道。"

陈傲把DV扔到床垫上,重重地在儿子头顶上亲了一口。他知道不管怎么给课程减价,也不会有谁来找他学琴了,他教的人只能是吉米。其实这二十年来,夫妻俩没有一天不在训练吉米。他自制搅舌板,一点点教儿子吐字发音、分清你我。她则在儿子情绪崩溃时耐心安抚、疏导。他们用尽各种方法,想把吉米练得和正常人一样,至少和他们自己一样。可所有进步随着陈傲父亲的倒下变得无力,爷爷生前是最疼爱吉米的人,如果没有他的照顾,这小子可能无法活到现在。然而老人遗体火化当天，除了跟在父母身边，他没有任何动情的表示。

只有在弹琴时，吉米才会进入陈傲都不曾有的忘我状态。如同现在这样，他的弹奏不必去看键盘，摇头晃脑中还对着电容麦克风唱了起来。其实吉米尖细的嗓子唱出的音调很怪，总令陈傲心烦意乱，可是他越唱越投入，以至于两眼眯细、面部肌肉扭曲且沉醉，很快还出汗了。吉米却无法理解，老人的离开令陈傲打心底里厌恨音乐，他每天都在厌恨音乐。并且吉米永不会道歉。

"吉米跳绳了没有？"郭菲发来信息。为了克服感统失调带来的情绪认知障碍，儿子每天都要做跳绳训练。郭菲还给他制定了严格的食谱和食材标准，这些陈傲必须执行到位。

"吉米真棒，但是别唱了。"他用脚踢开地上乱作一团的彩色电线，捡起一根灰色跳绳，"我他妈叫你别唱了。"

陈傲打断了吉米唱歌。与其说他受不了儿子的歌声，倒不如说更受不了他那张不正常的快乐面容，相比之下，他更希望他练跳绳。

陈傲拔掉了键盘电源，把跳绳放到吉米弹琴的双手上。

"每组一百个，跳够十组。"他架着吉米的一条胳膊，扶他起身，"吉米真棒，自己出去跳，跳完了吃饭。"

"每组一百个，跳够十组，跳完了吃饭。妈妈总是陪吉米一起玩双人跳绳。"吉米离开时手指对着空气快速弹奏，两眼仍然看向合成器，像是一只失落的熊猫。

没什么比打断吉米唱歌更令他痛苦，但是他会遵从陈傲的指令，他自幼就信任一切具体的、强化的指令，接着得到奖励。这也像一只熊猫。曾无数次，陈傲幻想自己的儿子应该是个足球运动员，是个拳击手，他们更应该一起去树林里打野猪，或者在一支船队里激流勇进。

猩红色夕阳下，陈傲面向窗外擦琴，这样他抬头就能看到吉米那笨拙的身体，看他弯腰干呕，看他给自己重新计数。陈傲眨动着突起的斜眼，轻轻地抚摸琴颈，从那里会传来冰凉又温柔的触觉。他想起视频里弹键盘的是个来客串的女孩，随即又捡起DV回放，这才发现吉米其实全程对着女孩在拍。尤其是她那一双光亮的翘起指尖的手，潇洒地在合成器上按来按去。吉米模仿的是她弹出的和弦。

"运动中注意吉米眼睛在看哪里，注意他甩绳是否流畅。"郭菲又发信息。

"吉米是不是应该有女朋友了?"他回答她。

"火腿要热过再吃,胃疼他是说不出来的。他只喝韩国进口的鲜奶,国产奶拉肚子。"郭菲回,"我已经快递过去了。"

把喜欢的姑娘拍下来,再去模仿她,吉米又给陈傲上了一课。这帮谱系里的家伙总保持着一种近似傲慢的专注度,令他心悦诚服。陈傲走到街上,买了一包好烟,尽管他早就戒掉了,但还是想买一包烟,随便跟谁借个火,聊上两句。要不是郭菲那该死的营养配餐,他还可以带儿子下馆子庆贺。他为他的女人买过一栋别墅,他们一起用鹅卵石在屋前的草坪上,铺出郭菲的字母"F",他们坐在直升机上往下看,那排鹅卵石路很像一把手枪。但那都是郭菲的主意,她还说那把手枪象征着他们两个人。他可想不出这背后的关联在哪里,他只是执行命令。和八九十年代很多粗鄙反叛、放浪不羁的摇滚青年相比,诸多经历和擦身而过的见闻,加之生性鲁钝,令他善于躲避生活中的悲伤和残忍。

陈傲要找到那个女孩,兴许她能让吉米的病就此"摘帽"。他几乎是心怀感激地又重看了两遍视频。

尽管女孩没有露脸,在画面里也极不稳定,但是他可以联系大壮,毕竟对方正盼着他复出,如果他提出要找她做伴奏乐手,一定不是问题。对方在电话里停顿几秒钟,告诉陈傲,那女孩自己也有一支乐队,明天会在勇酒吧演出。他说你可以过来看看"你们是否真的合适"。

父子俩再次赴约时,绵绵雨水凌空飞降,陈傲把紫色赛车服给吉米换上,还为女孩准备了一张反醒乐队早期的港版唱片作为礼物。可是赛车服的面料对吉米来说太硬了,号码也小,穿起来像被绑住一样,他对雨水打在身上也感到不安。一路上陈傲却在比画着见到女孩后该拿出的气势,他让他看自己眼色行事。"妈妈告诉吉米,不要跟陈傲学坏,而且陈傲眼睛是歪的,看他没用。""勇酒吧是陈傲加入反醒时第一场新闻发布会的地址,为了证明自己能够胜任主唱,他对着众多镜头和话筒当场飙起高音……"不过他还是被他爸威逼利诱地拉进了酒吧。

陈傲注意到了穿黑色露脐背心的高个儿女孩,一张尖峭的狐狸脸上烫着波浪卷发、涂暗蓝色眼影,正站在他站过的台子上。因为抽签抽到开场表演,她要带领乐队提前试音。大壮喊陈傲过来,女孩瞥了他一眼,随即低下一双寡淡的长眼睛。

她用合成器弹出颇有些梦幻色彩的氛围音乐，陈傲听到"勇者无惧"四个字，从她嘴里气若游丝般唱出来，同时她对着台下露出一闪而过的笑容。

"她把你这歌的和弦组给改了。"大壮说，"不知道是不是即兴。"

"那不是我的歌。"陈傲说。

女孩确实很帅，全然漠视听众的架势也能镇住台，顾长的身形借着律动像是鱼一般迷人晃动。然而陈傲听到那首已不属于他的大金曲，没有再被唱出来，而是用低沉单调的吉他回复和扭曲的声波分解、层叠，仿佛屋外的雨声，以至于他已经听不出这是《勇者无惧》。尽管陈傲厌恶这首歌，可伴着湿透的红发上，雨水接连滴落进衣服里，他的心却在一阵阵发凉发闷。

"Nord Stage 3，红色，智能振荡器、六种混响类型、瑞典原产，市场价四万元。"吉米躲在一根正对舞台的很碍事的圆柱后面，左手指跟着音乐迅速摆动，在弹脑子里的键盘，"雅马哈蒙太奇合成器，白色，多种人声效果和声码器功能、内置1652种音色和58种鼓组，产地日本，市场价三万六千元。"

"好听吗？"陈傲问他。

"好听吗？不好听。"吉米用头抵着柱子，瞪大鹿眼，猛喘气，女孩释放的高频段音效令他明显不适，"她改变了《勇者无惧》，陈傲从来没有改过这首歌。"

"吉米真棒。"陈傲说，"你什么都知道。"

他当然能听出来，这支傻嫩傻嫩的新乐队，只会堆砌效果器和电子音源，试图用各种难以分辨的乐器音色，来掩盖音乐理解力的苍白和情感表现上的缺失。他能感觉到整体乐句里有颗粒感，像是里面掺了泥沙，生硬、不顺畅，而且毫无情绪变化。对，这是音源，不是音乐。但是他已无兴趣和资格评判别人的音乐性。

"这姑娘叫云蝶，从伯克利放假回来玩玩，刚十九。这乐队现在玩偏EMO的电子，先在国内试试路数。"大壮颇有些得意，"你看她那股劲儿有点儿老艺术家范儿吧，人家在美国正经是弹技术核的，死亡金属。演出时老外全在台下开火车、死墙，甚至mosh。你知道mosh吗？就是英国人玩儿的，两拨人互抢，那可是真打。她在欧洲还跳下台跟乐迷一起抢。"

"你带他们呢，签了吗？"陈傲问，"她想表达什么？"

"表达什么？就是躁、冲、重！人家就是来炫技的，没有情感要表达，表达的就是我弹得牛逼，你演不了，气死你。"大壮说，"你还想让她给你伴奏？"

陈傲低下头，把吉米的衣领立起来，整理好头发，让他从柱子后面走出来。可是音乐停止后，儿子又转过身，总想溜号。云蝶跳下台走过来，他也没有反应。

"傲哥，你要找我？"云蝶说，"我初一就听同学唱你的《勇者无惧》，那时起我就把你当成偶像，没想到有一天能为你弹这首歌。"

"离开反醒后，我不能再唱这首歌了。"

陈傲并没对云蝶刚才的表演说些什么，这令她和大壮有些尴尬。

"那指的都是商演，你这权当以玩代练，什么也谈不上。退出反醒，你哪儿还有露面的地方，可光是找我去反醒那边试主唱的，两只手数不过来。说明市场上认的也不是你个人啊，但是炸酱面咱得吃吧？"大壮说，"再说你的情况谁不知道，乐队还跟你计较这个？"

"我他妈什么情况了？"

陈傲觉得大壮话太多了，他其实想对云蝶谈一下吉米。看着她那双涂成跳色并贴有蝴蝶装饰亮片的指甲，他忽然也不清楚怎么把儿子介绍给女孩。我儿子的调音比任何一个调音师都准？你带上他，保证是现场修音水平？有他在，你台上的线不会乱到绊脚？他是个好小伙儿，你不一定非要做他女朋友，哪怕只是当个伙伴？这小子长这么大还没有伙伴。这时他却听见一声口哨，再仰起头看，却发现不知什么时候吉米自己走上了台，站到那台红色合成器后面。他皱起眉头，又看到大壮对着台上鼓掌叫好。

吉米没理任何人，他先用手在键盘上轻轻摸索，随即眯起鹿眼笑，咧着嘴拧起了合成器上的旋钮。全场的人安静下来，接着他们听到四小节钢琴音色的旋律被轻缓奏响，很慢，像是在试水温，像是孩子在跳绳那样带有自己的呼吸和连贯性。只这四小节，他们能听出吉米在模仿云蝶，同样的旋律和节拍，琴声却能弹到人心里去，准确、干净，甚至带有某种神性。

云蝶朝身边那根柱子走去，用拳头使劲敲击，吉米对着键盘找了一下，然后弹出一个中音。她又用鞋跟在地上跺，他低头找了一会，再弹出一个重低音。陈傲叹出一口气，他明白了，那段DV视频里，吉米只是在拍合成器，儿子喜欢的只是这台红色合成器，而不是什么女孩。他有一种上当受骗的感觉。

云蝶一步跨上舞台，和吉米挨着各守一边，站成L形。

"他有绝对音感，只要是发声的东西都能准确找出音调。"她说，"他天生就知道在简单的四小节里表达情绪，我却总把旋律铺得太满。"

吉米忽然仰起头，弹出《勇者无惧》的主旋律，而且一听就是陈傲唱过的版本。云蝶立即用另一个键盘跟弹和弦，吉他手同时也合进来，令旋律格外悦耳。

陈傲有点气不打一处来，那小子确实比自己更会玩音乐，而他才不是干这行的材料。在KTV陈傲要紧盯字幕唱歌，还能慢成一句。他的节奏感全是后天硬练出来的，这令他从未享受过舞台。此刻身穿赛车服的吉米，却在台上像是一束熠熠生光的紫色火焰，自顾自地燃烧起来。陈傲有些忌妒儿子，自己越是在台上拼力表现，就越深感在无形中被绳束被无视甚至被噤声。台上的吉米却天然感觉不到紧张和冷眼，更重要的是，儿子从不知道在舞台上鞠躬道歉，而那正是陈傲无法抑制的心结。不鞠躬他唱不完一首歌。吉米拥有真正的自我，以至于任何人想和他交流，都要遵从他的秩序。

陈傲双手背后，缓慢地眨动着突起的暗黄色眼珠，他盯着吉米的脸，试图捕捉到儿子哪怕只抬眼看那女孩一眼。可是吉米却开口唱起了歌，他那尖细的嗓音暴露无遗。所有人都看出他有问题，吉他声也越来越小。直至他又露出那张沉醉的扭曲的脸，女孩愣住了。

"嗯哼嗯哼嗯哼！跟我一起来！"吉米身体后仰，学起陈傲的头顶击掌和前后扭胯，逗得大壮在台下笑得直咳嗽，"陈傲是反醒的第二任主唱，也是和乐队相伴最长久的成员，是他令这支乐队延续了十年的生命。嗯哼嗯哼嗯哼！跟我一起来！"

陈傲低着头，连扒带爬着登上舞台。他紧咬着嘴唇，拍拍儿子身上的赛车服，用力裹束他的胳膊，把他往台下拉，但是吉米却紧攥着键盘立架不走。众目睽睽下，湿淋淋的父子俩像是在台上摔跤。

"吉米真棒，但是你不配在这上面弹琴！我们不配！"陈傲撇开儿子，终于如愿以偿般在台上狠狠地鞠了一躬，令周围人哑然无语。

吉米像是触电一般松开手，他怕光似的两眼在地上窜视，踮着小碎步，终于被陈傲从那女孩身边拽走。可是到了台阶那边，他们又被大壮堵住了去路。

"傲哥，别吓着孩子。"大壮双手合十，仰头笑着看向父子俩，"国贸有个俱乐部招待的全是老外，下礼拜你们爷儿俩弄一组合，一起登台唱歌。我让主持人把吉米的病情一说，绝对火了！"

"去你妈的。"陈傲说。

花青色月夜下,雨水如大梦初醒般止住,街上映现出另一种安静。陈傲把赛车服卷在怀里,低垂着歪斜的凸眼球,披头散发地走在前面。"吉米上台唱歌,但是陈傲说吉米不配。"儿子跟在他身后一步一步踩着水坑里的倒影。

"吉米是上天赐予陈傲一家的福星,他对音乐有着异于常人的敏感,教儿子弹琴也是陈傲生活中最大的乐趣。"

吉米笑着重复起陈傲早年在节目里和主持人的对话。

"我知道我知道,我没说假话好吗?"陈傲继续闷着头走,"但是你今天干什么去了?你是找姑娘去了,你应该和弹键盘的姑娘交朋友。你要唱歌我们可以回家唱。"

陈傲说不下去了,他觉得哪个地方出了问题,但还是极力想指出吉米的错误。

"陈傲抬头。"吉米说,"陈傲走得太快,把吉米落下了。"

他转身回望,发现儿子在十米外就停下了,他顺着他的手朝天上瞧。

"月，亮起来了。"吉米说。

陈傲重新走近儿子。儿子的手指在他臂膀上轻轻跳跃着，那双鹿眼在月光下像黑曜石般灵动，连那莹白色脸庞上的绒毛都在发光。

"吉米真棒。"他说，"这次是我理解错了。"

陈傲没法怪罪吉米。那年春节他和郭菲带儿子去逛庙会，儿子因为喜欢一个小孩却又无法控制自己，抡手打到了对方，致使小孩母亲和老人对着他们破口大骂。陈傲在众目睽睽下捣蒜般鞠躬，同时把吉米推到郭菲身后。对方指着他已经弯下去的背，还在说"这种孩子就该全集中到非洲圈起来，让他们自生自灭"。之后陈傲动手了，还像狗一样叫嚷，那叫声超出他以往在所有舞台上的嘶吼，令郭菲不敢认他。后来他离开了他们母子俩，所以他对于吉米没有什么好责怪的。他离开过他们母子俩。

踩在家里的床垫上，吉米告诉陈傲他要唱歌。陈傲说吉米可以唱歌，吉米应该先把澡洗了。可是话音未落，吉米已经把放合成器的桌子掀翻在地了，半睁着眼睛，如撒酒疯似的怒吼，还把赛车服也一起扔到脚下。陈傲像认错一样低头看着地上的衣服和琴。

"你可以一边洗澡，一边唱歌。"陈傲又像是被缴械一样，慢慢举起双手，轻声安抚他，"这是你最爱的奖励,一边洗澡,一边唱歌。"

"陈傲喜欢听吉米唱歌。"他说。

"是的,我喜欢听你唱歌。"他说。

陈傲站在浴室门外,一边笑着听吉米像是哼唧或者像诵咏一样唱歌,一边给儿子找新衣服。直到喷头的热水流进吉米眼睛和鼻子里,呛得他喊叫起来,令水反而进去更多,随即他在浴室又哭又咳嗽,陈傲赶紧脱光也跟着进来。他给他戴好洗头帽,打沐浴液时擦出很多泡沫,吉米把泡沫吹到他头上,还像抹奶油一样往身上涂,仿佛刚才砸琴的是另一个人。

轮到吉米帮陈傲搓背时,儿子把他的半长发下面,后脖颈处一块驼色伤疤当成泥,非要搓下去不可。那块疤是他刚加入反醒时,去外地演出被骗,为了替大伙儿追讨演出费,打架留下的印记。随着儿子越搓越快,陈傲笑着龇牙花子,感到那地方生起阵阵辣意。透过白蒙蒙的雾气,他看到挂在墙上的圆镜里,父子俩的脸贴得很近。陈傲不由自主地唱起《勇者无惧》,在前任主唱离开后,是他把这支乐队捏在一起又走了十年,为此他甚至成了个翻唱歌手。即便反醒成员们自己都否定这十年,可谁也不能抹去他赋予这首歌的意义。

陈傲最爱在洗澡时唱歌,这里没人改他的和弦组，没人等着看他鞠躬，没人质疑他的嗓音缺乏层次、无聊、愣，这里只有他和儿子。他用那双突起的眼珠怒视镜中的自己，直到腹腔的声调有如黄钟大吕，直到脖子青筋毕现，他可以尽情释放他那钢铁般坚硬、干净的嗓音，用独特的咬字方式把每一个音压扁，吼叫出来，以此抵御内心触电般的羞耻感。

"这才是陈傲的《勇者无惧》！"吉米不再搓父亲的伤疤了，他对着陈傲那张比自己还扭曲的脸，再次晃动手指在空中弹琴，"《勇者无惧》的总谱一共有六十四个小节，三百三十九个音符，回旋曲式，金属吉他Solo，但是这首歌里没有键盘，反醒乐队没有键盘手。陈傲说让吉米做反醒的键盘手，吉米会弹《勇者无惧》。"

吉米也凑到镜子前，贴着陈傲的脸一起唱歌。他那密不透风的高亢嗓音本身就像是改变了波形的电子乐，不仅音域更宽，音调也比陈傲要高出两个八度，父子俩的声部还不在一个节拍里，合成了奇妙的复调。唱到副歌部分，陈傲双手抠住瓷砖的缝隙，努力不让腰再弯下去，他还吐出了舌头。吉米抡起胳膊，把他的脸往墙上挤，这个举动曾让陈傲感到恐惧，可是这回他忍住没有阻止吉米，他不想再打断儿子唱歌。经过密闭浴室的回声和混响，他们的歌声比用最好的监听设备和舞台还要有空间感。看到吉米仿佛能听懂他们唱的是什么，陈傲虽然快喘不过气了，却完全不想出去。

吉米洗完澡不换新衣服，却围着地上的合成器转圈，手指着急地跳跃。就像儿时他想去拿玩具，摔倒了不哭也不求助，站起来也不在意安慰和伤口，依然是想去拿玩具。陈傲想通了，歌总有唱完的时候，很多正常人一生也从未体验过爱情，吉米甚至天生就不需要爱情。他认为儿子需要体验的是性，他这么热爱摇滚乐，摇滚乐的根本就是性爱。此外这里还有更实际的意义，儿子必须要有生育能力，这样等自己和他妈都不在的时候，兴许还能有人管他。

当年在工体和五道口，每次喝大了都有妞儿带陈傲回家，或者打开门收留他，所以他每天都会在不同的女人家里睡觉。他这人还特别纯粹，坚决不睡粉，不以摇滚乐的名义"呲妞儿"。总之，那时候他的日子过得相当乌托邦。他还曾和朋友去夜店里狩猎，他们打赌看谁先搞定一个带出门。陈傲说没有这个必要，你们说哪个妞儿好看，我看着她就让丫来跟我跳舞。那时候他的眼睛还没有突起，他也根本不会鞠躬。很快全场最漂亮的女孩，就像身体某部位被网住一样，径直走向他，喝了两杯后跟他回了家。

陈傲和之前在DV机里看回放一样,又去翻找从前睡过的姑娘,他希望能从她们身上得到些帮助或者启示。但是很多人早已失去联系,有些人一听他的声音立即挂断电话,少数人听明白后回他一个"操你妈"。还好当年认识个模特,转行去了一家会所,专门找些外围和小明星给商界人士做公关,她没有拒绝他。

陈傲像是带儿子挂号看病一样,领着吉米找上了门,他没有再让他穿赛车服,倒是给了他一个口风琴,用于安抚情绪。在回廊里陈傲遇见一位深眼窝、梳马尾辫、铜色皮肤的女孩,身穿乳白的绸缎吊带裙,俩人一对眼就互相看上了。他跟妈咪说,就是她了。妈咪一看牌号"88",夸他好眼光,这种数字都是头牌。推开一扇暗门,姑娘一进包间就对着陈傲的耳朵吹气、摸向裤裆,却听到陈傲说姑娘你先留点力气。随后她看到一个神魂飘荡、手拿口风琴、还含着吹嘴的细长脖男孩被放了进来。陈傲双手合十告诉姑娘,今天你把他的问题解决了,我付双倍工钱。她问陈傲,他打人吗?陈傲说,双倍工钱。

妈咪在墙上一按,一整面鹅黄色的渔网灯随即在吉米眼前亮起,他高兴地握着口风琴走对角线。"在那场永载史册的红磡演唱会,拥有最多香港乐迷的反醒乐队却没有赴港演出。当时吉米刚刚满月，主唱陈傲不能离开孩子。"在一张乌黑的大理石面茶几上，陈傲给吉米倒好果汁，试图换走他手里的口风琴，但是没有成功。他自己喝掉果汁，示意女孩可以开始了。看在治病救人的份儿上，女孩对吉米使出了拿手绝活，从钢管舞、艺术体操到扫堂腿，总之该露的都露了。面对女孩紧致又柔美的身体，陈傲看得老脸发烫。可是就在她如同杂技演员一样，或者像只蝎子一样，趴到茶几上把屁股弯到头上、腿伸向屋顶时，吉米却在摆弄他的口风琴，接着他又按响一段短促的旋律。女孩曼妙的映着灯光的胴体，像要配合印度人表演吹笛舞蛇似的，僵在茶几上进退两难。

"陈傲作词，陈傲作曲，吉米伴奏。"他鼓起腮帮子，边吹边按，"陈傲演唱。"

陈傲把头深埋在膝盖间，妈咪的手搭在他后背拍了拍。那旋律连他自己都不敢肯定是谁写的，大概是他在反醒深陷质疑的阶段，为了证明自己所写的小样或者干脆是旋律动机。正常人谁会留意这些东西？他也早已封存在心底不敢再听，甚至连母带都丢了。他不知道为什么吉米能弹出来。

"陈傲演唱。"

在儿子的催促下，陈傲重新抬起头，两只手在茶几上打着拍子,他只能糊弄着哼了半句。

"哥,我们这行也是有尊严的。"姑娘说。

对方把口风琴从吉米手里夺下来,扔给陈傲,随后她又像是手术大夫一样,把家属请出了包间。陈傲和妈咪站在门外,他问这姑娘到底行不行。妈咪说,这么敬业的头牌不多了,她肯定能让你儿子长大成人。因为隔音问题,陈傲也听不出什么,他的手焦灼地在口风琴上乱按一通,开始后悔带儿子来这个地方。十来分钟过去,那姑娘推门而出,看了看陈傲和妈咪,便从两人中间扬长而去。

"我不干了。"她甩下一句。

"你站着别动。"妈咪说,"我这就把人给你叫回来。"

陈傲重新走进暗门,看到吉米站在茶几上,仰头面朝忽明忽暗的渔网灯。

"他到底把我们姑娘怎么了?"

陈傲转头,看到妈咪又跑回来,气喘吁吁地站在门口。

"你对那姑娘干什么了?"陈傲说,"吉米!"

"陈傲忘词了,陈傲自己离开了舞台。"吉米说,"吉米替陈傲唱歌,她亲了吉米的额头。她亲了吉米额头一下。"

"她说不干这行了,要去画画。"妈咪说,"她要回老家画画去。"

假期结束时,郭菲要求吉米回家,回到陈傲留给母子俩的那栋别墅。而且她要求他独自打车回来,不许他爸送。之后几天陈傲一直心虚,生怕郭菲的电话打过来,怕吉米把他们做过的事都告诉她。没想到郭菲找他却是为了一个好消息——她正经给吉米联系了一个对象,双方父母讲好带孩子见上一面。

陈傲对此很是满意,他觉得一个正常人可以没有爱情、没有性欲,但是一定要结婚。吉米尤其应该结婚。为此他特意去把头发剪短、胡子剃青,穿上赛车服赴约。可是兴冲冲赶过去,才知道对方的孩子也是孤独症,还是个接近三百斤的"低典重"(低功能、典型、重度)。在餐厅里,他们要让服务员把桌子挪开才能坐下,由于面部神经长期扭曲,那孩子长相很苦,一张忧愁的瓦刀脸面色蜡黄,还跟"异形"一样不停用下巴的肥厚赘肉碾着胸脯,挤压喉咙里的唾沫发出"咯吱咯吱"声,以此进行自我刺激。陈傲铁青个脸,全程一言不发,那双尿黄色的突眼珠始终瞪着郭菲。

只有看吉米时他才会咧起嘴笑。他欣赏着儿子喝百香果饮料的样子，他的每一个表情和动作都那么分明、清澈，如同一位默剧演员。短暂的分别后，这小子留起和他相似的半长发，黑色皮夹克也很像赛车服，而且更结实了，那双鹿眼也能随时和自己对视。听到郭菲讲话时，吉米还会补充和纠正她，加上难得坐在父母中间，他脸上还绽露出正常人都很难有的得意劲儿。

至于郭菲，她披着一件大网眼的墨绿色毛衣，身体感到有些微凉，却不得不硬着头皮和对方应酬。她长了一张马脸，疲惫却深邃的眼窝，眉骨立体，鼻梁宽厚，直发均匀地垂挂在肩上，永远一副不怒自威的神色。谁都能看出来，她比陈傲更有危险性。那天双方谈了不到半小时便互相告别，吉米却习惯了跟着陈傲，不愿回家。

陈傲只好坐上郭菲的沃尔沃旅行车，跟母子俩一起回到那栋别墅。重返故地的他，看到深秋的院落里简直变成了小型动物园，不仅建有鱼池、鸟笼和鸡圈，铁栅栏里居然还养着一条黑亮的罗纳威犬，有半人高。它冲着陈傲狂吠，一见吉米弹琴的手势，却温驯得像个犯错的孩子。郭菲还把他们从前铺的"F"形鹅卵石路改成了字母"J"——吉米，也是陈傲的偶像"Jimi Hendrix"，最伟大的吉他手。只不过如今这条路变得更窄了，没有陈傲再走进来的位置。他傻站在落英缤纷的灰白色杨树下，看着郭菲用网抄子把鱼池上的叶子捞干净，吉米负责把它们倒进塑料桶里。

"你是故意恶心我吧。"陈傲说。

"好吧，那不是什么对象。"郭菲一撒手把网抄子丢进鱼池，水溅到两人身上，"机构里很多家长都互签了协议，如果你同意，我们两家可以结为对子。谁家大人先死，活着的就继续抚养对方的孩子。毕竟我们已经老了。"

"那孩子都被养成废物了。"陈傲说，"谁他妈敢动吉米一下试试看。"

"别在我儿子面前别说脏话！"郭菲说，"不然怎么办？我能指望谁？"

陈傲看到吉米倒掉树叶后，站在远处的垃圾堆旁不动。他没有过来。

"给吉米做评估的老师，对他在音乐干预课上弹的曲子感到惊讶。他不知道吉米从小就学唱你的歌，认字也是从默写你写的歌词开始。他会弹你的每一首作品，我要求他每天练琴八小时，这八小时我寸步不离地陪在他身边。老师知道他爸是乐队主唱，建议父子俩一起做音乐治疗，所以我让他去找你。结果你他妈带他去找小姐?"

"我只是想让吉米做个正常的男人,别人有过的快乐他也应该有。"陈傲说,"会不会弹琴不重要。"

"你和他才相处几天?一星期,一个月,还是一年?"郭菲蹲下身,吃力地去捡落入鱼池的网抄子,头发从脸旁散下来。陈傲想走近帮忙,被她举手制止,"我每隔半年带吉米去看一次精神科,他能不能正常这道关在我心里早过去了。让你见那家人是想你看到,即便是这样我也从没放弃。当妈的没有什么不能认,不需要小姐帮他恢复正常。这个夏天恐怕也是你们两个音乐家,仅有的合作机会了。我会带他去残障人才就业中心培训,他会有自己的工作。"

"吉米,你妈疯了。"陈傲喊,"告诉她!你是个正常人!"

"陈傲,弹琴不重要吗?"郭菲重新仰起头,疑惑地望着他,"弹琴的那个人才是真正的吉米,他一次次地对你唱歌,可你居然听都不听?"

看到吉米把身子转向罗纳威的狗圈,看到那小子柔软的背影。陈傲失神地杵在地上,他试图闭上突起的眼珠,但是那双眼睛已经闭合不全,部分眼球始终露在外面,并且分泌出的暗黄色液体,流出了眼睑。

"吉米,把狗放出来。"郭菲说。

那条罗纳威再次狂吠，陈傲老远就看见它锋利的牙，他下意识地后退两步，狗却叫得更凶了。吉米那灵活的手指，抖动地挡在自己嘴唇前，他的脸上满是悲伤和不解。罗纳威仍在反复冲刺、跳跃，仿佛随时能飞出来。

"你还不走是吧？"

郭菲转身，绕开儿子，奔向狗圈。

"吉米，我走了！"

陈傲闷头跑向院门，由于不习惯鹅卵石路已经改变形状，还被自己绊了一跤。可他没有就此离开，站在院门外的他一直在等着吉米和自己道别。

银灰色光线下，院子里格外静谧，像是假期中的校园，能听到落叶的声响。

"陈傲，再见！"

他终于听到吉米大声喊。

"吉米，再见！"

陈傲紧跟着喊了回去。

"陈傲，再见！"

"吉米，再见！"

父子俩就这样重复着喊话，将近半个小时，直到两人的嗓子哑了，直到天色变暗，谁也不让对方说最后一句。

之后的日子里陈傲继续干着吉他教学那摊事儿，不过拿钱最多的一次是来自某艺人（一起泡过酒吧的那位）助理，是对方借琴拍杂志封面交的押金。他想把琴直接卖给人家，可是助理传话说这家伙中看不中用，押金留给他不要了。倒是有个刚从德国留学回来的男孩来上了一节体验课，没聊两句，人家就露了一手交替混合拨弦，只弹了十六小节就把他给干了。他这才知道当年自己苦磨出来的分脑、扫拨那点儿技术，根本教不了现在听Spotify长大的这拨小孩。

大壮好不容易给他接了一个采访，碰到的却是来追星要合影的白痴记者。大壮还打算推他去演戏，同时联系上一档地方卫视的综艺，制片方提出让他带儿子一起出镜讲述治病的故事，全被他推掉了。

偶然他会打落水杯，或者拨片意外从指间掉下、弹错弦，起初这被他认为是状态问题。但很快他就意识到，全方位的退却、慵倦，自己正在衰老。如同岁月留下来的训诲，或者是出自身体机能的退化，如今的陈傲更加渴望秩序，会怀念在舞台上鞠躬换回的安全感。

按照郭菲的话说，吉米这次是真恋爱了。她带他去一家艺术酒店实习的过程中，受到那里西餐厅领班的悉心照顾，郭菲说吉米对人家完全着迷了。那个领班是青岛人，个子比他高，年纪比他大，还有个儿子在乡下念书。陈傲说这些都不重要，他问郭菲，你怎么肯定他喜欢人家？她说我把职工合影放大，给他看那女人的脸。他说"好看"。陈傲激动得快把手机屏幕捏碎了。郭菲继续说，我想请她来咱们家里做客，我想当面把事情挑明。她说，你也要在场。她说"咱们家里"。

他们提前把院子打扫干净，把餐桌搬上露台，还给罗纳威戴了狗嚼子。赶在正午阳光充足时，迎来青岛女人。她叫孙起起，长着一张匀称的鹅蛋脸，朱唇皓齿，眼尾上翘且略带红晕，形似花瓣。墨黑长发盘在脑上，用竹节发簪别住。一件棉麻的拼色对襟小衫，配以茄色的灯笼裤和一双低帮的黑绒布鞋。踩着吉米的"J"字形鹅卵石，看上去像从水墨画里走出来的道姑，还瞧不出岁数。她一来就先和吉米把院子转了个遍，要看动物。他们走到哪里，夫妻俩就跟到哪里，充当翻译。看到那条罗纳威的狗嚼子时，她发出撒娇般的绵软笑声。和看夫妻俩的时候一样。

吃饭时，郭菲看到孙起起给吉米夹菜，都是好消化的茄子和冬瓜。女人每一次笑，儿子就在她身边蹲、闻,两人之间有着令她羡慕的亲密。她看出她是个格外妖娆的女人,衣衫露出漂亮的锁骨,还有那主动显露的诚挚。女人说自己之所以叫"起起",是因为儿时患有轻微小儿麻痹,她娘就用这名字来唤她站起来——她至今走路还有些外八字。郭菲心里一暖,顺着话茬拿出娘家传下来的翡翠玉镯,说和对方很配,还说欢迎她搬到别墅里一起来住。中间吉米想站起来收盘子,还有些语无伦次,郭菲不得不按住儿子肩膀。"想清楚吉米,慢一点你的声音更好听,看着人家说话。"起起略感无趣,忽然把脸转向陈傲,她弯着眼睛,稍稍纵起鼻子说,我在电视上见过你,我还听过你唱的歌,但是记不住名字。

"《勇者无惧》。"吉米说,"《勇者无惧》一共上过三次电视,分别在九六年、九九年和〇九年,陈傲上电视台的那次因为音响问题,他只能放伴奏带假唱。陈傲那次没带乐队,陈傲在电视上对口型假唱。"

"吉米真棒,把饭吃干净。"陈傲这样打断他。

在郭菲提出会拿出二十万彩礼后,起起笑着同意考虑做吉米的女朋友,奔着登记去。她也承认自己在这座城市急需一个落脚处。郭菲如释重负般举杯,陈傲却靠向身后的椅背,一双分离的斜眼,望向被圈住的那条老实的罗纳威。

起起临走前,陈傲问她是否还能考虑再要孩子,她只笑而不答,转身找路。母子俩把客人送走后回来,一起打扫桌上的剩菜,郭菲准备把罗纳威的狗嚼子摘下来,喂给它吃。

"七年。"陈傲说。

"什么意思?"郭菲问。

"非京籍配偶落户的年限是七年,七年后她会离开吉米。到时候,你送别墅也留不下她。"

"七年。"郭菲说,"比你坚持的时间要长。"

眼见困扰已久的心病,就这么不明不白被抚平,陈傲有种说不出的失重感。郭菲会发来吉米的工作照,要么是在操作间里扫地,要么是在看守储藏室,那些是起起拍的照片,无论是从光线还是角度上看,很像是在指认犯罪现场。照片里的儿子出奇安定、正常,比他们带他去找的小姐、残疾人或者那些"低典重",起起是个足够好的结果。陈傲经常这样劝解自己。

那也是一段特殊的时期,有媒体在传反醒第一任主唱侯俊即将归队,这在圈内和乐迷中引起一片喝彩。有人还在网上拿两任主唱的《勇者无惧》反复对比,以至于陈傲莫名其妙又遭受一拨恶评。当然他对此倒并不在意,因为这一套他在反醒的十年里每天都在发生。他永远会被拿来和侯俊比较,即使他已离开乐队,甚至离开音乐,这辈子也无法逃脱"替代品"的命运。他在意的是没有吉米整天把自己挂在嘴上,也没有他乱动乐器,他可以重新抽烟,可以无所顾忌地喝酒,周围却比从前更加死气沉沉。

身边的人只剩大壮还有联系,他逼着他走出门混圈子。有个儿时一起跳过霹雳舞的乐手,如今已是某天后的演唱会音乐总监,还给几部大制作电影做了配乐。他妻子过生日当天,请了很多影视界的嗨腕儿来家里聚餐,大壮叫陈傲无论如何也得露个面。于是他穿了件脏得油亮的深蓝色竹布衬衫、茶色绒线运动裤,空着手来了,整个人的面貌也很别扭,加上又被安排坐在长桌尾端,更显不合群。

吹蜡烛前,客人们全聚拢到女主人身边拍照,留下明暗不匀的两张空桌子,幽暗中笑声显得疏淡且嚣扰。全场跟陈傲最近乎的反倒是上次才见过面的云蝶,她穿着宽松的黑色帽衫,小脸上戴了个颇显调皮的圆框眼镜,而且素面朝天,这才显出了十八九岁的年纪。她主动询问起吉米,陈傲说他结婚了、去上班了,云蝶愣了一会儿。

"你作品里还是差一样乐器。"陈傲说。

"差什么?"女孩问。

"人声,人声也是乐器。"陈傲看着餐桌,指了指那上面的牛排和烤鱼,"那天只是'勇者无惧'四个字,高上去后你的气息就有点扛不住了,你要学会在一段旋律中展现和控制你的音域。比起吉他,同样表达四小节,用合成器当然更容易。可这种音乐就像拿上好的玫瑰盐,撒在坏猪肉和腌鱼上面,你把调料当主菜吃肯定有味儿。如果你的人声是雪花牛排,你就不用这么吃了对吧。"

"傲哥,你是想说,缺的是吉米吧?"云蝶说,"他在台上就是一块雪花牛排。"

"我几乎没听他完整地唱过一首歌。"陈傲说,"我总是打断他。"

"我不想说那么多废话,来看我们的专场吧。"云蝶说,声调暗暗强硬,"或者我们合演,敢不敢?"

"这不是敢不敢的问题。"陈傲说,"我的音乐已经过时了。"

"你就是不敢。"她盯着他说。

桌子另一头爆出笑声,两人开始了一段不长不短的沉默。陈傲开始不停地喝着威士忌,那双含着尿黄色液体的眼睛,像匹老马一样疲缓地耷拉着,带着醉意注视着面前的屋门。

"我喜欢反醒是因为侯俊,侯俊不在,谁唱《勇者无惧》根本没有区别。"一个戴着方形墨镜,留有络腮胡、披头散发的胖子,嘬着手指,大口嚼着三明治,"丫老觉得没有他,反醒十年前就解散了。实际上这十年没有任何意义,反醒早他妈该解散了,侯俊一走就该解散。"

这段话令屋子里越发吵嚷,可能多数人并不知道陈傲在场,可能影视圈的压根就不知道陈傲是谁。大壮终于想起了他,过来拉他起来去跟几位制片人喝一杯。

"兄弟,别再想反醒了。我给你组个新乐队,就叫陈傲乐队!"大壮抱住他,两人脸贴着脸,大动感情,"当年摇滚乐的标配就是穷,谁有钱谁是傻逼。可现如今为了咱儿子,趁着人们还记着你,赶紧挣钱吧。"

陈傲摇晃着挣脱开对方,说自己已经完成任务了。

临出门时,云蝶一起跟到走廊。

"其实《勇者无惧》还有第三个版本。"她看着他说,"就是吉米唱的版本。"

"谢谢你。"陈傲对她轻轻鞠了一躬,"我替他谢谢你。"

后来郭菲会告诉他，起起总带外面的朋友来家里喝酒。陈傲说，这很正常。郭菲还说，起起把吉米当成宠物养，喂他吃凉馒头和方便面。陈傲说，这很正常。郭菲又说，她能看出吉米的眼睛哭肿了，小孙骂他是"傻逼"，因为叫他去买蒜黄，买回来的却是大葱。陈傲说，郭菲，你清楚的，这很正常。直到有一天她说，我没法听吉米唱歌了，我听不下去。她说我想杀了她。

陈傲把吉米带到郊野公园散步，一条林间小道上，儿子并肩走在他身边。偶有老人吹萨克斯的漏气声传来，陈傲安静地看吉米对着空气弹琴、仰头哼唱《勇者无惧》，他刻意压住步子。唱到一半时，吉米倏地抽打起了手背，陈傲瞪大眼珠，不明所以地盯着儿子。他在战栗中鹿眼收缩、喘息未定时，陈傲试着哼出后面的歌词，儿子很快又扇起自己的脸，每扇一下就喊"还唱？还唱吗？你他妈还唱吗？"

陈傲费半天劲终于握住吉米的手腕，大汗淋漓的他盯着儿子，强迫他也看向自己，但是吉米蛮力比他还大，儿子很快挣脱开父亲，双臂抡来抡去，几次打到陈傲的胸口。"你真恶心！给我滚远点儿！"陈傲感到腹部说不出的难受，借助同样颤抖的身体，他才锁住了儿子的手。这时他又看到吉米一边大喊大叫，一边抠自己的手，抠得流出鲜血。陈傲张大嘴，喉咙里发出"咳咳"的呛咳声，他在哭泣中呼唤吉米，直到儿子那双鹿眼里逐渐恢复从前的光亮。

父子俩如同掉队的伤员，互相搀扶着走上一座跨湖拱桥。上坡时陈傲越走越慢，他感到胸骨后有棱锥钻探般的剧痛，随即一手紧抓胸口，一手去找吉米，抓空后他又晕头转向地去扶身后的石栏。吉米还在往前走，往湛蓝色的湖心方向走。陈傲喑哑地叫着儿子，他终于回过头看他，却没有走回来。陈傲那张灰扑扑的脸上，突眼珠里充满血丝，他两耳只能听到自己心动过速的撞击声。他像演出时在台上道歉似的跪到桥面，强烈的喘憋和濒死感令这个男人开始意识模糊，终于脸摔在砖石上也毫无痛楚。

陈傲的心脏搭了三个支架。手术前，起起把吉米拽到他的病床旁。儿子蔫头耷脑的，不再和他对视，两只手老老实实背在身后，什么话也说不出来。但是陈傲喜欢看吉米的眼睛，他轻唤着他，试图从那双鹿一样通透凝定的目光中，得到谅解。在可能是生命的最后时刻。

吉米听到了,他努力噘着嘴唇,噘出一个"Yong"的圆口型。

"你现在应该哭一下。"起起掐着他的胳膊,斜眼看他,"流泪吧。"

"你别管他。"陈傲说,"我不需要他为我哭。"

陈傲被推进手术间后,吉米真的哭了,有生以来第一次为别人哭。

"哎呀,你哭晚了。"起起说。

熬到康复阶段,陈傲已不需要郭菲陪护,能独自在楼道练习走圈。可是吉米虐待自己的样子,和嘴里的那些话,始终像一把重锤,每走两步就朝陈傲头上来一下。这些天他意识到,自己对儿子做的有多残酷,他明知道那个起起眼睛里隐藏着或者闪烁着什么,他感觉到自己是一个背叛者。

他等着吉米来看自己,可等来的却是起起一人。她告诉陈傲她准备要和吉米分开了,是特意来告别的。起起说以前看你好歹是个明星,我才来投靠你们家。你现在病成这样,我不可能伺候小的还要伺候老的。她又说吉米很善良,他还把自己账户里的二十万给了她。陈傲不断用舌头搅着嘴部的肉,那双分开的突眼使劲并拢,盯着她看。这些天过去,他对起起已无恨意，毕竟她不过是把正常人的话对儿子讲了出来。犯错的是他们夫妻俩，他们忘了正常人不像他们那样经受过漫长的训练和压抑，正常人也无法对这样的绝望坦然处之。

起起一边后退，一边说玉镯子我会留在别墅里，至于那二十万，我将来会一点一点还。"我希望你们能理解我的难处。"她说。陈傲说，我都不知道吉米有二十万，但是他告诉了你，这说明我儿子并不知道钱有多重要，但他知道你。你再进院子的时候小心那条罗纳威。只要那家伙起心动念，它真的会跳出来把你撕碎。

陈傲出院前，郭菲要去照顾吉米，留下他自己在花园里吹气球。为了让肺功能尽早恢复，大夫要求他每天吹够十个气球。这期间大壮来找他，两个男人坐在僻静的亭子里吹气球。大壮说，侯俊归队第一次排练，居然坐到了架子鼓上，他说回来要当鼓手，不是干主唱的。陈傲听了乐得手一撒劲儿，气球蹿到树上。

"等于反醒还是没主唱。要么他们找个唱流行的，要么就地解散，没人再唱什么《勇者无惧》。"大壮说，"这首歌像个集万千宠爱后，被人遗弃的孩子。"

陈傲从兜里拿出一个紫色的新气球，这回他吹得很专心。

"你和反醒呢，就好比脑袋离了身子，一个走几步吭当栽倒，另一个在地上滚来滚去。"大壮说，"这是云蝶说的。"

"砰"的一声脆响，气球爆了。

"她为了替你说话，正在网上跟人家对骂，就差约架了。你不能让一姑娘顶在前面，自己不露面儿吧。再说她的乐队撑不了多久就回美国了。"

陈傲又掏出一个气球，像抽烟似的叼在嘴上，但没有吹。他忽然省悟到，吉米仿佛是来渡自己的，上天给了他一个与众不同的儿子，也是他正让自己的一切发生变化。可陈傲总想让儿子变成正常人，变得和自己一样，和那些骂他嫌弃他的人一样正常。他从未真正接受这样的父子关系，就像他从未享受过摇滚乐。

"我被这破歌害惨了。"陈傲说，"就算反醒换上十个主唱，我这个掉地的脑袋也不回头。你该带云蝶来看看，看我现在连吹气球的力都控制不好。"

陈傲用手小心地扶着气球，感觉到它在一点点长大，但是很快被大壮从嘴上抢了下来。

"我不想在台上鞠躬了。"陈傲说，"为了吉米，我不再鞠躬了。"

那次陈傲跟着大壮去外地,是以"陈傲乐队"主唱的身份,为某国际文化节登台演出,并且是给云蝶的乐队热场。演出定在傍晚开始,舞台搭在一片浓郁的墨色森林里,缓缓凹陷的山谷中央,朔风凛冽,气温逼近零下,吉他手的琴板拿出来就冻弯了。调音师是当地一帮农民,调音台是他们放广场舞用的,鼓捣半天也发不出声,急得大壮直踹道具箱。开场前他告诉陈傲,考验你的时候到了,咱干脆来一不插电,让这帮老外见识一下你的铁喉。随即他在台上喊了一句——"有请陈傲乐队主唱激情登场!"便把话筒一递,推了他一把。

为配合文化节的气氛,在老农和外国人面前,陈傲和乐手们头上都插了一圈鸡毛。怕再次忘词,他面前还摆了个谱架子。一顿布鲁斯吉他揉弦之后,紫色赛车服依旧的主唱,以浑厚的嗓音点亮那首大金曲。由于心脏放了支架,陈傲无法像从前那样前后扭胯或者头顶击掌。他连挪步都显得小心翼翼,只求把音唱准、气息唱稳,如诉心声。可是当电琴被迫变成木琴,所有乐器发出的音色也被刺骨寒风吹得瓦解冰消,《勇者无惧》的旋律只有靠陈傲鼓起两腮,准确地控制着发音位置,用他那副自带失真音质的钢铁般坚硬、干净的嗓子，与黄昏中清寂自若的山谷和解，并且坚守住对这首歌最后的敬意。

唱到间奏部分，陈傲在身前的谱架上点开手机视频，屏幕上是郭菲搂着吉米等候多时。

"吉米你看，是我。"他不顾节奏已经上行，鼓手正用双踩强化旋律，却把脸对准手机摄像头，眯起突眼珠，又笑出满脸褶子，"我在干什么？"

"是《勇者无惧》！"吉米在空气中又一次弹起键盘，那双鹿眼显得乌黑锃亮，"陈傲唱《勇者无惧》了！"

郭菲一边轻拍着吉米，一边用手指示意陈傲继续唱。台下观众并不明白这个男人在干什么，除了外国人在聊天、农民们在发愣，还有小孩到处乱跑、打滚。大壮在观众席前跳起来领掌，却换来更加肆意的笑声。这时陈傲能听出吉他手在拼命抢拍，仿佛比谁都希望他赶快唱完。他担心这样唱到高潮部分，自己会失去表现力。他始终坚信一个主唱的吃饭家伙，就是音域控制和舞台表现力。

陈傲朝手机里的母子俩瞥了一眼，吉米张大嘴正要跟他合唱高潮段落。如果儿子拿着话筒站在身旁，他的音域一定能帮自己把副歌顶上去。陈傲又想道歉了，他的腰不由自主地前倾，头也在往下压，这是多年练就的舞台功底。在最佳的道歉时机鞠躬，能激起他强烈的满足感，甚至对鞠躬的渴望一度会盖过唱摇滚乐的冲动，甚至他也分不清自己是否是为了道歉而唱歌的。但是这次为了克服这份满足感，他紧张到用那双突起的眼珠怒视前方，如同在高速驾驶。地通三连音收尾时，台下有不少观众在吹口哨，大壮跑上台，关麦问他是否还唱下去。他可以替他对台下解释，主唱刚做完心脏手术，这样老外可以为他所做的鼓掌，他们喜欢这一套。他还承诺演出费用一分不少。"千万别，"陈傲看着大壮，"算是帮我。"

好在云蝶及时连上了自己的音台，她用合成器为陈傲伴奏。她反复弹了三遍同样的衔接段落，陈傲却没有再张口，她摘下耳机，看到他转身对自己做出停止伴奏的手势。台下的混乱和喧嚣，反而把舞台衬得如静止的布景，陈傲忽地把手机举过头顶，那里面传来吉米在清唱。他安然自若的歌声，在晦暗天色下，在寂静山谷里，显得空灵而幽微，却持续不断。吉米天生不知道紧张。一些外国人看懂了他的用意，致以稀稀落落的掌声。

在谁也没听见的情况下，父子俩合唱完《勇者无惧》，陈傲终于允许自己鞠躬了。告别舞台后，他又转身对云蝶致歉。

"我还是把场子给你搞砸了。"他说。

"谁说你的音乐过时了?"

她僵着脸,嘴巴翕动着却找不到合适的话。陈傲笑笑走开,说要躲一躲大壮。

陈傲越来越多地出现在郭菲身边,吉米离婚后,她反而变得格外脆弱。某个周末,吉米提出要和伙伴们聚会,夫妻俩惊讶地读着他手机上的时间地点,以及对方的名字,并且听他清楚地一一背出来。当他出门后,陈傲立刻也打车跟着吉米,他看着儿子在前面忽远忽近,一度还消失不见。他知道儿子被司机多绕了一半的路,好在这小子终于还是抵达目的地——他们从前的那间排练室。陈傲坐在车里笑了,他看到云蝶和乐手们出来抱住吉米。他让司机掉头,他要原路返回。

回到家中,夫妻俩一起等待儿子。在卧室里,陈傲看到郭菲这些年记录下吉米的作息时间和训练计划,那上面还有他每次哭的起因和时间点。那些文字和数据像是思维导图一样,写满了每一页,积累了好几大本,按照标记有序地放置。

"我那时要求他每天向我提一百个要求。"郭菲说,"我把他需要的东西全藏了起来,逼着他向我提要求。"

陈傲想起自己,可以在舞台上带动数万人鼓掌合唱,却无法在家里教会儿子洗手(他发狠般攥疼过他)。他可以无数次忍受翻唱《勇者无惧》,却听不得吉米唱出一整句歌词。他把吉米最需要的那个人藏了起来,并且没给他提要求的机会。

"我对儿子是不是太残忍了?"郭菲问他。

"算了吧。吉米可是Rock star。"陈傲捏着喉咙模仿儿子的语气,"吉米是Rock star。"

晚上,阴影在每一处粗重、融合起来,房间里昏暗如烛。但是郭菲不让陈傲开灯,她说有他在就不必开灯。他想打电话给儿子,同样也被劝住了。

"我们今天放过他一次。"郭菲说,"有次他对我说,妈妈,吉米没有一天快乐过。从出生到现在,吉米没有一天是为自己活的。"

"这是他说的?"陈傲问。

"对。"郭菲说。

"不可能。"陈傲说。

"我看得出来,我是他妈。"郭菲说。

半夜,云蝶把吉米送回来后撒腿就跑,留下这小子醉醺醺地站在院子里。夫妻俩一起把儿子扶进屋,他很难受,可并不痛苦,手心揪住夫妻俩的衣服不放，张大嘴发出嗡鸣的颤音——他在演示刚学到的丹田发音法。可是刚一挪到客厅，丹田就让吉米对着纸篓吐了出来。

"你们应该感到荣幸！吉米唱歌全宇宙无敌。"他用食指指向自己的鼻尖，"我是Rock star！"

夫妻俩沉默片刻。随后郭菲一面骂陈傲，一面喂儿子继续喝水。陈傲弓着身子去扒纸篓，翻看儿子吐过的东西。"他们给他吃什么了？"郭菲问他。他愣了愣，跪坐到地上，对着郭菲傻笑。

大壮告诉陈傲，云蝶在表演中又一次下台Mosh，这回她终于受伤了。她希望下一场演出中，吉米能替自己充当键盘手。陈傲问儿子还想不想上台演出，这次是玩儿真的。吉米说"吉米想上台"。

夫妻俩送儿子去勇酒吧的半路，陈傲想起没有带DV，他从郭菲的旅行车里下来，自己折回家取DV。当他再次过来找儿子，眼前早已站满观众。陈傲望见立于舞台中央的人正是吉米，云蝶把她的红色合成器让给他用。陈傲一边拍摄，一边进入人群，可还没来得及走过一半，随着电吉他弹出的一段大调半音阶上行，在头顶尖利长鸣一般划过，台下乐迷立即狂躁起来。他们双臂在头顶交挥拍击，他们蹦跳着相互推操、挨挨挤挤,陈傲很快被裹到场地另一边,吉米在他的屏幕里也变得时有时无。

云蝶的缥缈人声,如同海水在淹浸般向全场堆叠和扩散,台上同时筑起一道绚丽而荒凉的音墙。毫无征兆中,一股令人血脉贲张的电子核音乐从天而降,台下的人抑制不住地抡起胳膊、互撞身体,陈傲死命挣扎着仰起脖子,继续举起DV拍摄吉米。在小屏幕里,他看到儿子像一座石像似的无动于衷,任凭血色的光焰和剧烈声浪轮番轰炸。

须臾间,乐队停止演奏,四周如同停电一样幽暗下来。所有人开始不解地吵嚷,陈傲跟瞎子似的从人缝中挤向前排。终于他听到了熟悉的钢琴音色solo,直至灯光再度亮起,他仰头看见儿子那双平静的鹿眼,看见他在弹唱《勇者无惧》。

"垃圾。"有人在陈傲面前跳起,对着台上竖起中指,"你丫进错场子了!"

很快又有人试图冲上舞台,把陈傲的DV也打掉在地。他知道这里的人又要Mosh了,他们要把吉米拽下台揍他。他用尽力气转回身体、伸开双臂,挡在众人面前。

"吉米唱吧!"他扭头朝台上喊,一时却看不到儿子,"把歌唱完!"

面前的人群如潮汐般一股股涌来，陈傲感到脚下在震动，看到阁楼上还有人探身在咒骂。憋闷燥热中，他的胸口再次阵痛，眼珠也越发突起。可他无法叫喊、无法动弹，甚至无法呼吸，他意识到他们围住了自己。这还是多年以来，他最受欢迎的一次摇滚现场。他很高兴这些小崽子们冲自己来了，他觉得自己还能为吉米争取一些时间。终于，不知道是谁从哪里，给了他脑袋重重一拳。

后 记

常小琥

我总是在小说里写到从前。其实我也说不好这是什么毛病，也不知道这样做有什么必要，只能套用《英雄本色》里的那句台词："这个世界变了，我们都不再适合这个江湖了，我们太念旧了。"

就像我总想起那时的雨，那些雨水仿佛格外沉重，落到泥地上、玻璃窗上，落到脸和鞋子上，令我很小就知道下雨要论轻重，而不是问大小。可能自己还是色弱的缘故，那时总感觉到处浸着蓝黑色的钢笔水，看起来粗粝、含混、有杀气。当我望向天空，神魂颠倒地以为所有人都活在海底，他们承受着海底一样的压力，连行动都那么迟缓，并且大人讲话时，我也永远听不到他们的声音。所以当我的小学早变成了药房和超市后,我却仍然喜欢回到那里。在某个夏日的雨后,我会回到操场上,回到教室里,回到老师面前,听他们讲着什么。他们在讲什么呢?在那样的时间里,在那样一座海底之城里,他们会讲什么?我时常想。

我的数学老师是一位瘦骨棱棱的中年女性,她不仅永远面色煞白,而且还没长眉毛,加上一头板正的八字刘海齐肩短发,后来我一看罗大佑就会想起她。她的站姿和肢体动作也和机器人一样,枯槁的手总在冷酷地震颤着,如发电般对我们灌输知识。

在一节测验课上,她坐在前面正批改作业,忽然用凌厉的眼光盯住我,低声问你怎么一个字没写就交上来了。我赶紧接过作业本,发现昨天完成的两页纸已不知去向。我指给她看装订处留下的齿痕,可她没说什么只让我继续考试。吃午饭的时候,我还在独自苦闷,她又一手插兜一手拿个作业本,迈着机器人般杀气腾腾的步伐走进来。我的好哥们儿在全班的注视下被她叫了过去,她叫他赔个新本子给我,还要跟我道歉。看着她又机械地扭头走出教室,我才知道是谁把我的作业扯掉,还贴到了他的本子上。后来我想,可能她一上午都在对照其他学生的笔迹,要找出我那篇消失的作业吧。

时至今日,我还是会为那些在志怪奇观里追求道义的古人,为他们捍卫生命纯洁背后的精神世界大受触动。比如为助刺秦拔剑自刎的樊於期、不辱使命仍以死相报的程婴;比如《三王墓》里两手捧头及剑,立僵不倒的少年;还有《聊斋志异》里王六郎、田七郎的故事;甚至是在菜市口被锯头三十刀而殉道的谭嗣同,近现代的事例就更不用多讲。由此我想,来自于普通人的情谊与信义,就更显弥足可贵,引人深省。我相信在年幼时遇到的数学老师,便是某种道义的化身。我相信她是在坚持着什么,在守卫着什么。

道义的另一边,必是辜负。这成就了写作者永久的主题,那便是隐匿在人与人之间的深深的遗憾。借用布罗茨基对彼得堡的童年印象,北京南城在我儿时也是一座"工厂的半岛、作坊的乐园和工厂的欢乐之邦"。那时父母的工友、两边的亲戚,还有小姨和她的同学,他们坐下来会聊些什么,是否也生发出了某些承诺和辜负?我还想如从前那样躲在他们身旁,望着一张张忧虑、好奇且困惑的脸。在一次又一次被甩出车窗后,这里的人想的只是怎么能不让人坑了,或者怎么也能坑人一把。我相信他们还不习惯以真正的个体来介入彼此的生活和关系。我总是要写师徒、兄弟或者女性间的情谊,正源于我出自这样的地方,需要把先天缺失的不断理想化、合理化。这可能就是看哪儿都是海底的重要原因,至少也解释了为何我会如此敏感。

由此我落下个毛病,喜欢光顾别人的家。那时工友们还没完全从胡同的杂居中进化出来,热衷于带着爱人和孩子到彼此家中做客。在这前后小孩儿难免要被教训一顿,于是串门对我而言带有了某种神圣感。那就好比出国旅行，你的身体会对异国的气味和湿度极为敏感，你在别人家里一样能轻易闻出谁不爱洗澡、谁屋里有东西发霉了，或者谁家孩子刚烧过试卷。特别是在闷热的无处可去的夏日，我喜欢不请自来，独自等候主人的时候，更可以观察到家庭内部真正的丰富性以及他们忘记掩盖的秘密，那等于宣告你进入了另一个世界。

如今再要享受这个待遇，我只能去老人家里了，只有他们还保留着这个传统。后来我拜访过一位在勤行饱经世事的老先生，他让我去家里亲自炒菜给我吃，我至今还能看见他炒干煸牛肉丝时，那个厨房里有多热闹。我记得他的床边就堆满了好几麻袋佐料，令整个家混淆着辛辣和苦涩的味道。这位年近八十的老人，始终沉浸在年轻时与师父共处艰难多变的往事中，我每次来都会看他翻出老菜谱和老照片，讲得自己泪眼婆娑、满面通红，直到把嗓子都讲哑了。他的老菜谱全是去首都图书馆影印的，当成宝贝一样用塑料袋裹着。我告诉他可以找到原版菜谱送他,老人这才像个孩子一样乐呵呵地给我夹菜。而我则要咬牙吃下他做的菜(因为味觉退化,他往菜里放了太多的盐),如果一个厨师为你在家里开伙,你是千万不能吃不了剩下的。

为了证明自己所言非虚,老人带我去品尝了几家老字号和小饭馆。只要他一进大堂,懂事的厨师长会立即出来听他训话、问候对方的师父是否还好,有时能问到师爷一辈,他才满意。接着他告诉对方,你这店里的菜不合道理,手艺也退化了。对方看了看我,没说什么。

后来有老板聘请他去做技术顾问。那是在一个极易迷路的大公园里,内部建有很多的蒙古包,老人在收徒仪式上,被各路媒体和徒弟簇拥在中央。之后他在毡房里开始讲授第一堂课,他不停地用吐沫蘸着破旧的横格本,那是他熬夜誊写的五十年代老菜谱。厨师与女服务员稀稀拉拉地坐在对面,每讲到要点,老人就慢慢转开矮胖的身体,去写板书。我看到众人打着哈欠、开着玩笑,有人为还没有备菜而着急,很快就溜走了大半,可老人只顾继续讲课。他把一个小厨师叫起来,考对方如何测油温的问题,那副逼问的模样反令众人笑作一团。我记得他喝口水的工夫,旁边的小伙计就用板擦把一半的字擦没了。那一刻老人怔住,但他很快埋头到横格本上,继续用胖嘟嘟的手指翻着笔记,以窘迫的沉默,念了起来。离开毡房的厨师越来越多,最后还在认真记笔记的,只剩一个女服务员了。

那之后的一个朔风如刀的冬日,我把原版菜谱送到老人家里。他双手把书捧在手心,我就没见他再放下。那也是我们最后一次见面。我总是会想,老人一定也是在坚持着什么,在相信着什么吧?可是我没有机会再问他了。

我把问题带向了处境更为现实也更复杂的医者,在长达六年时间里,我意识到这个精英群体,每个人都在执行着自己选择相信的观念,否则他们很难支撑下来。可是长年信奉的专业主义和职业感,令他们极易站在吊诡的逻辑里。这时候所谓的道义就成了极其模糊、幼稚,甚至是需要警惕的念头。

我意识到自己没有能力完成这个题材,那几乎断送了我的写作道路。但是我并没认识到,正是这些迟暮义士,引导着我的写作道路,是他们连结出后来的一篇篇作品,如同交汇成一条河流。

于是我遇到了那位美丽且无比动人的姑娘,我们的对谈跨越了将近三年,每一次见面,她都做到了最大程度的坦诚。埋尸案的家属、被邪教男女诱拐致死的女孩儿,以及在农村被无数次侵犯的弱智女童……她不顾一切地为事件中的受害者追讨真相,永不停歇地在午夜的跨省大巴和各种流氓团伙中逃亡。可打动我的不只是那些残酷又迷乱的事件,而是她独特的生命状态和对自我的执念。在那三年时间里,即便已不再从事新闻工作,但她依然在介入每个向她求助的人，为对方寻求法律援助或者亲手写公众号和法律文书。我亲眼目睹了她的变化，以及那不可更改的底色。在她面前我习惯成为安静的倾听者，从不表露任何意见。以至于在我还未真正动笔，或者提出疑问时，女孩就匆匆离开了，并且我再也没有见到她。

这为我之后在叙事上带来了极大的不安全感，令我一度感到懊悔和失落，因为那三年我有太多机会向她追问或者求证，而她看上去也在等待我问些什么，只要我能问到，她一定会讲给我听。可见我是个失败的采访者，我也不敢相信，只靠自己就能探究到那些像残留在海底一样的她记忆深处的某些东西。这意味着与以往借助想象完成虚构不同，我需要带上她意识上的枷锁，设想自己就是她，独自潜入到过去的经历和复杂心情里。直至被她帮助过的受害者的人生，与她某些自我痕迹和追求过的存在高度重合，仿佛三种时空交错到一起，我好像在她到过的每一处地方与其相遇，感受到种种可能性。

正是这样的经验一再延续，才有了这本书里的故事。当我为此又坐进别人家里，听对方将最隐匿的感受和生命中独有的经历告诉我时，某种连结便随之建立。这连结令我觉悟到，那不该只是采访，小说家也不该只是为了写作，我相信那是某种道义的火种在传递。如今小说中的一些朋友已经悄然故去，每当我回到南城，那里于我而言也就有了另一种坐标，令我感觉自己仍会和他们擦身而过。那些不断被我描述的地方，也呈现出了另一种真实，连我自己的故事一起被留在那里。

这本书是我在写作的第十个年头，出版的人生第一本短篇集。为此我要感谢中国工人出版社尺寸品牌的宋杨女士和李骁先生，感谢他们对作者意愿的尊重和对创作权倾尽全力的保护，这是无比美妙的缘分，是上天的恩赐，我从他们身上亦感受到了出版人对于做书理想的坚守与专业态度。我同样不会忘记每一位在写作道路上，向我伸出过援手、给予我鼓励与启发的朋友和编辑老师们,我相信他们也是出于道义来帮助我的。

2024.5.4

北京,白纸坊

图书在版编目（CIP）数据

大狗 / 常小琥著. —北京：中国工人出版社，2024.4
ISBN 978-7-5008-8401-9

Ⅰ.①大… Ⅱ.①常… Ⅲ.①中篇小说－小说集－中国－当代 Ⅳ.①I247.5

中国国家版本馆CIP数据核字（2024）第080473号

大　狗

出 版 人	董　宽
责任编辑	宋　杨　李　骁
责任校对	张　彦
责任印制	黄　丽
出版发行	中国工人出版社
地　　址	北京市东城区鼓楼外大街45号　邮编：100120
网　　址	http://www.wp-china.com
电　　话	（010）62005043（总编室）
	（010）62005039（印制管理中心）
	（010）62379038（社科文艺分社）
发行热线	（010）82029051　62383056
经　　销	各地书店
印　　刷	北京利丰雅高长城印刷有限公司
开　　本	787毫米×1092毫米　1/32
印　　张	12.75
字　　数	200千字
版　　次	2024年6月第1版　2024年6月第1次印刷
定　　价	58.00元

本书如有破损、缺页、装订错误，请与本社印制管理中心联系更换
版权所有　侵权必究